春天的前海

长篇报告文学

李朝全 著

QIANHAI
IN SPRING

海天出版社
HAITIAN PUBLISHING HOUSE
·深圳·

图书在版编目（CIP）数据

春天的前海 / 李朝全著 . -- 深圳 : 海天出版社，
2022.10
ISBN 978-7-5507-3484-5

Ⅰ.①春… Ⅱ.①李… Ⅲ.①报告文学—中国—当代
Ⅳ.① I25

中国版本图书馆 CIP 数据核字 (2022) 第 083798 号

春天的前海
CHUNTIAN DE QINAHAI

出 品 人　聂雄前
项目负责人　韩海彬
责 任 编 辑　胡钟坚　徐娅敏
　　　　　　雷　阳　朱丽伟
责 任 技 编　郑　欢
责 任 校 对　万妮霞
封 面 设 计　张　军

出 版 发 行　海天出版社
地　　　　址　深圳市彩田南路海天综合大厦（518033）
网　　　　址　www.htph.com.cn
服 务 电 话　0755-83460239（邮购、团购）
设 计 制 作　深圳市龙瀚文化传播有限公司（0755-33133493）
印　　　　刷　中华商务联合印刷（广东）有限公司
开　　　　本　787mm×1092mm 1/16
印　　　　张　20.5
字　　　　数　266 千字
版　　　　次　2022 年 10 月第 1 版
印　　　　次　2022 年 10 月第 1 次
定　　　　价　68.00 元

目　录

序章

前海：新时代
的出海口

让时光流转，回到十年前。

2012 年 12 月 7 日，习近平同志当选中共中央总书记后离京视察，第一站就来到了深圳"特区中的特区"——前海深港现代服务业合作区。前海深港现代服务业合作区 2010 年 8 月 26 日由国务院批复同意设立，重点发展金融业、现代物流业、信息服务业、科技服务和其他专业服务等四大产业。

7 日下午 3 时，习近平总书记顾不得一路舟车劳顿，从深圳机场直接乘车前往前海考察。

车近前海，习近平总书记仔细听取了有关前海地理范围、发展定位等的报告。当听到前海规划将有五条城际线、七条干线交会，形成四通八达的区域交通网络时，总书记关切地询问轨道交通是否通到香港机场，以及和香港方面的对接情况。

"我们正在谈，已列入国家'十二五'规划，"时任前海管理局局长郑宏杰说，"轨道交通建好后，可以和香港形成一小时生活圈，从前海到香港机场只需 15 分钟，到深圳机场只需 10 分钟。"

几辆中巴车、小车缓缓驶入位于深圳西部蛇口半岛的前海合作区。没有鸣响警报声，没有设置任何显眼的警示。这一天的前海合作区，和往日一样，到处都是工人们热火朝天建设的工地。习近平总书记考察时，现场没有封路，工人没有停工，施工建设仍像往常一样如火如荼。如果不是提前接到通知，没有人知道总书记来了！

全程陪同的郑宏杰发现，总书记的鞋上落了一层灰。

"前海过去一片滩涂，现在是一派繁忙的建设景象。可以预期，前海发展将会实现新的沧桑变化，这个前景令人期待。希望前海一年一个样。"习近平总书记对前海的发展前景充满信心和期待。

站在那块"前海石"前，习近平总书记动情地说，前海如今的开发开放，让我们重新看到了深圳经济特区初创时的景象：一张白纸，从零开始，但也正因为是一张白纸，可以画出最美、最好的图画。

前海石是一块黄蜡石，黄澄澄温润如玉，高约 2.8 米、宽约 2.1 米、厚约 0.65 米，造型酷似"扬帆启航"。石上镌刻的"前海"二字，集自改革开放总设计师邓小平的题字。其中，"前"字取自"淮海战役总前委"，"海"字则取自蛇口的"海上世界"。

习近平总书记指出，深圳经济特区之所以能够建设好，除了有国家的政策支持，还有一个独特的优势，那就是毗邻香港。目前，港深合作、粤港合作已进入一个新的阶段。

他说，必须把握住中央给予前海的定位。首先要依托香港。香港的优势在于服务业，尤其是高端服务业，而这恰恰是我们的短板。同时，要服务内地。当前全国正在着力调结构、促转型，需要通过扩大内需来推动服务业的发展，而前海恰恰既是粤港合作区，又是服务业创新区。再者，要面向世界。以国际视野和胸怀，吸取先进的管理、科技等方面的经验，把前海合作区建设好。

总书记特别强调，开发建设过程中，要充分发挥特区人"敢为天下先"的精神，敢于"吃螃蟹"，落实好国家给予的"比特区还要特"的先行先试政策。"既然授权给你们了，就要大胆地往前走！"

东风吹来，珠江潮起，万顷大海，碧波荡漾。

如果说，深圳这座原先南海边的边陲小镇，是在社会主义现代化建设新时期，以邓小平同志为核心的党的第二代中央领导集体引领中国实行改革开放历程中一手擘画开创的一片改革热土，那么，前海，则是在新时代，以习近平同志为核心的党中央精心筹划领导创建的一片全面深化改革扩大开放的新型试验田，是新时代的一个新的"出海口"。

时隔 6 年，2018 年 10 月 24 日上午，习近平总书记再次来到前海，在广东自由贸易试验区深圳前海蛇口片区考察调研，详细了解前海开发开放、规划建设、深港合作等情况。他特意再次来到前海石公园，察看前海发展变化。昔日的泥泞滩涂，如今已是树影婆娑、绿草如茵、高楼林立，一派勃勃生机。

亲眼看到前海发展这么快，回想几年前这一片还很荒凉，如今竟然变成了这般模样，总书记感到很开心。

总书记深有感触地说，发展这么快，说明前海的模式是可行的，要研究出一批可复制可推广的经验，向全国推广。"实践证明，改革开放道路是正确的，必须一以贯之、锲而不舍、再接再厉。"

前海石，这个前海最具代表性的标志物，由此成为我国改革开放再出发的重要见证。如果说 2012 年习近平总书记站在这块巨石前发出的是改革开放再出发的号令，那么，2018 年他再次来到这里，则是在向世界宣示中国改革不停顿、开放不止步。

2018 年 12 月 31 日，在中央电视台 19 时播出的《新闻联播》中，习近平主席发表了激情洋溢的 2019 年新年贺词。他说：

"2018 年，我们过得很充实、走得很坚定。这一年，我们战胜各种风险挑战，推动经济高质量发展，加快新旧动能转换，保持经济运行在合理区间……我在各地考察时欣喜地看到：长江两岸绿意盎然，建三江万亩大地号稻浪滚滚，深圳前海生机勃勃，上海张江活力四射，港珠澳大桥飞架三地……这些成就是全国各族人民撸起袖子干出来的，是新时代奋斗者挥洒汗水拼出来的。"

习近平总书记再一次对前海的发展态势给予了高度的肯定。

从 2012 年习近平总书记首次视察前海以来，前海大地上生机勃勃，日新月异，先行先试建设取得了令人瞩目的卓越成就，以制度创新为核心的"前海模式"在全国得到了广泛的复制和推广，充分印证了党中央推进全面深化改革伟大决策的正确性。前海，这个新时代的改革试验区，勇敢担负起中国深化改革先行先试的重任，奋勇行进在美丽的春天里。

第一章

改革基因裂变

前海作为特区中的特区，它的基因来自它的母体——深圳经济特区。特区精神就是敢闯敢试、敢为人先、埋头苦干。这是深圳在四十余年改革开放历程中凝聚沉淀下来的优秀基因，经历过长期实践的验证。

从"开山炮"到"前海石"

深圳是全国最年轻的一座超大城市。

1979 年 3 月之前，它叫宝安县。那时，这里总人口才 31 万人，最高的楼房不过三层。1979 年 3 月，宝安县改设为深圳市。1980 年 8 月 26 日，深圳成为中国最早实行对外开放的四个经济特区之一。40 多年后，深圳常住人口达 1768.16 万人。深圳拥有 200 米以上的高楼 145 座，数量居全国第一。无数摩天大楼的崛起，刷新的不仅是高度，也是深圳雨后春笋般节节高升的实力。

40 多年间，深圳地区生产总值从 1980 年的 2.7 亿元增至 2021 年的 3.07 万亿元，年均增长超过 20%，经济总量居亚洲城市第四位，财政收入从不足 1 亿元增加到超 1.1 万亿元，实现了由一座边陲小镇到具有全球影响力的国际化大都市的历史性跨越，创造了世界工业化、现代化、城市化发展的奇迹。

是什么造就了深圳?

让我们将历史的指针拨回到 1978 年。

1978 年 12 月，党的十一届三中全会在北京召开，重新确立了党的实事求是的思想路线，作出了把全党工作着重点转移到社会主义现代化建设上来、实行改革开放的历史性决策。

1979 年 1 月，广东省革委会和交通部联名向国务院呈报《关于我驻香港招商局在广东宝安建立工业区的报告》，提出在宝安蛇口建立工业区，利用国内较为低廉的土地和劳动力，结合利用国外资金、先进技术和原材料，实现我国交通航运现代化，促进宝安城市工业建设和广东省的建设。

与此同时，一份关于香港厂商要求在广州开设工厂的来信摘报被呈送到了邓小平手里。

邓小平随即批示：这种事我看广东可以放手干。

1979 年 1 月 31 日，中央批复同意建立蛇口工业区。

1979 年 3 月，国务院批复同意宝安县改设为深圳市。

4 月，时任广东省委第一书记习仲勋来到中南海怀仁堂，向邓小平作专题汇报，提出：希望中央下放若干权力，允许广东在毗邻港澳的深圳、珠海以及属于重要侨乡的汕头，各划出一块地方单独进行管理，作为港澳同胞、华侨和外商的投资场所，按照国际市场需要组织生产，初步定名为"经贸合作区"。

对于这个提议，邓小平非常赞同，认为广东同志的设想富有新意，这可能是一种新思路，是中国实施开放政策、促进经济发展的一个重要突破口。

他关切地问："经贸合作区的名称叫什么？"

习仲勋回答："大家在讨论的时候意见还不一致呀，名字还没起好。"

邓小平随即不假思索地说道："还是叫特区好，陕甘宁开始就叫特区嘛！中央没有钱，可以给些政策，你们自己去搞，杀出一条血路来。"

邓小平的赞许和支持给了习仲勋极大的鼓舞。

6 月，广东向中央上报了《关于发挥广东优越条件，扩大对外贸易，加快经济发展的报告》。7月，党中央、国务院批准了这份报告，强调这是一个重要的决策，同意先在深圳、珠海、汕头试办"出口特区"，给予更多主动权，抓住当前有利国际形势，先走一步，把经济尽快搞上去。

也是在7月，伴随着蛇口南头半岛虎崖山上的一声巨响，蛇口工业区基础工程正式破土动工。这，就是轰动全国的蛇口"开山第一炮"。这声炮响震天动地，犹如春雷，吹响了中国改革开放的号角，被称为中国改革开放第一炮。

1980年5月，根据小平同志的提议，党中央、国务院正式将"出口特区"改称为"经济特区"。

8月26日，第五届全国人大常委会第十五次会议批准了国务院提出的《广东省经济特区条例》，深圳经济特区正式建立。

如果说深圳是中国改革开放的试验田，那么蛇口就是改革开放的第一根试管。

被人们称为"蛇口之父"的袁庚说，蛇口的发展是从人的观念转变和社会改革开始的。蛇口经验归结到一点，就是坚定不渝地进行改革试验。

1979年8月，蛇口工业区第一项工程——蛇口港开始兴建。当时，承建蛇口港的工程局、施工队全部都是国有的，吃大锅饭。工人的收入主要来自工资，奖金仅为辅助。每月奖金分为5元、6元、7元三个等级，彼此之间差别不大。因此，工人们干多干少差不多，干好干坏差不多，这一点儿奖金差别对他们的影响不大，大伙儿的干劲都不高。

要提高劳动效率，就需要调动工人的积极性。当时承建单位想出了定额超产奖励的点子。具体的办法是：每辆卡车每天的劳动定额为55车，完成定额者每车奖励2分钱；而超出定额部分，每车再另外奖励4分钱。

实施定额超产奖励制以后，工人们的积极性大增。每人每天都能运输八九十车，有人最多一天就能领到 4 元多的奖金 —— 这，差不多相当于原来一个月的奖金。

由此，原先计划于 1980 年 3 月底完工的 150 米的码头提前一个月竣工，并为工业区多创造 130 万元的产值。

然而，这区区 4 分钱的奖金，却受到了国家劳动总局的批评，认为这是一种滥发奖金的倾向，勒令立即停止。

无奈之下，袁庚请来了新华社记者，采写了一份内参，上报给当时的中共中央总书记胡耀邦。

在胡耀邦同志的直接批示下，有关方面才停止了对蛇口的干预。蛇口工业区获准继续实施超产奖励办法，从而使得随后的多项工程项目都极大地提高了劳动效率。

从此以后，国内其他城市也开始逐步实行工资奖金上不封顶、下不保底的办法，一举打破了原先"干与不干一个样，干多干少一个样"的平均主义的大锅饭。

在袁庚带领下，蛇口工业区大胆实践和创新，从"4 分钱奖金"到率先实行激励制度变革、率先进行分配制度改革，从打破大锅饭到招商引资，从率先实行招聘用人、推行人事制度改革到住房商品化……蛇口工业区创下了 20 多项全国第一，为改革开放肇启了一个良好的开端。"时间就是金钱，效率就是生命"等凝聚深圳精神的口号也应运而生。

早在 1978 年 10 月，袁庚刚到香港出任交通部香港招商局常务副董事长时，就遇到了一件令他记忆深刻的事情。当时，招商局在香港购买了一栋大楼，与房主谈判确定之后，双方约定在星期五下午两点预付 2000 万港元的定金。

没到两点，房主便提前赶到，汽车停在楼外都没熄火，就等着双方在律师楼办完交易手续，一拿到支票就立即安排专人驱车直奔银行。

袁庚感到很奇怪，便特意询问对方为何如此着急。

房主回答，因为第二天就是星期六，银行不上班，如果星期五下午三点之前支票不能交到银行，那么他就要损失 2000 万港元星期五、星期六、星期天三天的存款利息。

香港当时的浮动利息是 14 厘（即 1 港元月利息 1.4 分），2000 万港元三天的利息就是几万港元。这么仔细一算，袁庚大吃一惊。

当时，内地的人们几乎没有时间观念，也没有理财观念。这件事给了袁庚很大的触动，在从香港返回蛇口的路上，他在一张空白纸上写下了：时间就是金钱，效率就是生命，顾客就是上帝，安全就是法律，事事有人管，人人有事管。

1981 年 11 月，袁庚让人在蛇口最热闹的商业街竖起了标语牌，上书：时间就是金钱，效率就是生命，事事有人管，人人有事管。

到了 1982 年，一场针对经济特区的讨论出现，"姓社""姓资"的争议不断扩大，袁庚无奈地让人将这块牌子拆除。

1984 年 1 月，邓小平首次到深圳经济特区视察，看到了这块重新竖立在蛇口界线上醒目的广告牌 —— 蓝底的铁皮板上写着：时间就是金钱，效率就是生命。邓小平对这个标语口号给予了肯定，并且为深圳经济特区专门题词："深圳的发展和经验证明，我们建立经济特区的政策是正确的。"

2 月，小平同志在找中央领导谈话时，专门讲了这样一段意味深长的话：深圳的建设速度相当快，深圳的蛇口工业区更快，原因是给了他们一点权力……他们的口号是"时间就是金钱，效率就是生命"。

多年以后，这两句话成了深圳精神的代表，也是最能体现改革开放精神的一句口号，被人们誉为"冲破思想禁锢的第一声春雷"。

对于打响开山炮、炸响第一声春雷的蛇口来说，改革开放，是其根植于心流淌于血液之中的基因。改革开放，也正是深圳实现跨越式发展的"基因"，是成就"深圳奇迹"的原动力。

2010年，深圳经济特区迈入而立之年。一个之于深圳，之于全国都十分重要的新发展极点——前海，横空出世。

前海，与蛇口仅一山之隔，同样位于深圳市西部，珠江入海口东侧。

曾几何时，"前海"正如其名，就是一片大海。20世纪80年代，深圳不断地"填海造陆"，前海被视为深圳的城市后备用地，但当时面积仅有7.3平方公里。区内只有妈湾码头附近建有几座电厂。

随着深圳"以港强市"战略的实施，前海因紧邻珠江磐石深水航道，与珠三角其他港口联系紧密，成为深圳西部港区的重要组成部分。

2005年制定的《深圳2030城市发展策略》首次提出：前海地区是深圳最具战略意义的空间资源。

此后，前海在规划中的定位不断变化，从软件园区到物流园区，接着，"前海中心"被定位为深圳市与"福田中心"相对应的两大城市中心之一，被赋予了与香港合作发展现代服务业的重任。

2008年亚洲金融风暴后，珠三角加工贸易转型升级面临困局。这，促成了前海命运的转折。

2008年12月，国务院批复同意实施《珠江三角洲地区改革发展规划纲要（2008—2020年）》。《纲要》提出，规划建设广州南沙新区、深圳前后海地区、深港边界区、珠海横琴新区、珠澳跨境合作区等合作区域，作为加强与港澳服务业、高新技术产业等方面合作的载体。鼓励粤港澳三地优势互补，联手参与国际竞争。前海发展被提升到了国家战略层面。

2009年8月，粤港合作联席会议第十二次会议上，粤港双方签署了关于推进前海深港现代服务业合作的意向书。

2010 年，国务院正式批复《前海深港现代服务业合作区总体发展规划》。该规划是指导前海深港合作发展现代服务业的行动纲领。

中央之所以要在深圳经济特区建立 30 周年之际，批复在前海建设一个"特区中的特区"，显然有着高瞻远瞩的考虑。前海因其紧邻香港的独特区位优势，成为深圳深化改革开放谋篇布局的关键一子，它将承载起 30 年前蛇口的角色，担负起今天突破体制机制壁垒的重任。它不仅仅是在经济体制与管理体制上深圳向香港进一步靠近和接轨的试验区，更是向香港学习的一个缓冲区和试验区。它将为深圳谋求新的发展空间，使其继续肩负起为中国改革开放先行先试的使命。

当时，属于前海规划范围的 14.92 平方公里中，有超过 3 平方公里仍在填海；有 6.5 平方公里虽已形成陆域，但软基处理尚未结束，还需要经历 220 天的沉降期。要将原先海浪翻腾的海域转换为能够承载一座座摩天大厦的坚实土地，这，无疑是一项巨大的工程。这片海域有很深厚的超软弱海积淤泥层，必须先建海堤围海、抽干海水、压实淤泥层，再堆沙填石，进行必要的软基处理，还要经历一段时间的沉降期，最后才能真正形成陆域用地。此时，园区里到处是滩涂泥塘，几乎无一栋像样的建筑。除了海边稀稀拉拉地停靠的十几艘破旧不堪的小渔船和边防巡警值班的两个小岗亭外，剩下的就是杂草丛生的泥土堆和乱石堆。而宝安和南山的界河——双界河，河水又黑又脏，风吹过闻到的都是一股腥臭味。人们经常用"杂草丛生，一片泥潭，无处下脚，人迹罕至"等来形容当时前海的景象。

无奈之下，刚成立的前海管理局只能租用武汉大学深圳研究院的一层办公室。为了接待参观，又在外海堤附近搭了一间铁皮房会议室。但铁皮房最怕下雨，一旦下雨，雨滴砸在铁皮上面，噪声大得连会都开不下去。

前海的全面开发建设就在如此艰苦的条件下拉开大幕。

从建设伊始，前海就决心站在面向国际、面向未来的制高点上，集聚全球顶尖智囊规划城市，倾心打造集"山、海、林、城、岛、港、湾"于一体的世界一流湾区城市风貌。

2010年开年，深圳市便重金向全世界征集有关前海地区的概念规划。经过近半年的角逐，最终，全球顶级景观设计公司——美国的FO事务所中标，方案的名字就叫"前海水城"。

2011年3月，十一届全国人大四次会议审议通过"十二五"规划纲要，明确提出："把前海打造成粤港现代服务业创新合作示范区。"

在前海管理局的统筹下，土地整备和基础设施建设全面启动，逐步引入部分高端服务业，产业发展也开始起步。

2012年，在香港回归祖国15周年之际，国务院发布了关于支持深圳前海深港现代服务业合作区开发开放有关政策的批复，支持前海实行比经济特区更加特殊的先行先试政策。

以习近平总书记视察前海为标志，前海开发建设进入了全面加速发展时期，前海的改革开放认真落实先行先试政策，按照中央的授权大胆地往前走。前海在人才引进、深港现代服务业合作、融资租赁、金融创新、企业服务、跨境贸易、外商投资、货物通关、跨境人民币业务等领域进行了大胆创新。

2014年12月，国务院决定设立中国（广东）自由贸易试验区。广东自贸区涵盖三个片区：广州南沙新区片区、深圳前海蛇口片区、珠海横琴新区片区，总面积达116.2平方公里。

2015年4月，国务院印发《中国（广东）自由贸易试验区总体方案》，明确：深圳前海蛇口片区重点发展金融、现代物流、信息服务、科技服务等战略性新兴服务业，建设我国金融业对外开放试验示范窗口、世界服务贸易重要基地和国际性枢纽港。4月27日，广东自贸区深圳前海蛇口片区挂牌成立。

前海建设深港现代服务业合作区不到五年，又被列为自贸试验片区，迎来了双区叠加的双重利好。

中央之所以要设立前海蛇口自贸片区，正是看中其依托香港、放眼国际的战略定位。前海是深圳最具"国际范儿"的区域，而蛇口则是深圳打响改革开放"第一炮"的地方。这个自贸片区无疑可以很好地依托前海"深港合作先导区"的定位，充分发挥自贸片区政策的叠加优势，进一步促进深港要素流动和服务贸易便利化，发挥地缘优势，打造深港联动的示范基地。双区优势互补，齐头并进，从而实现"1+1>2"的效果。

以广东自贸试验区深圳前海蛇口片区的设立为标志，前海开启了新时代改革创新的新篇章。深港合作向更深层次推进，体制机制改革不断攻克"硬骨头"，现代服务业产业体系趋于完善，制度创新走在全国前列，现代化企业集聚，基础设施建设高速发展，形成了以投资便利化、贸易便利化、金融开放创新、事中事后监管、法治创新、体制机制创新、人才管理改革等七大板块为核心的制度创新"前海模式"。

与制度创新齐步，前海的开发建设在机器的轰鸣声中坚毅前行。十余年间，前海几乎一直是一片"大工地"，塔吊林立，卡车穿梭往返，到处都是热火朝天、只争朝夕的建设场面。

渐渐地，路、楼、桥、园就像变戏法似的，一一显现出来，勾勒出前海合作区的主干和枝叶。然后，在每一个园区内，逐一渲染涂抹，前海大地的色调逐渐地由黄变绿，再由绿变得五彩斑斓了。前海这座"水城"，就像一个明眸善睐的少女，天生丽质，又善于梳妆打扮，渐渐地变得仪态万千，婀娜多姿。

从 2010 年 8 月到 2021 年 8 月，11 年间，前海固定资产投资年均增长 56.2%，每平方公里投资强度位居全国前列。而国家赋予前海的使命也从 1 项增至 16 项。

主要经济指标的"成绩单"亦十分优异。2020年，前海注册企业增加值和税收收入分别比2013年增长51倍和92倍。2021年上半年，前海实现税收收入增长22.1%；实际利用外资达29.33亿美元，增长2.9%；进出口总额（按关区口径）为6506.4亿元，增长29.9%。

　　更多变化发生在细微处：前海合作区内，"归巢"企业明显增多，在这里工作的人们突然发现，中午不管去哪家餐厅吃饭都要排队。工作日晚上8点后，桂湾片区地标性建筑前海卓越金融中心楼下会出现排队等"网约车"的白领。而尽管地铁通勤线路已增至4条，但上下班高峰期的时间却越来越长。慕名去前海石公园"打卡"的人越来越多，停车场几乎总是满位……

　　夜幕下的前海，到处是鳞次栉比的高楼，闪烁辉煌的灯光。蕴藏在这片美丽土地下的无限的生机和发展机会正在喷薄而出。这一切，都让来前海创业发展的香港及内地青年们产生了长久留下来的想法。

　　11年来，前海秉承改革开放的基因，从零开始，在一张白纸上绘出美丽画卷，再现了深圳经济特区初创时激情燃烧、干事创业的景象，也创下了很多的"第一"，呈现出生机勃勃的发展态势。经过11年的发展，前海已经成为粤港澳大湾区、深圳先行示范区建设的新引擎。

深圳再出发

2013 年 11 月，中国共产党第十八届中央委员会第三次全体会议通过了《中共中央关于全面深化改革若干重大问题的决定》（以下简称《决定》），明确了全面深化改革的六大体制改革要点：经济、政治、文化、社会、生态文明、党的建设。

《决定》对中国形势的判断，基本上可以归纳为两句话：中国发展进入新阶段；改革进入攻坚期和深水区。

2014 年的中国处于一个新的历史节点。作为新一轮改革，多项改革措施正在按照十八届三中全会的部署稳步推进。这次的改革与三十多年前的改革相比，难度更大，要求更高。中国进入改革攻坚期和深水区，必须重构政府和市场关系，发挥市场在资源配置上的决定性作用；必须全力保障民生，维护社会的公平和正义；必须创新社会治理，释放社会活力；必须用法律构建制度笼子，用制度管人管权管事；必须加大政府自身改革力度，以提高政府的公信力。

深圳，作为中国改革开放的排头兵，责无旁贷地再一次站在了时代的潮头。如何继承和发扬敢闯敢试、敢为人先、埋头苦干的特区精神，突破阻碍全面深化改革的各种藩篱和障碍，勇闯深水区，成为深圳首要的新时代重任。

前海，历史性地进入人们的视野。

党的十八大以来，习近平总书记提出要全面把握世界百年未有之大变局和中华民族伟大复兴的战略全局，亲自谋划，亲自部署，亲自推动，形成和出台了一系列重大举措、国家战略，为推动新时代中国在改革开放的康庄大道上继续勇毅前行奠定了坚实的基础。

在祖国的大江南北，国家陆续决策并组织实施了包括京津冀协同发展、长三角一体化发展、海南全面深化改革开放、粤港澳大湾区建设、长江经济带发展等重大系统化工程。在北京，建设通州副中心。在河北，开发雄安新区。在上海，建设上海自贸区临港新片区。在海南，打造国际旅游岛和自贸区。在大珠三角，竭力推进粤港澳携手共进，着力打造由广州南沙新区片区、深圳前海蛇口片区、珠海横琴新区片区组成的广东自贸区……

在国际上，则致力于倡议和推进"一带一路"建设，首倡建立亚洲基础设施投资银行，推动"一带一路"国家的基础设施建设，推动构建人类命运共同体……

一张张新时代的恢弘画卷，一幅幅新时代的宏伟蓝图，正浩浩荡荡地在我们的面前徐徐展开。粤港澳大湾区建设无疑是其中璀璨夺目的一幅；而位于大湾区核心区的前海，更是毫无悬念地成了大湾区上的一颗璀璨明珠。

2019年2月18日，中共中央、国务院正式发布《粤港澳大湾区发展规划纲要》，明确粤港澳大湾区发展作为一项国家发展战略，其使命是新时代推动形成全面开放新格局的新尝试，推动"一国两制"事业发展的新实践。要求深圳发挥作为经济特区、全国性经济中心城市和国家创新型城市的引领作用，加快建成现代化、国际化城市，努力成为具有世界影响力的创新创意之都。

粤港澳大湾区包括香港特别行政区、澳门特别行政区和广东省广州市、深圳市、珠海市、佛山市、惠州市、东莞市、中山市、江门市、肇庆市，总面积5.6万平方公里。2021年，大湾区的总人口已经超过8600万人，经济总量约12.6万亿元，是我国开放程度最高、经济活力最强的区域之一，在国家发展大局中具有举足轻重的战略地位。

建设粤港澳大湾区，是习近平总书记亲自谋划、亲自部署、亲自推动的国家战略，目标是进一步深化粤港澳合作，充分发挥三地综合优势，促成区内的深度融合，推动区域经济协同发展，建设宜居、宜业、宜游的国际一流湾区，为我国实施创新驱动发展肩负重大使命。

2019 年 8 月，中共中央、国务院明确，支持深圳建设中国特色社会主义先行示范区。提出，"到 2025 年，深圳经济实力、发展质量跻身全球城市前列，研发投入强度、产业创新能力世界一流，文化软实力大幅提升，公共服务水平和生态环境质量达到国际先进水平，建成现代化国际化创新型城市。到 2035 年，深圳高质量发展成为全国典范，城市综合经济竞争力世界领先，建成具有全球影响力的创新创业创意之都，成为我国建设社会主义现代化强国的城市范例。到本世纪中叶，深圳以更加昂扬的姿态屹立于世界先进城市之林，成为竞争力、创新力、影响力卓著的全球标杆城市。"

2020 年 10 月 11 日，中共中央办公厅、国务院办公厅发布《深圳建设中国特色社会主义先行示范区综合改革试点实施方案（2020—2025年）》，赋予深圳在重点领域和关键环节改革上更多自主权，支持深圳在更高起点、更高层次、更高目标上推进改革开放。

10 月 14 日，在深圳经济特区建立 40 周年庆祝大会上，习近平总书记指出，"深圳等经济特区的成功实践充分证明，党中央关于兴办经济特区的战略决策是完全正确的。经济特区不仅要继续办下去，而且要办得更好、办得水平更高。"总书记勉励经济特区广大干部群众"永葆'闯'的精神、'创'的劲头、'干'的作风，努力续写更多'春天的故事'，努力创造让世界刮目相看的新的更大奇迹！"

深圳，这座中国最年轻的超大城市，肩负起打造粤港澳大湾区的核心引擎、建设中国特色社会主义先行示范区的新使命，再次出发。作为"特区中的特区"，前海，责无旁贷地担起了为深圳再出发披荆斩棘、先行先试的排头兵和急先锋的重任。

2021年9月，中共中央、国务院印发的《全面深化前海深港现代服务业合作区改革开放方案》正式发布。方案明确了新的前海合作区范围，以原有前海合作区为基础，进一步扩展至南侧毗邻的蛇口及大小南山片区、北侧毗邻的会展新城及海洋新城片区、机场及周边片区、宝安中心区及大铲湾片区，总面积由14.92平方公里扩展至120.56平方公里，为原来面积的8倍。

从扩区后的版图上可以看到，发展空间大幅增加。空间扩大后，前海合作区位于广深港澳科技创新走廊的核心位置，拥有极佳的生态条件和交通条件。生态方面，这里山海资源丰富，涵盖大小南山、68公里海岸线、27条入海河道、4处红树林湿地、3个岛屿。交通方面，海、陆、空、铁齐备，拥有1个国际机场、2个铁路站、7个港口码头、5个对外开放口岸、1条城际线、7条轨道交通线、4条高快速路和1条跨境通道。

方案聚焦"扩区"和"改革开放"两个重点，围绕现代服务业这一香港的优势产业，支持香港和深圳在前海深化合作，携手打造全面深化改革创新试验平台和高水平对外开放门户枢纽，为香港的经济发展进一步拓展空间，也为深圳乃至内地的改革开放积累经验。

扩区后的前海，也迎来了经济特区、粤港澳大湾区、深圳先行示范区、自贸试验区和深港合作区"五区"叠加的政策利好。

面向未来，随着"物理扩区""政策扩区"的同步推进，"大前海"将释放强大的规模效应和乘数效应，全面提升大湾区发展引擎功能。

2021年9月，我来到了位于深圳宝安国际机场北面、正在规划建设中的"海洋新城"实地采访。海洋新城是深圳市落实国家海洋强国战略、推动粤港澳大湾区发展的重大举措，也是深圳建设全球海洋中心城市的重要空间载体。

当时，这里的情景和十余年前的前海几乎如出一辙。一片绿色和黄色斑驳的土地，地上长满了杂草，到处是裸露的黄土，有很多的湿地，是一片通过填海造陆新开出来的"软弱的"土地。

此时的海洋新城已经开发了四年。从 2017 年 4 月开始，深圳市特区建设发展集团承接了这片土地的围海造地任务。9 月，深圳市特区建设发展集团便开始在这里大规模地围堤填海造陆。

围堤，就是要在即将填海区域滩涂的外围筑起一道防洪堤，防洪堤的高度在 6.5 米左右，将要填海的区域先围起来。海洋新城围堤的总长度达 19 公里。围好填海区后，再在该区域内接纳城市弃土。

海洋新城采用了离岸多岛式生态造陆，"海岸带 + 内河 + 近岸城市空间"共同做功，这种有厚度的复合设防方式，能将生态、防御与亲水活动进行有机结合。在这 7.44 平方公里的规划范围内将建起 7 个岛式的填海造陆区域，每个岛都高出水面，就像龟背一样。按照国家规定，必须生态用海，而岛式开发不仅可以有效地抗击海潮，而且可以避免陆地内积水内涝，可通过龟背式排水，迅速地将雨水排出城区。按照设计，岛式开发可以达到 200 年的抗洪水平和 1000 年的防潮能力。

海洋新城围海造地从 2017 年 9 月获批正式开工，到 2021 年历经四年多基本完成了围堤。之后，还需要等待近两年的沉降，使得这些人工造出来的土地可以用于开工建设。

我所看见的就是一片刚刚出滩涂变成的土地，大量的黄土填埋在原先的滩涂之上，再在填埋的土上种植花草树木，开始做基础建设。预计到 2035 年，海洋新城才能完全建成。

海洋新城的设计规划理念是"一心一湾"。"一心"就是海洋产业综合服务核心，"一湾"则是海岸产业集聚区滨海休闲湾。以中间为界，北城南业，产城融合。

按照规划设计，海洋新城将重点建设包括国际会议城、海上议事厅、海上会客厅、中欧蓝色产业园、海洋生态环保及信息高新科技等方面的产业园。北边为公寓居住区和综合功能区，包括海洋街区、医院、学校等公共设施。此处西靠珠江入海口，将在海洋新城的西岸海滨建设海上游艇码头。东面则准备打造国际会展中心，计划建成亚洲之最，与德国汉诺威比肩。

岛的周围计划建成景观河道，河道边坡做成生态式护岸，再引入陆地的淡水打造生态长廊。这里河汊密布，有截流河、南北连通渠等十大水系环绕着海洋新城整块区域。整个生态水岸的景观带占地约 1.23 平方公里，可以预见，这个景观带将如人们所期待的一般壮观。

9 月炎热的太阳照在大地上，我们每个人头上身上都是汗流不止。这里树木还没种下，地上只有大片的低矮小灌木和丛生的杂草，遮挡不住灰尘，更遮挡不住夏季的暑热。我们的车辆驶进海洋新城填海区，只有一条狭窄的铺了石子的土路可供通行，一路上尘土飞扬，施工方不得不在道路两侧设置喷洒装置，不停地往路面喷水来降尘和减少污染。简易的通道崎岖不平，颠簸难行。而广袤的大地上，处处都是半人高的杂草，一片荒凉景象。

此时此地，时光流转，我仿佛又见到了 2008 年至 2010 年前海的真实境况。那时的前海就是如此荒凉贫瘠，是一个看起来似乎根本不可能生长出高楼大厦和财富的地方。但是，光阴荏苒，十几年的工夫就让这片滩涂荒野变成了一片片恢宏的高楼大厦群和产业集聚区，变成了一大片生机勃勃的奔涌着激情，生长着财富、希望和梦想的大地。

站在这片刚刚填造出来的土地上，我遐想着那十多年后矗立起的光鲜靓丽的海洋新城。那时，必将诞生一个崭新的"前海"，它生机勃勃、青春美丽，在改革开放的大道上阔步前行！

"走出一条新路"

作为新时代中国全面深化改革的试验田，前海盛产"制度创新"。回望前海不长的历史，以制度创新为核心打造"前海模式"这一亮点是最为突出的。也正是因为牢牢抓住了制度创新这个牛鼻子，前海才能一步一个脚印、一年一个样，逐步为新时代改革开放"走出一条新路"。

制度创新的前提是中央的政策授权。有了中央的授权，前海就可以大胆解放思想，奋力开辟新径。制度创新的本质是破除体制机制的障碍或堵点。前海十多年来的制度创新，不论在哪个领域哪个方面，根本上都是围绕打造国际一流的营商环境展开，目的是使人们在前海办事创业越来越便捷高效，用时最少，效率最高。

在前海，制度创新的例子不胜枚举。最为人们津津乐道的典型例子，就是成立前海深港现代服务业合作区管理局（以下简称"前海管理局"），构建以法定机构主导区域开发建设的执行机制。所谓法定机构，是政府通过立法和行政授权的途径与方式建立起来的公共管理机构，是非政府机构的主要构成部分，是政府与企业之间的缓冲带。这种组织管理模式对于许多人而言还相当陌生，但实际上它在一些欧美国家以及我国香港等地区已经发展得非常成熟。

2010年，深圳借鉴中国香港、新加坡等地法定机构的运作经验，按法定机构模式组建了前海管理局。

2011年，深圳出台相关条例和规章，明确前海管理局依法履行前海合作区内的行政管理、产业发展和公共服务职能，并负责协调辖区政府及有关部门履行执法监管和社会管理职责，在非金融领域产业项目准入、规划和土地管理等方面享有较充分的自主权。前海管理局实行企业化、市场化的用人制度，全体干部均签订劳动合同，打破"铁饭碗"，破除"官本位"思想，薪酬分配与绩效考核挂钩。这一系列制度性的安排，为前海创新发展提供了强有力支撑，激励先进、鞭策后进，激发了干部员工干事创业的激情。

除了管理制度的创新，前海在金融和法治制度上也大胆进行创新。

金融改革是前海开发开放的重要内容，推进人民币国际化是前海金融改革的重要使命和终极目标。围绕着人民币国际化，前海合作区在资本项目开放、利率市场化等方面进行了许多探索，打造了跨境人民币贷款、跨境双向发债、跨境双向股权投资、跨境双向资金池、跨境资产转让、跨境金融基础设施等"六个跨境"金融特色品牌。

2013年1月，前海启动国内首笔跨境人民币贷款，成为人民币国际化标志性事件；率先开展资本项目收入支付审核便利化试点，成为我国资本项目扩大开放的里程碑。全国首家民营互联网银行微众银行、首家社会资本主导的再保险公司、全国首批相互保险公司（相互保险是指具有同质风险保障需求的单位或个人，通过订立合同成为会员，并缴纳保费形成互助基金，由该基金对合同约定的事故发生所造成的损失承担赔偿责任，或者当被保险人死亡、伤残、疾病或者达到合同约定的年龄、期限等条件时承担给付保险金责任的保险活动）等陆续在前海落户。

前海在法治建设方面的创新主要包括司法体制创新和廉政监督体制创新。最高人民法院第一巡回法庭、第一国际商事法庭、境外法律查明"一中心两基地"（中国港澳台和外国法律查明研究中心、最高人民法院港澳台和外国法律查明研究基地、最高人民法院港澳台和外国法律查明基地）、中国（深圳）知识产权保护中心、金融法庭、知识产权法庭等一大批机构纷纷落户前海。前海业已构建起了集仲裁、调解、律师、公证、司法鉴定、知识产权保护、法律查明等为一体的全链条法律服务保障体系。

截至 2021 年，前海在贸易自由化、投资便利化、金融开放等方面累计推出制度创新成果 685 项，分别在全国、广东省和深圳市复制推广65 项、82 项和 203 项。

在由中山大学自贸区综合研究院发布的最近几年"中国自由贸易试验区制度创新指数"中，前海两次夺得第一，两次获得第二名，居于领先地位。

制度创新，自然会有力地推动营商环境不断提质增效，使之更加快捷便利。

"前海 e 站通服务中心"（下文简称"e 站通"）就是其中一个典型案例。

e 站通设立之初，就在国内率先提出"一体化、一站式电子政务和公共服务平台"概念，为此后前海率先实施的企业注册登记"证照分离"、注册资本认缴制等引领性、系统性改革奠定了基础。仅以商事登记改革为例：

"企业开办"改革后，在前海企业注册的环节由五个减至一个。申请者只需登录一个平台，即可一次性办理营业执照、印章刻制、发票申领、员工参保登记、公积金开户登记等业务。企业开办可在一天内完成全部手续。

而"秒批"改革后，内资自然人有限公司设立审批时限更是由一天压缩至几十秒之内，真正实现了"立等可办"的程度。

"多证合一"改革后，申请者由需要到多部门提交多套材料，转变为"一次登录、一口办理"，实现了三十证合一。

这个商事登记全流程登记系统，是由深圳市市场监督管理局企业注册局前海登记注册科开发的，实现了企业网上提交、电子签名，企业主足不出户即可全程电子化办理深圳 95% 以上的企业设立、70% 以上的企业变更备案和 30% 以上的企业注销业务。

e 站通甚至还独具创意地设计了一个实体的惠企盒子 "e-box"。打开这个神奇的 "魔盒"，里面装着营业执照、企业公章、税盘、发票等企业开办必需品，并且附有企业开办一窗通、e 企惠等二维码，让创业者的创业之路更为便捷。

2021 年 6 月，前海又在全国率先推出了 "深港通注册易" "深澳通注册易" 服务，并在深圳全市推广，实现了港澳企业商事登记服务前移、离岸受理、远程办理，让港澳投资者足不出户、足不出城即可将企业注册落户在深圳。

有了这一系列的制度创新，前海在工商注册登记等企业服务上，效率明显高于其他区域。在前海 "开办企业一窗通 3.0" 平台上办事，一次填报、一天办结，整套流程一气呵成，效率及便利度全国领先。

普华永道公司按照世界银行营商环境指标体系进行的一项评估显示：如果将前海作为独立经济体参与排名，它将可排在全球第 22 位。而其在开办企业、施工许可、获得电力、执行合同等方面，也全都进入前 20 名，营商环境已接近国际一流水准。

在贸易便利化创新方面，前海也取得了长足的发展。2015 年以来，依托前海综合保税区，前海共推出贸易便利化创新成果 121 项，其中，"MCC 前海" 新物流模式被评为广东自贸试验区五周年 11 个投资贸易便利化最佳案例之一。

"MCC 前海" 新物流模式，是深圳海关为进一步提升贸易便利化水平，优化口岸营商环境，对标 "MCC"（Multi-Country Consolidation，多国集拼）贸易标准，从物流的关键节点上发力，打造的新物流模式。具体而言，就是按照 "系统集成、协同高效" 原则，依托深圳西部港口群、大湾区机场群以及中欧班列等物流要素，在前海湾保税港区综合运用 "先入区、后报关" "跨境快速通关" "货物按状态分类监管" "非侵入式查验"等通关便利措施，实现各类货物在区内自由集拼、有序分拨中转。企业可按照货物流向、商业安排，在前海湾保税港区内对全球各地进口、中转货物进行拼装，实现全球揽货、中转分拨、进出口集拼等一站式物流。

"MCC前海"新物流模式市场覆盖范围从珠三角至福建厦门、湖南长沙及湖北武汉等地；业务模式从空陆联运、海陆联运、陆铁联运至海、陆、空、铁多式联运；市场结构从单一市场至多元化市场，有全球性的综合物流企业至国际性的航空公司；经营模式从简单的集拼扩展到集货、理货、分流、清关及打板；服务的机场从大湾区的香港、广州、深圳扩大至越南及泰国。目前，"MCC前海"新物流模式已突破传统的海运空运集拼，成为服务大湾区、对接大湾区的新平台。

这种新物流模式，有力地帮助企业降低了通关成本，提高了通关效率。据测算，海运国际中转分拨集拼中心与原先绕道韩国釜山港、新加坡的新加坡港等中转港相比，每标箱（20英尺）可节省400美元。空运服务使企业可综合运用广、深、港三地机场航线和运力资源，出口物流选择更加便利、多元，可为企业节省成本30%左右。

同时，新物流模式还带动了外贸高速增长。"MCC前海"新物流模式实施以来，累计带来数以百亿元计的外贸增量。2020年1—2月，"MCC前海"新物流模式空运进出口货值11.9亿元，同比增长160%，海运进出口货值8.7亿元，同比增长47.6%。在"MCC前海"新物流模式等创新措施带动下，2019年度，前海湾保税港区进出口额逆势增长48%。2020年1—2月，前海湾保税港区进出口贸易额逆势增长83.4%。

"MCC前海"的高效、便捷、灵活，使得前海成为新兴业态快速发展的土壤，为外贸高质量发展提供了新引擎。前海湾保税港区落地的跨境电商9610出口业务，依托"MCC前海"新物流模式，实现了跨境电商全路径立体式"出海"，进一步激发了新业态活力。

近两年，受新冠肺炎疫情影响，我国的国际航线、船舶船期也被缩减或取消，不少进出境货物无法及时送达。"MCC前海"新物流模式为货物快速顺畅通关、企业复产复工提供了一条便利的物流通道。单是2020年2月份，通过"MCC前海"防疫物资跨境联运绿色通道，累计进口境外防疫捐赠物资37批次422万件。

2019年，前海综合保税区被评为广东省高质量发展示范典型区域。

前海蛇口自贸片区聚焦制度创新，大胆闯、大胆试、自主改，以平均3天推出一项制度创新成果的前海速度，在全国各自贸片区中率先打造了制度创新的高地，形成了一批可复制、可推广的改革创新成果。

2016年，国务院发布的19项复制推广制度创新成果，有6项为前海蛇口自贸片区首创。

2017年商务部等五部委联合发布的5项第三批复制推广的改革试点经验中，前海蛇口自贸片区有1项是全国首创，2项全国领先；广东省四批102项向全省复制推广的改革试点经验中，62项来自前海蛇口自贸片区首创，占总量的61%。2016年和2017年，前海分两批次向全市复制推广了改革创新经验31项。

2018年，广东省自贸办印发新一批75个制度创新案例中，有33个源自前海，占总量的44%。4月，前海蛇口自贸片区发布了三周年标志性制度创新成果和突破性改革创新案例，并向深圳全市复制推广48项前海的改革创新经验。

2019年，商务部发布自贸区第三批"最佳实践案例"，涵盖全国自贸区形成的成效较为突出的31个案例。其中，前海蛇口自贸片区的"以信用为核心的跨部门协同监管平台"入选。国务院复制推广自贸区第五批共18条改革试点经验，"保税燃料油跨港区供应模式"等6项在前海率先推出的创新措施上榜，占全部试点经验的三分之一。广东省发布的自贸区第三批制度创新案例，51个案例中有27个来源于前海。深圳推广前海蛇口自贸片区第四批改革创新经验43项。

2020年，国务院发布自由贸易试验区第六批改革试点经验复制推广项目，其中，"以三维地籍为核心的土地立体化管理模式"即为前海首创。深圳再次推广前海蛇口自贸片区创新经验43项。

2021年，前海的38项改革创新经验向深圳全市复制推广。包括电子营业执照"一照通"应用拓展、跨区域税收事项全流程通办、全流程信息化保税园区管理模式、全线上信用类"支小再贷款"、"云上稽查"平台、"智慧法院"现代化审判体系、港澳台侨大学生实习实践平台、建设私募基金行业自律组织等。

创新是改革之灵魂、发展之动力。作为国家全面深化改革扩大开放的试验田，作为新时代的探路者和开拓者，前海举区域创新之力，充分开展首创性、差异化探索。十多年间，前海已成制度创新"福地"，依靠体制机制创新，前海披荆斩棘、大步向前，逐渐走出了一条"依托香港、服务内地、面向世界"的高质量发展之路，创造了可复制可推广的"前海模式"，成为践行习近平总书记全面深化改革重要思想的一个典范。

第二章

人才梦工场

前海的定位是依托香港、服务内地、面向世界，要发挥联系内地与香港桥梁的作用，承担起内地依托香港走向世界和将香港的资源优势引进内地、服务内地发展的双向重任。前海理所当然地成了新时代改革的重要出海口；而因其特殊而重要的地位，它又水到渠成地变成了全球人才聚集的一个入海口。

北上，北上

1997年7月1日，香港回归之时，姚震邦还在上初中。

香港走进新时代，有人兴奋，有人忧虑。但此时，对于在香港出生长大的姚震邦来说，最急切的是功课。姚父姚母是商人，生意不大不小，属于中产阶层。那时候，香港中产家庭的孩子，成长的基本路线是这样：在香港或英国、美国读初中、高中、上大学；大学毕业后，或继续深造，读硕士、博士，或开始创业，为打下属于自己的江山而拼搏。

2021年，我在前海见到了姚震邦，他留着莫西干式中间凸起的短发，上穿印有"晰牛"标志的黑色T恤，披着一件无袖牛仔短褂，下着牛仔裤，一副时尚青年的打扮，一身阳光，已不见少年的青涩，而多了几分创业者的干练和自信。说起一路走来的风景，姚震邦感慨不已。

香港回归之际，姚震邦正在美国读书。

香港孩子去欧美国家读书、发展，是多年形成的惯性，姚震邦的哥哥在美国读完书后回到香港发展，妹妹则留在了美国。但进入1990年代以后，中国经济的腾飞引起了全世界的关注，好莱坞电影中展示的中国文化元素也越来越多，1998年，迪斯尼出品的动画片《花木兰》更是轰动一时，让中国传统文化华丽变身。眼看着中国正慢慢成为国际舞台上不容忽视的重要角色，姚震邦也开始频频投入关注的目光，渴望有机会领略中国文化的精髓。

2003 年，正在加州大学圣地亚哥分校学习的姚震邦，主动申请去北京大学光华管理学院做了一年交流生，学习金融。北大在中国近现代史上发挥了举足轻重的关键作用，现在仍然是中国的文化重镇，姚震邦在此浸淫一年，历史风云和现实浪潮交替冲击，让他切身体会到了"祖国"二字的分量。

2005 年，姚震邦大学毕业，获得电子工程芯片设计和经济学双学士学位，毕业前，他还挤时间学习了一些硕士课程。和大部分同学一样，姚震邦毕业后在美国工作了一段时间，在美林证券公司的投资管理部门工作过，也在一家生物科技公司工作过。他一边工作一边充电，还参加了芝加哥大学的战略商务班学习。

姚震邦的许多同学都成了高通、微软等头部企业的精英人物，拿高薪、住豪宅，假期去旅游、去探险，很是惬意，成了众人羡慕的榜样。但这不是姚震邦想要的生活，这种一眼看到头的金领生涯，没有惊喜，没有悬念，没有意思。"男儿何不带吴钩，收取关山五十州"的豪情一直在热血男儿心中涌动，在和平年代，很多人沉迷在虚幻的游戏中建功立业，而姚震邦只想在拼搏中实现自己的价值。他来美国读书、工作，是为自己有一天笑傲江湖修炼武功的，而不是做高级打工仔的。

练好闯荡江湖的本领，姚震邦回到了香港。

他一直在揣摩着要做一些事情，一些未必能用金钱衡量的有价值的事情。如果单纯为了赚钱，他可以去炒股票，他学过的金融知识足够帮他在股市里翻云覆雨，但相较于赚钱，他更喜欢科技，更喜欢研究。还在做学生的时候，他就喜欢把自己的手机、笔记本电脑等拆开来，研究琢磨其运作原理。好奇害死猫，却成就了姚震邦的梦想。

2012 年，姚震邦研发了一款电子产品，他想先打开国外市场，除了参加香港本土的国际电子产品展览会，还经常到美国、欧洲去赶场。

在开发市场的路上，姚震邦不可避免地遭遇了意料之中的陷阱、意想不到的惊险，他必须不断地斗智斗勇，把自己锻造成纵横商场的全能战士。战斗经验也是财富，姚震邦灵机一动，成立了一个方案实施公司，帮助别人实现梦想。只要你有想法，姚震邦就能帮你把想法变成现实，从立项、研发至生产、销售一条龙，他全包。

姚震邦的方案实施公司，圆了许多人的梦。一些大型上市公司，在遇到自己力所不能及的难题时，也来找姚震邦帮忙。

机缘巧合，在姚震邦的方案实施公司崭露头角之时，2014 年 12 月，前海深港青年梦工场一期建成开园。"青年梦工场"是由前海管理局、深圳青联和香港青协三方发起成立，旨在帮助青年实现创业梦想的国际化服务平台，可以说是姚震邦方案实施公司的放大版。只不过，青年梦工场有更优惠的政策、更广阔的舞台、更靠得住的软硬件设施。姚震邦动心了，潜伏在他骨子里的创业基因再度激活。他觉得，前海是他可以腾云驾雾翻筋斗的无限空间。

姚震邦再三掂量，如果是做纯软件做芯片，美国的业态环境可能好一些，而要做硬件，大家公认的是必须到深圳来。因为工作原因，姚震邦时常来往深圳，对深圳有深入了解，无论元器件还是硬件，深圳都有其他城市无法取代的便利优势，而且，深圳做硬件的效率非常高。在美国，订购一块主板、一些元器件，都要等上好几天甚至一周才能拿到手，因为在美国硬件生产厂商不集中，物流也没有中国方便，即人们常说的上下游配套不能实现无缝对接。而在深圳的电子市场里，几乎不费吹灰之力就能即刻配齐你需要的各种硬件，且价格相当合理。更重要的是，深圳很好玩。

美国空气好，生活舒服，但饮食单调，除了仅供饱腹的西餐，中餐相当缺乏，姚震邦在美国时常去的是一家港式茶餐厅，饭菜也不够地道，聊慰思乡之情而已。而香港居住地虽然狭小密集，却是吃货们理想的美食天堂，从童年味道到网红小吃，香港应有尽有。深圳的味道，贵在兼收并蓄，东南西北各路好吃的，一网打尽。姚震邦在北京读书时常去一家面馆，一口生蒜，一口刀削面，很过瘾，在深圳，居然也能找到差不多味道的面馆。

最最难得的是，姚震邦走南闯北、东奔西走，在全世界任何一个地方，面对原居民，有意无意之间，总有一种寄人篱下的外乡人的感觉。只有在深圳，因为大家基本上都是外乡人，反而很自然地都把他乡作故乡，谁也不和谁客气，每个人都把自己当主人，活得真实自然。

2015年，姚震邦入驻深港青年梦工场。当时，有一些香港和深圳的创新企业孵化器可以为创业青年提供政策咨询。姚震邦的团队较早提出要开发物联网。这，在当时还是比较先锋的创业理念，因此在创业比赛时顺利入选。

从逼仄的香港来到前海，面对广阔空间的无限可能，姚震邦有一种齐天大圣孙悟空杀出南天门的舒爽。他给自己的公司取名为天空社。天空社也是 Team Concepts（团队概念）的音译，暗合他们在云端做物联网的理念，洋气，大气，一出现在前海，就不由得让人眼前一亮。

天空社入驻青年梦工场时，只有 5 号楼一栋楼正式启用，天空社的全班人马也只有两个人。

创立伊始，天空社做的是和人工智能相关的语音声控产品及方案，就是云声控。其时，天猫精灵、小爱同学等产品尚未推出，姚震邦他们便首先做了海外市场的对接，开发了很多产品，包括智慧能源监控等设备，全部都运用了物联网、人工智能，产品主要销往海外市场；同时也帮助红十字会等做产品，也参加过各种创业比赛，拿到各种奖项。随后又转向开发面向大型商业企业的产品。当他们看到互联网＋人工智能的科技发展新趋势，再加上较早介入物联网的优势，便将产品研发方向聚焦在与人员数字化管理、人员健康监测、人员安全管理相关的物联网软硬件及算法研究上。

这套物联网监测系统及算法主要面向高危行业企业，帮助行业客户实现人员的数字化管理、人员的效益分析、人员安全隐患的监测，以及人员健康风险的实时监测，甚至可以用于远程监测老人、小孩的身体健康。总体来说，围绕着企业对"人"的数字化管理，提供了一套完整的解决方案。

现在，姚震邦的团队一共有 8 个人。其中一位是他的美国同学，在哈佛医学院当医生；还有一位在香港。以前姚震邦几乎每周都要在深港两地往返，近两年由于疫情的原因就一直留在深圳，已经有一年多没回香港。

他们刚开始做物联网时，国内还没有多少人做，而海外已经有了。没想到，没过几年物联网行业的竞争就变得异常激烈，激烈到有些大企业几乎是赔钱去卖自己的产品。姚震邦觉得这种做法是很不健康的，他便同一些天使投资人和机构投资方商量：要不我们换个方向，还是做物联网，但不再做那种家居类型的，而是做为企业服务的。于是，那几年，天空社跟政府机构、大型企业合作较多。譬如为香港天文台、香港机场货运等机构开发一些智慧天气、智慧冷链、智慧农场之类的项目。

直到两年前，姚震邦觉得公司业务似乎还不够聚焦，于是就想寻找一些更为细分的领域。为此，天空社深入地做了一些研究。那个在哈佛医学院当医生的同学，他们已认识了 20 多年，从初中、高中到大学，两人都在同一所学校，而这位同学从本科到博士一直读的是医学专业，如今留在美国担任专科医生。姚震邦便跟他商量，打算将天空社的主攻方向转向与人和健康相关的领域。借助同学的专业才干，由他提供各种数据的算法和建议，而后在深圳制作各种不同的传感器设备。

就这样，天空社开始转向研发与人相关的监测系统及算法。姚震邦一直以来对海外市场较为熟悉，所以一开始主要面向海外市场。但是，这两年由于疫情的原因，他无法到处去推销自己的产品，因此他便将目光转向内地。结果发现，内地市场其实也非常庞大。

他拿着自己的产品去跟内地企业商谈，但这些设备和企业的需求不太匹配。于是，天空社便根据企业的需求进行了产品的迭代，产品研发因此取得了很大的突破，并且申请到了多项专利。

然而，让姚震邦苦恼的是，他们一直未能找到较大的客户。

这时，青年梦工场向他们伸出了援手。前海管理局和青年梦工场不仅为天空社提供了创业的场地，提供了政策配套支持，而且还举办了一些法务、财务和投资者的派对，了解企业的需求和痛点，帮助企业解决问题。2020年底，青年梦工场专门为天空社召开了一次项目介绍会，请来了在前海投资的一些企业。

在项目介绍会上，姚震邦将这套医疗监测系统和天空社的经营范围详细地向与会者做了介绍。

非常幸运的是，其中有几家企业对此项目很感兴趣。最终，前海管理局、青年梦工场牵线，天空社与上海隧道工程有限公司达成了合作意向。这是一家中国500强的上市公司，他们正在承建深圳的第一条海底隧道。公司负责人听了姚震邦的介绍后，购买了整套系统，开始应用于对具体施工人员的健康安全监测和监控管理。

此次成功合作给了姚震邦很大的信心。他觉得自己的产品前途光明，一定能找到很好的发展路子。

在天空社办公室里，每个人的桌面上都摆满了智能手环样品和密密麻麻的数据线。这个团队研发推出的这款产品，名字叫"晰牛"。借助一只植入多个传感器以及GPS和北斗导航定位系统SIM卡的手环，通过人工智能算法，能够为煤矿工人、基建工人、消防员及老年人等高危人群提供安全预防报警、远程指导等，同时也能为管理部门提供更准确的人员效益、安全隐患等数据，以便其做出更好的决策。

在每张办公桌上，还摆着一个与高科技产品似乎不搭界的吹风机，那是为了测试手环性能，收集手环在各种温度条件下的数据而准备的。为了获得手环在自然高温环境中的准确数据，姚震邦还常常戴着手环，顶着大太阳在楼顶来回跑。

继与上海隧道工程有限公司达成合作以后，天空社还和南方电网等建立起了初步的合作意向，进一步扩大了客户群。

前海管理局除了协助解决客户和市场难题之外，还积极主动地为天空社提供法律、税务、知识产权等方面的咨询和帮助，为天空社更好地融入内地市场提供保障。天空社研发的这款"晰牛"智能手环，前海管理局为其推介对接了深圳市精英商标事务所，在事务所的帮助下，成功地注册了国内商标。对此，姚震邦由衷感念："选择创业还是要来前海，因为这里辐射大湾区，研发的上下游产业配套都很到位。"

在前海创业，姚震邦还有一个惊喜的收获，那就是认识了自己的太太。两个人有着相似的人生观、价值观，时机成熟就很自然地走到了一起。以前姚震邦还不太习惯在深圳生活，于是太太便经常跟他到香港去。在香港时她外出打工，工资收入也很高。但是因为姚震邦更喜欢科技创业，组建了自己的团队，太太就跟他一起加入了科技创业的行列。

前两年，姚震邦在深圳买了房。这件事他至今都没告诉自己的爸爸妈妈，因为他们一直希望他在香港买房。这套房子所在区域以前不属于前海，2021 年前海扩区，房子所属地段划入前海，房价随之攀升。这是姚震邦始料不及的锦上添花。

在姚震邦看来，人生重要的不在于赚到多少钱，生活质量有多高，重要的是，在自己喜欢的地方，与自己喜欢的人一起，做自己喜欢的事。在自己喜欢的前海，他组建了自己喜欢的团队，一直在追求着自己喜欢的事业。他坚信，只要伙伴们不懈努力，必能获得自己喜欢的结果。

郑丽萍，1986 年生于浙江衢州，1997 年香港回归之时，她才 11 岁，正上小学五年级。在 18 岁考上广州的暨南大学之前，郑丽萍从未走出过浙江省，她没有想到，等她大学毕业之后，她会成为香港人，在那边结婚生子，创立家业。更没有想到，有一天她会作为香港青年，去深圳前海成立融创（深圳）孵化器公司。

孵化器是近几年流行起来的新名词。我原本以为，孵化器是一个物理空间，许多微小企业在里面孕育，时机成熟之时，破壳而出，发展壮大。郑丽萍三言两语给我来了一次科普，她说："其实，我们做的孵化器，是孵化器里的一种创服机构，也就是创业服务机构，就是为那些打算创业的人士提供各种服务，帮助其成功创业的这样一个公司。"

郑丽萍个子不高，大概一米五六左右，留一头长发，戴着眼镜。在深圳炎热的天气里，她穿着墨绿色无袖上衣和黑底白色小花的裙子，看起来一身清爽，像是一名大学刚毕业不久的青涩创业者。

坐下来细聊，我才发现，人不可貌相，郑丽萍参与创业已经 6 年了！

大学毕业后，郑丽萍先是在内地的一家房地产开发公司任职。从管理培训生做起，做到了招商总监。2015 年，正在事业上升期的郑丽萍，却突然辞职去创业了。我有些不解，一般来说，中国女性大多求稳妥，不会轻易折腾，一个当了妈妈的女人，为什么会放弃大好职场前程，而去开始前途莫测的创业？

郑丽萍回答说，其一，她遭遇了职业女性的普遍尴尬，有了家庭，有了孩子，她不得不挤出时间来陪伴孩子、经营家庭，而她作为招商总监，必须长年在外奔走，且常常在一个地方一待就是几个月，为了工作而忽视家庭，她觉得，得不偿失。其二，郑丽萍在房地产行业打拼七八年，深谙其发展规律，她觉得房地产行业的黄金时期已经过去。因此，无论是为了回家陪孩子，还是出于职业发展规划的考虑，她都愿意辞职开始新篇章。

现在回头看看，郑丽萍的选择是明智的。因为自己做老板，她可以灵活安排时间，孩子可以得到妈妈更多的陪伴；因为果断辞职，她避开了自 2015 年开始的房地产低谷，避开了职业发展的瓶颈。

郑丽萍是和同学合伙创业的，创办了深圳三赢国际知识产权服务有限公司 —— 一家涉外知识产权事务所。这是一家专注于为企业提供国内外商标注册、商标设计代理服务与版权软件、著作权、外观专利、实用新型发明专利等咨询服务的机构。2017 年"三赢"正式入驻前海深港青年梦工场，接受创业的指导帮助。

郑丽萍本科学的是翻译专业，从事涉外业务具有相当的优势。而从房地产开发公司转型到企业服务机构，由于有了原先的一些产业经验的积累，也可以顺理成章、水到渠成地过渡。

经过两年多的孵化，"三赢"日渐成熟，便搬到了南山区软件产业基地去扩大发展，交由郑丽萍的朋友去经营。

"三赢"交给朋友打理之后，郑丽萍把主要精力放在香港。但她对前海一直念念不忘，2021 年 2 月，郑丽萍又在前海深港青年梦工场成立融创（深圳）孵化器有限公司，注册资本 50 万元，办公地址位于前海深港青年梦工场 5 号楼。

重回前海，郑丽萍可谓轻车熟路，她对前海的营商环境和各种优惠政策都相当熟悉，也知道如何与相关部门打交道，开办一家提供创业服务的公司，具有得天独厚的优势。

现在，融创孵化器的客户 70% 以上都是跨境客户，从事的是跨境业务。客户主体基本上都是港澳台同胞、海外回国的侨胞等。

融创孵化器员工并不多，但都很精干。他们将自己能够为创业企业提供的服务划分成若干个细致的板块，包括知识产权、工商、财税、补贴等。申请专利的相关文件由公司自己的职员来写，而有一些业务则借助互联网上的团队。

融创孵化器服务于正在创业或者准备创业的公司，业务范围从涉外知识产权、商标、版权、专利，逐渐地拓展到工商、税务、跨境变更、注销业务、财务代理、税务策划，等等。这些业务，大多是刚到内地创业的香港人不太熟悉的，很需要融创孵化器这样的中介机构帮忙办理。

前海深港青年梦工场给郑丽萍的感觉非常好。这里楼层不高，配套完备，生活空间、工作环境都很优越。对于创业企业，前海有许多优惠政策，包括在房租上提供优惠，给予青年专项资金扶持。前海管理局还经常举办一些讲座，譬如有关涉外知识产权诉讼策略的讲座。有时没时间去听讲座，她便收看讲座的录像和直播，或者收听相关的分享。这些讲座可以很好地帮助她打开眼界，激发灵感，对郑丽萍的创业非常有帮助。在她看来，租金减免其实只是减少了企业的一部分成本，这并不是创业孵化类企业最需要的，她更看重的是前海提供的软件服务。

许多香港的青年创业者对于前海和内地的政策并不了解，郑丽萍的融创孵化器在这方面可以很好地帮助他们。譬如帮他们去争取专项扶持基金，向深圳人社局申请人才补贴，去科创委、商务局等申请各项补贴，等等。融创孵化器一直在深入研究前海和内地的政策，研究透彻后就可以将相应的信息推送给自己所服务的企业。特别是那些初创的企业，在开创之初无力聘请专业资深的财务人员或法务人员，而融创孵化器就可以帮助他们去研究相关政策，去打理相关事务，从而很好地帮到他们。

因为有在香港和内地两地生活、工作的经历，郑丽萍也可以帮助香港企业申请香港政府的"BUD 专项基金"。BUD 是香港特别行政区政府于 2012 年 6 月推出的一项总值为 10 亿港元的专项基金，专门用来帮助香港企业发展品牌、升级转型及拓展内地市场业务。这项补助对于香港投资内地的跨境企业非常有利，且资助额度很高，补贴上限可达 400 万港元。2021 年至 2022 年，香港特区政府再次向 BUD 增资 15 亿港元，对企业的资助上限由 400 万港元提升到 600 万港元。

融创孵化器每周都要开展一些创业者社群公益性质的活动。这些活动通常都放在前海党群服务中心或者青年梦工场举办。这些场地都是免费的。这，对于创业型企业来说也是一个很大的帮助。郑丽萍他们做创业者社群也需要这种场地支持。创业者社群里的创业者大多年纪都很小。2021 年，经由融创孵化器推荐的项目有 6 个打进了"深圳创业大赛"，融创孵化器自己也进入了半决赛。

内地还有很多政策在郑丽萍看来是非常优越的。譬如，在内地就业的香港创业者可以缴交"五险一金"，交够 15 年的社保，退休后就可以领取退休金。而在香港是没有社保一说的，只有一个政府的强积金可以使用。而且香港居民在深圳可以享受到与当地居民相同的福利和待遇。

郑丽萍讲述了一个自己遇到的案例。

深圳医保分三类，深圳户口的人员都是一类医保，非深圳户口的人员可以自行选择医保档次。融创孵化器有一个客户，之前缴的是三类医保。有一次，客户突然生病了，需要去北京大学深圳医院就医，结果发现因为他缴的是三类医保，因此很多费用都无法报销。郑丽萍后来了解到缴纳三类医保的人只能到指定的社区医院就诊，而缴纳一类医保的人可以选择在三甲医院就医。她将了解到的这些信息及时地分享给融创的客户，建议他们将医保调成一类，以方便他们在深圳各个医院就医。

同时，郑丽萍还了解到，深圳市对于创业型企业有一项特殊的政策 ——初创企业三年内其创始股东社保的单位缴纳部分，可以由政府补贴 ——这对于创业公司而言也是一个很大的利好。虽然每个月单位缴纳的部分只有几百元，但是积少成多，也能有力地帮到这些初创企业。有些创业型企业由于过于忙碌，一忙起来就忘了去办理，融创孵化器此时就及时出手，代为办理，真的是帮忙帮到了点子上。

关于下一步的发展，郑丽萍希望创立一个双证的事务所。因为她和团队持有专利师证和律师证，在前海创办一家双证律师事务所，可以同时提供知识产权和法律服务。

相对于事业的发展，郑丽萍更在意的是孩子的成长。孩子本来都在香港读书，若想母子天天见面，要么孩子得深港两地来回跑，要么妈妈得深港两地来回跑，郑丽萍母子吃尽了来回奔波的苦头，2020年开始的疫情，更让他们苦不堪言。2021年9月，郑丽萍把孩子都转到了深圳上学。深圳的读书环境越来越好，孩子们也能享受深圳市民待遇，家里老人还能帮着照看孩子，郑丽萍放下了心中最大的石头。

她动情地说："如果没有家庭支持的话，我们不可能这样轻松地在商海里打拼。所以创业绝对不是靠一个人，而是要靠一个团队，甚至靠一个个家庭去支撑。深圳也是这样，是全国的力量在支撑着深圳，而不是依靠深圳一个地方就能做得那么好。"

因为创业初期工作繁忙，郑丽萍平时也很难有时间陪伴孩子，所以就特别重视陪伴的品质。令她欣慰的是，在深圳，宝安妇幼保健院就有专业的家庭心理咨询师可以提供帮助。当家庭遇到一些问题的时候，可以向专业的咨询师寻求帮助。而这种咨询收费比香港低了很多。还有一些第三方机构可以帮助人们更好地理解家庭应该怎么经营。这个第三方机构特别棒，会举办许多活动，譬如"爸爸营"，为人们更好地理解自己，更好地经营家庭提供一定的帮助。现代社会很多人都面临着经营家庭的难题，有些人甚至刚过30岁就离婚了。因此，家庭心理咨询师、第三方机构，对于现代家庭来说，还是挺有必要的。

我和郑丽萍访谈时，也认识了融创孵化器的合伙人祖哥。

祖哥除了是孵化器合伙人，还在经营着一个名为"誉嘉"的太空科技食品公司。他们采用比较先进的技术来对食品进行加工，不添加味精，不添加防腐剂，却可以达到很好的锁鲜保鲜效果。

誉嘉食品在香港和前海各地都有销售，一份包装食品就可以做成一份炖汤。广东深厚的煲汤文化，保证了誉嘉食品的基本市场。

我问："这样一份炖汤大概要卖多少钱？"

祖哥回答："如果是供给香港的，在香港市场上大概可以卖到50港元。"而对那些较为高端的食材，售价还要更高一些。现在，祖哥的这个产品在香港市场已经占有60%的份额，销路相当不错。

我以为祖哥是香港出生的本地居民，聊起来才知道，他祖籍是汕头，小时候跟着父母移居香港，长大之后到广州读暨南大学的国际金融专业，在暨大，他认识了郑丽萍，成了朋友，成了合作伙伴。

因为疫情的影响，祖哥回香港需隔离14天，返深圳又要隔离14天，来回很是不便。在2021年3月份回过一次香港之后，祖哥就一直待在深圳，他说："回去也没什么紧要事儿，也就是和老妈喝个茶，聊个天，不回也罢。"

祖哥还说："我们现在每天都在学习。还搞了一个公益性的创业社群，经常邀请一些朋友来讲解如何创建公司，这些都是免费给社群里的企业分享的。"

现在有很多港澳同胞回到内地来创业，他们最大的问题是如何打开自己的圈子，在一个新地方交到朋友，找到合作伙伴，找到优秀的人才，了解内地的文化。因此融创一直坚持做公益性的创业者社群，通过牵线联络，帮助港澳人士融入当地，找到生意和合作伙伴，为他们搭起一座座桥梁，创造更多的机会。这种自发的民间的活动，这些分享的平台对于创业公司来说都是很舒适，很受用的。社群的一个共同的价值理念就是：所有人向所有人学习，所有人服务所有人，所有人支持所有人。"要想方设法像火把一样，在深圳前海点燃，推动大家共同来创造。"祖哥这样说。

在社群里，郑丽萍也学到了许多新鲜的东西。比如她以前是学翻译的，翻译中有一种叫同声传译，简称"同传"。在社区里她发现，现在居然还有"视觉同传"，就是将整个活动通过图画的方式实时地进行记录，可以用iPad播放。这种图画式的记录相当生动传神，而且在社群中传播非常方便，很容易让其他的创业伙伴理解，是一种非常好玩的方式。

祖哥告诉我，以前他觉得香港才是他的家，这两年由于疫情的原因一直居住在深圳，越来越觉得深圳是第二个家。

在祖哥看来，前海的创业气氛非常浓厚，政府对所有的港澳台人士以及华侨创业的支持力度非常高，会安排相应人员过来做辅导，一对一或一对多地去帮忙解决问题，为在深圳的创业者提供从融资到创业一条龙的服务。

而在郑丽萍看来，前海致力于建立健全连通港澳、接轨国际的现代服务业发展体制机制，这对于从事现代服务业的香港人才非常利好。深港两地规则体系的衔接，可以使从事专业服务业的港企和香港人在前海获得更具竞争优势的业务。

为了帮助香港青年创业者，祖哥专门和同事们制作了一系列创业知识分享视频。视频共20期，覆盖创业环境、公司运营、银行融资、政府补贴等方面，囊括了创业过程中可能遇到的各种问题。比如，产权贷款如何办理，香港人或者外国人在深圳创业如何去银行办信用卡，如何把信用做好，等等。这些视频一上线，就受到许多创业者的欢迎。

在祖哥看来，前海年轻而有活力，有一群志同道合的创业青年，像极了一个浓缩版的深圳。

祖哥2012年来深圳创业，先后在生鲜超市、餐饮等行业摸爬滚打，他是被"来了就是深圳人"的口号吸引而来到深圳的。

像祖哥这样被这句口号吸引来深圳的人可谓成千上万。这句口号因其充分体现了深圳这座城市的包容性而深入人心。说起这句口号的流传过程也是一个有趣的故事。

据鹏城网介绍，"来了就是深圳人"的源头可以追溯到2004年底。作为全国最大的移民城市，每到春节，随着返乡大军陆续返回原籍，深圳几乎变成一座空城。而没能买到票不得不继续留在深圳的务工人员则总是怅然若失。有人感叹，为什么深圳建设了这么多年，过年还是留不住人？！一到节日放假就候鸟一样飞回家去了。难道深圳不是你的家？！那么深圳到底是谁的家？！

鉴于这种情况，动作演员出身、热衷活动策划的湖南籍青年吴啸就想联合深圳民俗文化村共同举办一场为期15天的大型联谊活动，让过年期间没有返乡的外地人有个消遣娱乐的地方，从而对深圳产生归属感。吴啸随即起草了一份策划案，并将活动主题确定为"今年过年不回家，来了就是深圳人"。

2008年，吴啸成立了深圳大视界文化公司，在该公司承办的各类大型活动中又多次将这句话作为主题呈现，并深受市民好评，从而逐渐广为人知。

2010年是深圳经济特区建立30周年。8月，深圳报业集团等发起举办"深圳最有影响力十大观念"评选活动，引起了全社会的广泛关注。其中"来了，就是深圳人"这句口号就是入选的十大观念之一。这句简单质朴的口号，表达着居住在这座城市里的人们内心对归属感的深沉呼唤，也代表着深圳的包容性格和移民城市的独特气质。

2012年，农历龙年春节期间，深圳大学大一学生周积鹏设计了一份"深圳欢迎您"的海报，令人耳目一新，在微博上热传，引起了深圳市内外媒体的广泛关注。

这张海报以深圳莲花山邓小平雕像为背景，用充满感恩和开放情怀的词句写道："因为大家都是离开家的人，所以我们欢迎您；因为这是邓爷爷为大家画的一个圈，所以我们欢迎您；因为您是深圳继续发展的动力，所以深圳欢迎您；因为您是深圳辉煌 30 年的恩人，所以深圳欢迎您。"海报最上方的一句话"来了，就是深圳人"一跃成为深圳 2012 新年最热词汇，赢得了万千网友和深圳市民的强烈共鸣。从此，这句话流传得更广，在深圳可谓妇孺皆知。如今，这句话已成为深圳人身份认同和城市认同最显著的标识与象征。

成了"深圳人"的祖哥，现在已在深圳成家立业。和在香港不一样，在深圳有很多的机会，可以找到自己的合作伙伴，找到自己需要的各种资源。他非常喜欢深圳的生活，因为这里非常自由，创业者有自己的社群，在生活上也有一些不同的圈子。

"我的命运和祖国关系密切"

和姚震邦、祖哥一样，陈润富也是一名香港青年，生于 1986 年，祖籍广东梅州市丰顺县。陈润富个子较高，戴副圆形眼镜，头发有点卷，长相相当英俊。上身穿休闲短袖衬衫，下着休闲裤，感觉他似乎是一个不太注重仪表、无拘无束的人。说起话来不急不慢，看得出来是一个慢性子。陈润富小时候家里很穷，他说，即便是在过生日的时候，去看场电影的愿望也很难实现。他上小学以后，父亲自己创业，开了一间洗衣店铺，家境开始变好。

陈润富说："我的命运和祖国关系密切。"1997 年 7 月 1 日，香港回归祖国，使得大批香港青年大学毕业后可以到内地来就职、创业。2008 年，陈润富从香港城市大学数码视觉设计专业毕业，取得副学士学位。大学毕业前，他参加了香港上市公司华润零售集团包装设计比赛并获奖。2009 年，他成立了自己的富思工作室，承包了华润堂大健康零售连锁店香港全线品牌广告设计制作，也为新鸿基地产、港龙航空和香港经济日报等大型企业客户提供专业品牌广告设计服务。

2014 年，他接受新疆华凌工贸集团有限公司邀请，赴格鲁吉亚担任企业文化设计总监，参与中国走出去和"一带一路"国家级海外建设项目。2015 年起，他曾先后在北京和上海工作过一段时间，亲身体验了内地一线城市的发展速度和生活节奏。最终，他选择了深圳，因为这里距离香港很近，他可以时常回香港看望自己的父母；同时，他觉得深圳的创新活力强，科技感十足，是一片就业创业的广阔天地。

2019 年的一天，陈润富接到了大学老师的电话，推荐他参加由香港设计总会主办，香港特区政府"创意香港"办公室赞助，以前海深港设计创意产业园区二元桥作为合作伙伴的"大湾区创业孵化计划 2019"。陈润富提交了新媒体创新的课题申报计划书，计划设计将图像转变成形象的动漫 IP，通过新媒体创新技术扩大传播影响力。凭借多年实战经验及自己在富思工作室设计作品和专案管理的经验，陈润富在创业大赛中成功入选初创创意企业前 50 强，获得 15 万港元的创业奖励，并成功入驻前海，在前海注册成立了前海富思传媒（深圳）有限公司，由此开启了自己新的创业之路。

陈润富设计的第一个创意产品是动漫 IP "苦狮"。这是一只戴着醒狮头套以为自己是狮子的老虎。他希望通过这个苦狮形象，带出小人物也能创造奇迹的香港"狮子山下精神"。狮子山位于香港九龙塘及新界沙田的大围之间，对香港人而言，狮子山象征着香港的精神高地。狮子山下精神源自 20 世纪 70 年代香港电台拍摄的一部反映香港社会实况的电视剧《狮子山下》。该剧讲述了狮子山下小市民的生活故事，描绘了当时香港人虽生活艰辛，但仍咬紧牙关，同心协力克服困难，最终走向成功的生动过程。该剧主题曲《狮子山下》极具激励和振奋作用，脍炙人口，深入人心。"携手踏平崎岖"的狮子山下精神从此成为香港人同舟共济、逆境自强、奋斗拼搏的象征，影响了一代又一代的香港人。就像香港已故歌手罗文曾经演唱的经典歌曲《前程锦绣》："小小苦楚等于激励，等于苦海翻细浪，藉着毅力，恃我志气，总要步步前望。"陈润富希望苦狮这个形象能够让更多人铭记狮子山下精神。

苦狮形象的灵感来自陈润富参加团结香港基金会举办的"香港创业青年内地行"活动时遇到的一位朋友。那位朋友创作了一个动漫IP并获得了奖项。但是，由于这个IP产生不了商业效益，他放弃了继续创作。陈润富觉得十分可惜，就构思创作了类似的动漫IP苦狮。这个名称和他公司的名字"富思"谐音，在粤语里，"富"与"苦"同音，"思"与"狮"同音。陈润富一向认为人生不会一帆风顺，生活中总会遇上苦楚，因此他希望用看似负面的"苦"来表达正面的、积极的生活态度，引领大家从生活的苦中寻找人生的价值和意义，寻找生活的答案。

富思传媒有7名职员。公司实行项目制，与一些国企合作，推出伴手玩具等文创产品，并通过销售文创产品而获利，还时常策划举办公益科普展览活动。陈润富说，用苦狮形象做的动漫、设计和周边产品，目前市场效果还不太好，利润比较低。但好在财务方面他已经实现了收支平衡，加上父母家庭已过上小康生活，没有负担，他可以专注追寻自己的梦想。未来，他希望能够结合新技术做新的创意设计，推动新媒体项目落地。他也希望前海方面可以帮助推广他们制作的动漫，推动有关机构定制采购动漫产品，为后来者提供一个创业样例。

2019年，陈润富除了经营自己的富思传媒外，还加入了香港青年创新创业协会，担任深圳办事处主任，同时出任协会在青年梦工场创立并运营的粤港澳大湾区青年创新创业中心副总经理。

粤港澳大湾区青年创新创业中心（以下简称"青创中心"）的创立，缘起于《粤港澳大湾区发展规划纲要》的出台。《纲要》提到，要充分发挥粤港澳科技研发与产业创新优势，破除影响创新要素自由流动的瓶颈和制约，进一步激发各类创新主体活力，建成全球科技创新高地和新兴产业重要策源地。要支持粤港澳在创业孵化、科技金融、成果转化、国际技术转让、科技服务业等领域开展深度合作，共建国家级科技成果孵化基地和粤港澳青年创业就业基地等成果转化平台。在青创中心负责人看来，科技创新是香港融入国家发展的一个切入点。作为未来社会发展的中坚力量，香港青年在粤港澳大湾区将拥有无限的发展机会。

青创中心以服务港澳台青年创新创业为核心，汇聚深港两地的科技、产业、创投等资源，发挥专业化的科技企业孵化职能，为港澳台青年提供落地的创新创业服务。以"中心＋创服＋孵化"三位一体的全链条培育孵化产业服务体系为驱动，促进深港两地创新资源的对接与合作，促进香港高校科研成果与产业的紧密衔接，致力于打造具有港澳青年特色的科技资源支撑型创业载体、港澳科研人才聚集地、人才引进政策落地聚集区、产学研融合示范点。

作为普通家庭出身的青年，陈润富觉得能够获得一次在深圳创业的机会非常难得。他不仅自己十分珍惜这个机会，还想方设法帮助更多香港青年到深圳来实现创业梦想。在陈润富们的努力下，青创中心助力许多港澳青年开启了他们的梦想之旅。

2020 年 4 月，前海深港青年梦工场 10 号楼对外发出入驻招募令，青创中心成功中标。随后迅速汇聚了一批人工智能、机器人、生物医药、文化创意领域的港澳企业团队入驻，其中香港企业有 32 家。在办公区尚未装修时，这些港企就已足额交齐定金。后来，有更多港企络绎不绝前来，希望进驻，可惜办公楼区已经饱和。

2020 年，新冠肺炎疫情暴发。此后，受疫情影响，香港人有时不便到深圳来，要在前海注册公司十分不便。青创中心主动与前海管理局协商，探索出了一些先行先试的做法。譬如，原先注册公司需要法人代表和股东到场，现在，他们无需到场，只需准备好注册公司所需的相关资料，青创中心就可以代理公司注册事宜。通过这些便利化措施，青创中心帮助许多香港青年顺利地在内地开启了自己的事业。

青创中心不仅为港澳青年的创新创业提供服务，还十分关心他们的生活娱乐。

2021年的中秋夜，我在青年梦工场内散步，正巧赶上青创中心和青年梦工场事业部举办的青年中秋联欢会。现场参与者甚多，大家欢聚在一起，唱歌，猜灯谜，吃月饼，聊天，交友，其乐融融。

随着在前海运作的成功，青创中心又相继在北京、武汉、成都、海南等八个地方设立了办事处和基地，将他们的运营服务延伸到了更多的内地城市，帮助港澳青年将走向内地的创业之路变得更为平坦和顺畅。

在前海采访，我没想到还会碰到从台湾来的创业者。因此，见到李坤安的第一面我的确有些吃惊。这个小伙子个子不高，面目清秀，戴副眼镜，一眼看去就感觉他是一个非常乐观的人，对未来充满了信心，对生活充满了热爱。

在前瞻科技教育（深圳）有限公司位于青年梦工场10栋5楼的办公室里，我惊奇地看到了两只小猫。一只白猫，一只黑猫，胖乎乎的，很是惹人喜爱。

李坤安告诉我，以前他给别人打工，通常下午六七点钟就下班回家，这样才有时间照顾小猫。而现在自己创业，经常得在公司里待到深夜，于是，他就把小猫带到公司里来，便于照看。这两只小猫个性都很好，慵懒文静，平时总是找一个地方安安静静地待着，偶尔跟人撒撒娇，让公司的氛围都变轻松了许多。他的员工们也都很喜欢这两只小猫，大家在紧张繁忙的工作之余，偶尔逗一逗猫，撸一撸猫，亦不啻是一种减轻压力、舒缓心情的方式。

李坤安喜欢动物。在他看来，人应该多亲近大自然，应该与动物生活在一起。照他的想法，城市里可以放养一些动物。虽然他知道这不太现实，但是他心里就是喜欢那种人与动物和谐相处的感觉。

李坤安小时候，爷爷经常跟他讲过去的事。爷爷的老家在河南郑县，现在改称郑州。自从爷爷去了台湾之后，与老家的联系就彻底中断了。虽说祖籍郑州，但是郑州那边还有没有亲戚，有哪些亲戚，不得而知。李坤安对此一直很好奇。但因为家里没有族谱，爷爷也去世了，即便回去寻根，估计也找不到亲人了，这也成为李坤安心中的一件憾事。

李坤安 1990 年出生于台北，幼儿园、小学、中学、大学都在台湾就读。2012 年大学毕业后，他先在台北工作了两年，而后发现自己的知识还不够用，便又到英国伦敦大学攻读游戏设计专业的研究生。这次读研的经历，彻底改变了李坤安对祖国大陆的看法，并最终促成他做出到大陆创业发展的决定。

在英国读研时，同学里有很多是从大陆过去的。在接触的过程中，李坤安逐步增进了对大陆的了解。他发现，许多事情其实并不像台湾当局宣传的那样，需要自己去发掘真相。于是他便尝试着自己去深入寻找。结果他发现，无论是台湾人还是大陆人，大家都是朋友，台湾和大陆一家亲，对此他深刻认同。他越来越觉得，毫无必要因为某些不同的思想而去撕裂彼此。

在伦敦读书过程中，李坤安越来越坚定了自己毕业后的去向，那就是到大陆工作和创业。那几年，李坤安经常听朋友讲起深圳，他们说深圳是很适合互联网行业发展的地方。因为认识了一些大陆的朋友，他便跟着他们一起回来，到深圳进行实地考察。结果令他惊喜：这的确是一座成长进步速度非常快的城市。

2016 年，李坤安从伦敦大学毕业。2017 年，他从台北来到了深圳。刚开始时，他在深圳的一家游戏公司工作。然而，游戏公司的工作量并不饱和，到了周末还可以休假，闲不住的李坤安便到新东方做兼职教师。他的本意是兼职教英语，但是没成想误打误撞成了一名教授艺术设计的专职教师。就这样，从兼职教师到明星导师，再从教学主管到新东方艺术教育游戏动画专业的全国产品经理，他先后带过三四百名学生，教他们游戏设计和动画制作。

在深圳工作期间，李坤安通过朋友介绍认识了之后成为妻子的她。他们第一次见面是在一家咖啡馆里，彼此谈得很投机，很快便走到了一起。2019年12月，他们正式举行了婚礼。孩子也顺利出生，是一个可爱的小女孩。结婚生子后，为了让孩子有人照料，李坤安一家住在岳父母家里。

2020年，新冠肺炎疫情暴发，新东方线下教学无法开展，李坤安一时赋闲在家。这时，他听说前海深港青年梦工场对于港澳台青年创业有诸多帮扶政策。经过深入了解，他发现，前海的确是创业的好地方。

李坤安是学游戏专业的，常年做游戏设计；妻子学的是金融专业，懂得理财和经费预决算；妻子的弟弟已大学毕业，是学计算机的，能熟练运用互联网技术。天时、地利、人和，各种利好的要素都汇聚到了一起，这让李坤安意识到，现在是最好的时机，可以独立创业了，可以利用先进的互联网技术，跨越到其他行业中去，帮助这个行业发展。他想到的第一个目标就是教育行业，第二个目标是医疗训练。

李坤安找到留学时结识的一名芬兰籍同学，希望跟他合伙创业。这个同学对计算机语言的应用十分娴熟，对VR、AR技术方面的发展十分了解。李坤安把创业的想法跟芬兰籍同学一说，两人一拍即合。他俩将自己的技术专长结合起来，针对疫情形势下教育行业的痛点，找到了一条新的赛道——线上教育。这条赛道正是目前教育行业所需要的。李坤安坚信，是时候搭上船出发了！

接下来的事情水到渠成。2020年1月21日，前瞻科技教育（深圳）

有限公司在深圳南山区注册成立，李坤安将公司搬进了青年梦工场10号楼。

疫情期间，学校、培训机构相继开始探索线上授课。李坤安也在新东方进行线上授课。他发现，上网课时很多学生专注力不足，有些学生甚至直接就缺勤了。为了解决线上教育的这个痛点，李坤安想到了VR增强眼镜这项技术。

VR是Virtual Reality的缩写，意思是虚拟现实，是多媒体技术的终极应用形式。用户戴上立体眼镜、数据手套等特制的传感设备，仿若置身于一个三维的具有视觉、听觉、触觉甚至嗅觉的感觉世界，并且人与这个环境可以通过人的自然技能和相应的设施进行信息交互。AR是Augmented Reality的缩写，意即增强现实。这项技术广泛运用了多媒体、三维建模、实时跟踪及注册、智能交互、传感等多种技术手段，将计算机生成的文字、图像、三维模型、音乐、视频等虚拟信息模拟仿真后，应用到真实世界中，使两种信息互为补充，从而实现对真实世界的"增强"。在上网课时，学生戴上VR眼镜，就会感觉老师仿佛就在身边，就在眼前，临场感、真实感非常强。

VR教学的好处，是可以实现一种虚拟校园的效果。在实际应用中，特别适用于有多所分校的学校。给学校设置一个虚拟世界的入口，不同分校的学生就可以在一个虚拟的校园里跟老师进行教学互动。

在虚拟校园里，人们的形象都是卡通的或者动漫的，有点类似任天堂游戏中的卡通人物。这种形象特别受12岁到20多岁人群的欢迎。在这个虚拟的环境中，学生和老师可以无障碍交流，从而让学生们更加热爱学习。那些身心有障碍的特殊儿童，在这个虚拟世界中，也不会因为自己的残疾或与众不同而感觉不适，他们都能得到较好的关怀。而且，虚拟校园不仅仅只限于使用VR设备，还可以做到跨平台，比如手机就可以作为一个虚拟的入口，经由这个入口进入虚拟校园里。在虚拟校园里，如果是上历史课或是地理课，可以带学生到虚拟的实境中去听讲。譬如要讲秦朝的历史或长城的修建，可以带学生去长城，让大家坐在长城边听课。这种身临其境的沉浸式教学方式，可以让学生较好地集中注意力，老师上课的效果会大大提升。

如今，VR技术已发展到可以实现裸手交互，也就是无需通过控制器，学生就可以看到老师的姿势，包括头部、嘴唇等的动作。这样，就可以实现更好的代入感。这种沉浸式的虚拟世界，被称为"元宇宙"。

2020年12月，李坤安以"元宇宙校园"的项目设计，报名参加"2021前海粤港澳台青年创新创业大赛"，最终在决赛中脱颖而出。

除了虚拟校园，李坤安第二个目标是医疗训练项目。如果这两个项目都做完了，他将继续尝试做游戏项目。当然，他要做的游戏同现在市面上已有的游戏不一样。李坤安本身学的是游戏专业，在他看来，游戏实质上是一种艺术品，是要传递艺术价值的，而不应被作为一种纯粹的商业手段、一种圈钱的工具。他希望通过自己的努力，改变人们对游戏的偏见。目前，他所要做的就是把自己多年来在游戏行业从业所积累的丰富的经验和技术，应用到其他行业特别是教育行业，让这些行业即便是在疫情环境下也能很好地生存和发展。

对比在台北的生活，李坤安认为，深圳可能更适合自己。这里虽然比台北要稍微热一些，但环境、空气条件都比台北好。李坤安原来有鼻子过敏的症状，到了深圳以后几乎没有发作过，因此他在这里生活得很开心。在他看来，定居深圳是一个很好的选择和决定。

在深圳生活多年，李坤安已经非常习惯并且深深地爱上了这座城市，对它有着强烈的认同感。他认为深圳是一座很热血的城市，而他一直都喜欢这种热血的感觉、奋斗的精神。深圳政府非常乐意支持年轻人去实现自己的梦想，这里真是一个追逐梦想、实现梦想的好地方。李坤安说，人生在世，就是要勇敢地去追梦逐梦，去实现梦想。而他正在从事的这个事业是能够帮助社会、回馈社会的。这正是他的理想、他的梦想所在。走在这样的创业路上，他感觉很充实，也很快乐。

跟随李坤安走在创业路上的，除了公司原始的核心骨干之外，都是大学毕业刚踏入社会的年轻人。李坤安之所以挑选这种类型的员工，是因为他觉得这些年轻人脑子里没有多少成见，不会受到固化观念的限制，可能更具潜力，更具创造力。他说，一个年轻人，只要基础够扎实，两三年时间就能很好地掌握自身岗位所需要的技能，创造性地开展工作，做出有创意的设计。

人才，是企业发展的关键要素，这一点，李坤安非常清楚。但在创业伊始，求贤若渴的李坤安十分焦虑，因为自己那处于初创期的公司还寂寂无闻，只能算是一个小微企业，能否把优秀的人才吸引来，他心里完全没底。

让他没想到的是，因为公司在前海，人才问题迎刃而解。

前海背靠南山区和宝安区，南山是吸聚互联网人才最多的地方，宝安也是大量人才的居住地。前海的工作环境和生活环境都很好，交通又便利，公司楼下就有地铁站。李坤安因此非常容易就招聘到了自己想要的人才。

李坤安说，在深圳，他切身感受到了大陆的好，他很想将这种好介绍给台湾的同胞，让他们也能感受到这种好。他经常现身说法，向亲友力荐前海，告诉他们这是一个有政策、孵化、融资、项目、扶持配套等创业支持的好地方，并且鼓动他们到大陆来创业。他最好的朋友、高中同学，在他的劝说和鼓动下，打算先过来考察一下，看看有没有自己能够做的事情，看看自己能否很好地适应大陆的生活。

"如果他们真的决定来了，剩下的事情我都可以帮他们搞定。"李坤安说。

李坤安愿意帮助更多的台湾朋友了解大陆的好，带给他们憧憬。但是，他也认为，一个人不能总是以消费者的心态来看待社会，要在社会上立足，就要有一个改变世界、为世界注入正向力量的想法，应该想方设法让社会变得更好。每个人都应该付出自己的一份努力来建设更美好的社会，也在这个过程中赚取属于自己的那份财富，实现自己的价值。

国内正实行产业结构调整，规范和引导资本健康发展，加强对演艺圈、教育培训、互联网游戏等行业的监管，在李坤安看来，这些举措都是对老百姓好的，都是积极可取的。

李坤安经常同他那位合伙人、芬兰籍的好友交流。好友说："我在西方新闻媒体上看到很多讲中国不好的消息，和你在中国所观察到的完全不一样。"他说，自己已经看懂了西方媒体宣传的套路，认为他们不过是为了某种政治目的在操纵舆论。李坤安说，这位芬兰友人曾在新加坡工作、生活了近十年，现在，他非常希望能够到中国来，对到中国来工作和生活充满了憧憬。

"他可能是第一个被我吸引过来的人。"说这话的时候，李坤安脸上现出了自豪的微笑。

新型智库的探路者

鄢斗原本在银行从事金融监管业务，工作稳定、收入理想。但是，2015 年，她辞去工作，直奔前海而来。

鄢斗生于 20 世纪 70 年代，湖南大学金融管理研究中心硕士毕业，研究领域涉及我国的宏观经济、政府债务、社会资本、资产证券化、城市商业银行、农村信用社、信托业、现代服务业、旅游消费等诸多方面。毕业后，她入职中国人民银行海口中心支行，很快就成了单位的业务骨干。如果留在海口发展，前程必定一片锦绣。

但后来，鄢斗的丈夫去香港工作，这样，她就经常需要往返于香港和海口之间。为了离丈夫更近一些，鄢斗决定到深圳去。

调到深圳的银行去并不困难，但鄢斗却瞄准了前海。这个深港合作的桥头堡，对她具有很大的吸引力。

2015 年，鄢斗应聘刚成立不久的前海创新研究院，顺利通过考核，入职后担任金融研究所副所长。

"前海创新研究院是一个开放包容、灵活机动的发展平台，我看重的是这一点。"鄢斗说。

前海创新研究院（以下简称"创新院"）于 2014 年由前海管理局作为业务指导单位发起成立，是一间致力于公共政策研究的独立的、非营利性民间智库。创新院以"在涉及前海现代服务业发展的公共政策领域开展独立的、创新的研究，并致力于以研究成果启迪中国以及亚太地区"为使命，坚持"强特色、高起点、国际化、广覆盖"的发展思路，对标国际顶级智库，在课题的选取、方法论采用以及政策启示性的分析等方面进行创新，为公共政策制定者提供智力支持，为企业提供咨询服务和接受委托研究，致力于总结推广前海经验到中国其他地区以至整个亚太地区。2017 年，在美国宾夕法尼亚大学发布的全球智库排名中创新院位列"最佳新锐智库"榜单第 34 位。

创新院下设六个研究所、两个研究中心和两个联盟。六个研究所包括外向型经济研究所、金融创新研究所、人工智能与大数据研究所、公共治理研究所、城市规划研究所、党建研究所，两个研究中心是数字经济研究中心、税收与营商环境研究中心，两个联盟是改革创新技术联盟、粤港澳大湾区智库联盟。

创新院的决策机构为理事会，理事会下设学术委员会。创新院专设秘书长，实行秘书长负责制，由秘书长主持日常工作，对理事会负责。

鄢斗现任创新院代理秘书长，主持创新院的全面工作。

见到鄢斗时，她身着白色衬衣，留着一头短发，说起话来感觉就像连珠炮似的，语速极快。看得出来，是一位相当精干的"女将"。

不过，创新院吸聚的精干人才，可不止鄢斗一个。国内外不少刚刚毕业的博士，就业选择的第一站就是创新院。创新院既不是政府机构，也不是事业单位，不是那种有编制的、稳定的工作单位，但是一批接一批的博士毕业生都争着到这里来，这得益于深圳市和前海的人才配套政策。

自 2017 年起，创新院设立了博士后创新实践基地。这是深圳市的一种创新做法。目前，国内通行的是建立博士后工作站或博士后流动站，但是，这些机构的设立需要经国家教育主管部门审批，而这个审批流程比较漫长。为了达到快速引进人才的目的，深圳市采取了一些创新的做法，设立博士后创新实践基地就是其中一种。经深圳市人社局批准，创新院加挂了博士后创新实践基地的牌子，由创新院和高校、大企业等的博士后流动站联合培养博士后人才。这些在站博士后不仅有基本工资和绩效奖金，还可领取深圳市的各项补贴。而这些博士后在创新院工作期间，可以参与政府和企业的各种重点科研课题，这对于其个人的成长和事业发展都是一种增值。因此，当这些博士后从创新院出站后要再找工作非常容易，而且都能找到很好的工作。所以，对于这些高端人才而言，创新院是一个高含金量的学术机构及平台。

李若曦就是通过这个博士后创新实践基地招聘进来的。李若曦是吉林人，满族，2016 年博士毕业于吉林大学法学院国际法专业，2018 年 1 月作为与吉林大学联合培养的博士后被引进创新院。

入职创新院后，李若曦担任了创新院轮值秘书长助理及外向型经济研究所执行所长，负责的是外向型经济的研究，特别是国际经贸规则的研究。她参与了《中美贸易争端对深圳及前海的影响分析》《解读〈关于支持深圳建设中国特色社会主义先行示范区〉》等材料的撰写工作。其中，《当前推动竞争中性原则在中国实施的政策建议》获得了副总理刘鹤和央行行长易纲批示。她在研究院牵头承担了多项重要研究任务，包括《粤港澳大湾区规则衔接、制度对接模式与路径研究》《新时代深港合作策略研究》《中国（广东）自由贸易试验区发展"十四五"规划》《哈尔滨"三区一港"联动发展方案研究》等。她还将外向型经济研究所科研队伍从初始阶段扩大为目前拥有毕业于牛津大学、香港大学、帝国理工等国际名校的四名博士、两名硕士的稳定结构，将研究所打造成一支"能啃硬骨头、能挑重担子"的科研机构。2021年，李若曦获评深圳市前海合作区优秀共产党员。现任创新院科研部副主任、副研究员。

还有程玉伟，2018年博士毕业于厦门大学后，也进入了前海创新研究院。他博士、博士后阶段研究的是宏观经济、货币政策，因此院里把跨境金融指数这个项目交由他负责。他是创新院与深圳大学、北京大学联合培养的博士后。

像李若曦、程玉伟这些人才，在博士毕业后都进入了全国博士后办公室的博士后人才系统。深圳市这一创新做法对于高层次人才的吸聚发挥了很好的作用。目前，前海创新研究院已与北京大学、香港大学、中国科学技术大学、中山大学等境内外十余所一流高校对接，就开展博士后联合培养事宜达成合作意向，为前海地区大力引进智力资源打下了坚实的基础。

对于境外高层次人才，创新院也极具吸引力。前海是一个面向港澳台、面向国际的开放平台，深圳市和前海对引进境外高层次人才所给予的配套措施非常给力。如果被评定为深圳市引进的高层次人才，那么每年深圳市将会给予税后补贴32万元，这笔款项直接给到个人。而前海为了吸引人才，还实行1∶1的配套。也就是说，深圳市给32万，前海还另外再给32万元。而且，这种人才补贴持续支付5年。如此高额的补贴，对于刚毕业的高才生而言无疑极具吸引力。创新院招录的博士有一半毕业于港澳院校。

创新院的体制机制非常灵活。在招人用人方面没有特别的限制，完全根据创新院以及项目的发展情况、项目的数量来确定。不过，创新院的员工一般不超过五十人，通常维持在二三十人左右。创新院的人才和队伍具备很好的流动性，也保持了很高的活力。一些人才在创新院经过几年的锻炼，培养成熟后可能就会离开创新院，去一个有更高收入、能更好发挥作用的工作岗位。从 2017 年到 2021 年，创新院开始陆续有人才出站，有的去了头部科技企业，有的去了金融机构，有的去了知名高校，就业情况都非常不错。除了向外输送人才外，创新院还注重保留自己的核心人才，将那些专业背景良好又有工作经验的人才留在创新院，作为自己的核心研究团队。

可以说，创新院就是一个孵化器。如果说深港青年梦工场是一个创新项目的孵化器的话，那么，创新院就是一个人才孵化器。它孵化出来的人才大多为深圳所用，它一直在为深圳吸引人才，培养人才，输送人才。对于深圳来说，这是一个人才流动的良性循环。

集聚了大批精干人才的创新院，从 2017 年起，开始高密度地承接政府、企业的各种研究项目，很好地发挥了"立足前海、服务内地、联动香港"的职能。

首先是立足前海、服务前海。创新院先后深度参与了《全面深化前海深港现代服务业合作区改革开放方案》、前海 2035 总规划、"前海模式"的实践与探索、前海蛇口自贸片区第三方评估及 5 周年白皮书等一系列重大研究项目。还参与完成前海营商环境、法定机构改革、深港合作、跨境金融、人才政策等 60 余项研究工作。在制度创新方面，创新院将目前国际上一些最新的、具有最高开放水平的经贸规则、模式和做法，引进提供给前海作为支撑，使之可以充分借鉴国际上好的经验。这些研究，为前海相关政策的制定和落实提供了重要的决策支持。

其次，以研究为先导，密切前海与香港的交流合作。深港合作是创新院一个永恒的研究主题。创新院与香港高校和科研机构联合开展了《前海与香港金融体制一体化研究》《前海跨境金融指数》《深港物流业发展及前海现代物流业发展路向研究》《新形势下促进香港居民在前海发展的调研报告》等研究，并组织多场两地研讨会。

再次，推广"前海模式"，从智库角度为前海服务内地发挥独特作用。创新院与黑龙江、海南、福建、重庆、河北等地的多个自贸区签订战略协议，创设联通前海与内地的智力支持和协同创新机制。开展西安前海园、福建自贸区、哈尔滨"三区一港"产业规划和政策导入研究，推进前海制度创新成果在内地复制推广。协助前海管理局承办全国自贸片区创新联盟会议、制度创新对接活动以及智库研讨会等，向全国其他自贸片区复制前海经验。同时，开展在粤港澳大湾区课题下进行产业转变、产业结构调整的研究。

与此同时，创新院不断提升研究能级，积极传播前海影响力。充分发挥智库功能，研究大湾区改革创新领域新情况新问题，涉及广东省委省政府、深圳市委市政府及大湾区30多个政府部门140多项研究课题。其中，《中国（广东）自由贸易试验区发展"十四五"规划》《广东自贸试验区跨境金融指数》等成果以省政府名义对外公开发布；创新院承担的《数据生产要素统计与核算研究》率先在深圳南山区开展8000多家企业的核算试点，国家发改委在深圳综合改革试点首批40条授权事项新闻发布会上提到，该项工作深圳率先在全国"破题"。创新院为前海与各级政府机关、智库机构、研究团体在重点领域的交流互动发挥了纽带作用，成为传播前海影响力的重要平台。其中，"跨境金融指数"自2015年起每年发布，从"前海跨境金融指数"升级为"广东自贸试验区跨境金融指数"，是创新院的研究亮点之一。

创新院还有许多综合性的研究项目，是结合自由贸易港、海关、金融、贸易便利化等进行的专项研究。这些研究都是为了助力前海发展。有帮助前海对标三大自贸协定开展的对国际经贸规则的一系列前期研究，有为前海技术、制度、数据三大基础设施建设如何实现融合而开展的前瞻性研究，有为前海廉政监督局进行的"前海公职人员廉洁行为规范""监管沙盒模式对廉政监管的借鉴与应用"研究，等等。因此，创新院的研究整体上是围绕着前海最核心的定位，亦即在投资、贸易、金融、法律、廉政等各方面，持续进行的一系列研究。

创新院还有一个研究热点是数字经济，由蔡天成博士主导负责。

蔡天成是沈阳人，本科、硕士和博士分别毕业于中国人民大学、哥伦比亚大学和香港大学。现任外向型经济研究所副所长。

蔡天成介绍说，创新院关于数字经济的研究，缘起于2020年接受深圳市统计局的委托开展的数据生产要素核算研究。

近年来，党中央、国务院多次提出加快培育数据要素市场。2020年10月，中共中央办公厅、国务院办公厅印发《深圳建设中国特色社会主义先行示范区综合改革试点实施方案（2020—2025年）》，授权深圳开展数据生产要素统计核算试点。为科学、充分反映深圳新经济发展全貌，掌握深圳数据要素市场发展情况，加快推动数据要素市场建设，为全国开展数据生产要素统计核算工作提供有益探索与实践，深圳市统计局于2020年率先启动数据生产要素统计核算相关理论研究与技术设计，创新院接受委托开展这项研究。研究完成后，深圳将研究报告上报了国家统计局，国家统计局认为研究提出的方案较具可行性，可以先在深圳试起来。2021年深圳市在南山区开展了数据生产要素统计核算试点工作。2022年，进一步在全市范围内开展试点工作。

蔡天成说，这一研究的背景，是数据作为生产的一个关键要素甚至是驱动要素驱动着数字经济的发展。这样一种数字经济样态实际上已经对现行的经济管理体制构成了冲击，也促使人们对经济社会发展的认知产生了许多新的变化。数据生产要素无论是作为统计和核算的内容，还是作为研究项目的试点，它必然是国际经济统计核算对数字经济发展的一种回应。数字经济的统计、数据生产要素的统计这两个方面是彼此相关、相辅相成的。

开展数据生产要素的统计核算，本质上是对我国国民经济账户体系的完善，最直接的结果是对我国 GDP 等主要经济指标产生影响。数据生产要素核算既是一项政策，也是一项技术工作。要对数据要素制定更具针对性的政策，就必须先设法度量它。数据要素的统计核算在未来需要与企业层面的资产管理、国家层面的各项管理制度和政策进行衔接。因此，数据生产要素核算同企业层面的资产管理、国家层面的政策规则的调整等，实际上是一个联动的过程。当然，这是一个比较漫长的过程。深圳在实践层面先行一步，率先开展试点。

2020 年，蔡天成他们开展了数据生产要素的国民经济统计核算。他们将数据要素作为一种知识产权产品。但是，目前知识产权产品的交易市场还不太成熟，在这种情形下，知识产权产品的核算一般采用成本替代法（费用加总法），就是通过对数据采集、处理、存储、分析开发等各项支出来估算数据作为资产的经济价值。

这种统计说起来似乎很简单，但实际操作起来异常复杂。譬如，首先要确定哪些可以作为数据要素的成本，然后再把这些成本统计起来；其次是哪些数据要素的支出符合资产化的条件，如何和其他的知识产权项目进行衔接，如何和现行的国民经济账户体系进行衔接，这些都还有许多研究上的空白。创新院在这些方面率先开展研究，为政府的决策和国家的经济统计提供了有力的学术支撑。

创新院开展研究是有得天独厚的条件的。首先，它是一个资源对接平台。创新院的几十名高端人才所从事的研究都是跟高校、跟深圳市决策咨询委员会等机构合作，跟这些人才各自所在领域里的校友、导师等进行合作，并且将这些资源对接、整合到创新院这个平台上来。通过跟外界的学术等各种资源进行整合与对接，创新院的研究工作拥有了取之不竭用之不尽的能量。其次，创新院还是一个对外交流的平台。由于它是一个民间非营利组织、一个学术机构，因此由它开展对港澳台、对国际的交流相对而言更为便利。

作为一个非营利性机构，创新院不要政府资助，不要财政拨款，纯粹是自食其力。

创新院的收入主要来自于开展科研项目。而他们之所以能够获得如此多的项目，得益于前海蛇口自贸片区对外开放的政策是当前的研究热点。

作为国家级区域战略平台，"发展中国特色新型智库、建设粤港澳研究基地"是《全面深化前海深港现代服务业合作区改革开放方案》赋予前海的新使命。前海创新研究院的发展目标就是要发展壮大成为一个新型智库，一个与大湾区建设相匹配的高端智库，一个具有中国特色的粤港澳研究基地。创新院的定位是为前海和粤港澳大湾区的核心决策提供服务支撑、智库参谋。因此，这是一个比市场机构更接近政府、更接近政策，又比政府机构更接近市场的组织。

当然，深圳市政府和前海管理局对于创新院一直都给予大力支持。他们的办公场所完全是免费划拨的，不收取租金；创新院的工作人员作为人才都享受前海合作区的人才配套待遇，可以申请人才房，享受博士后补贴等，收入非常可观。这些，都是深圳市和前海给予创新院的有力的支持举措。

2021 年 9 月，前海扩区。2022 年 5 月，前海支持智库发展的政策再次提档升级。前海管理局正式发布《深圳市前海深港现代服务业合作区管理局关于支持中国特色新型智库发展的暂行办法》，确定：新型智库机构落户"大前海"（含扩区范围）即可享 300 万元业务经费支持。对新入选国家高端智库建设试点单位名单或业界公认全球智库排行榜前 100 名的智库，给予一次性 100 万元奖励；对智库向前海管理局报送研究成果并获上级有关部门采纳，根据成果质量及应用情况给予 0.1 万元 / 件至 1 万元 / 件奖励；对受国家部委、广东省或香港特别行政区政府委托，承担以前海合作区深港合作、改革创新、产业发展等为研究对象的课题项目，在顺利结项后，按合同金额的 25% 给予支持；对智库全职研究人员在中央媒体发表署名文章，且以前海合作区深港合作、深化改革、扩大开放、产业发展等为主要案例的，按 0.8 万元 / 篇给予支持；对举办冠名"前海"且有利于提升前海合作区影响力的论坛、学术会议、研讨会等智库活动，事前经前海管理局同意并在结束后提交相关研究成果的，可按实际活动费用的 30% 给予支持，不超过 100 万元 / 次；对邀请港澳和国际学者开展全职访问交流的智库，按教授（研究员）20000 元 / 月、副教授（副研究员）15000 元 / 月进行资助，资助期限不超过 3 个月 / 人，每家智库每年申请人数不超过 4 人，每位访学人员在前海工作时间须不少于 1 个月 / 年；对引进两院院士、中国社科院学部委员等知名学者，并与之签订两年以上劳动合同的智库，给予 20 万元 / 人奖励……所有这些"真金白银"的有力支持，对于前海创新研究院而言无疑都是极大的利好，势必将为其招才引智、育才用才发挥更大的促进作用。

现在，创新院的人才构成，基本上是 70 后、80 后和 90 后，梯队层次非常清晰，主体构成是 80 后。秘书长和副秘书长是 70 后，中层骨干如李若曦、程玉伟等都是 80 后，蔡天成是 1989 年出生的，还有一批 90 后的博士、硕士。

创新院的人才大多是跨学科、交叉式、混合型人才，大家的分工都不是绝对的，每个人的研究跨度都很大。比如，蔡天成的研究从规划到公共管理，再到深港合作研究，现在又转向了数字经济的研究。每个人都是在一边研究，一边不断地学习，增强本领，开展跨学科、跨部门的合作，做到一人多能，一人多项。创新院则以项目为导向，将大家的能力最大化地激发出来，聚智聚力，为前海的发展服务。

新型智库被人们称为"最强大脑"，它对于一座城市而言特别重要、不可替代。地处前海，走在前列，可以说，前海创新研究院是新型智库的探路者，它生于深圳，天生具有敢闯敢干、敢为人先、埋头苦干的特区精神，鄢斗说，她当年加入这个刚成立不久的新型智库机构，看重的就是这种内在的精气神，这也是创新院的内生驱动力。

鄢斗说，近几年，随着粤港澳大湾区一体化进程的不断推进，她觉得前海和香港的家近在咫尺，几乎就要融为一体了。她非常庆幸自己当年选择了深圳，选择了前海，选择了前海创新研究院。

成全他人，成就自己

在前海采访的每一天，我遇到的几乎都是清一色的年轻的面孔。他们给我共同的感觉是充满了朝气和锐气。更令我感动的是，这些年轻人的胸中都鼓荡着澎湃的理想和激情，他们希望能够用自己的一份努力，为社会创造财富，推动社会进步，或者通过一己之力去帮到那些需要帮助的人，帮助他们创业，帮助他们开拓市场，去赢得人生的精彩。他们是梦想家也是奋斗者，是千里马也是伯乐。而在这个过程中，他们体会到了成就自己的喜悦，也体会到了成全他人的欢乐。在这一大群年轻人身上，我看到了前海美好的未来，也看到了深港合作美好的未来。

洪纬就是这样一位有志之士。

洪纬是深圳焱信为民创业服务有限公司（以下简称"焱信为民"）的创始人。他 2019 年来到前海，就希望通过自己的努力，帮助那些想创业的人能够像就业一样创业。在他看来，帮助年轻人创业义不容辞，而大湾区和前海就是一个年轻人的世界。

焱信为民就是专为粤港澳大湾区青年创业就业而构建的一个高品质湾区追梦平台，为湾区青年创业者提供优质的社会资源对接渠道。这个面向创业者的社群平台是最早入驻前海深港青年梦工场的港企之一。公司以湾区创业为主题，以合作互助为价值观，服务创业社群共同发展，让创业者享受到高度自由的使用感。

在焱信为民 APP 的首页上写着："聚是一团火，散是满天星。"这，代表着公司的愿景。洪纬这样解释公司的名称："'焱'有众人拾柴火焰高的意思，'信'就是诚信。"

洪纬是位 70 后，生于福建，长于香港。小学、中学、大学都就读于香港的学校。洪纬大学毕业就进入香港一家金融机构工作，在那里待了 5 年。

这期间，他一直在做软件开发，那时软件开发的生意很好。后来，竞争者越来越多，但是竞争重点并没有放在如何为客户创造价值上，而都在竞相追逐利润追逐短期效益。洪纬认为这样做是没有意义的，于是他很快便退出了这项竞争。

1997 年，洪纬离开香港，前往深圳创业。

"那时我听说，这边有个口号叫'来了就是深圳人'。深圳很像一个盛放流动人口的容器，不同背景的人聚集在这里做事，各种边界被打破了，组合到一起，就会产生一些奇妙的效应。比如，我们经常开玩笑说，一条粤海街道就能比肩美国一座科技城，深圳的产业之间有着强大的内部循环能力。"洪纬说。在他看来，深圳就是一扇通往内地的门，对面就是十几亿人的大市场。

创业伊始，洪纬做的是金融分析系统软件研发。他希望通过自己开发的软件帮助股市中的散户看懂形态分析、技术指标和新闻之间的关系，从而真正弄清自己应该如何进行股票交易。1998 年亚洲金融风暴发生时，有投资公司愿意收购这个金融软件，洪纬就将这个产品卖掉了。

之后，洪纬决定将自己公司的业务转向互联网领域。

那些年，他一直都在全国各地跑。每次到了一个陌生的地方，工作结束了，他想找个地方去消费一下，放松一下，但却不知道该去哪里。因为当时内地的市场管理还不是很规范，缺乏有效的监管，他很怕"挨宰"。他亲身体会到了一个香港人在内地生活的种种不便。

当时，洪纬已在深圳停留了一两年，他发现深圳有许多地方是很好的消费目的地，于是，他萌发了开发一款软件的念头。这款软件的作用是帮助香港人了解在内地如何消费，为他们寻找良好的消费场所提供建议，帮助香港人到内地特别是到深圳来消费。那时，从罗湖口岸过境到深圳来消费的香港人，每天的消费总额几乎都要超过 10 亿元。

洪纬构建的这个消费平台是一个网站，在网页上指明了各种消费的场所、设施等信息。他还同时在报纸上刊登相关的资讯，从而组成了一个全方位的消费平台，有点类似今天的"大众点评"。

刚开始，由于还没有移动互联网，洪纬他们主要做线下项目。1998 年至 2000 年，他们开发了"深港生活一点通""深圳生活通"之类的项目，打算在香港的报纸上做广告。洪纬派自己的业务经理去同某报纸谈判，最终谈成了一个不错的价钱：每期做 4 个版的广告，一个月的广告费二十多万港元。

一段时间之后，洪纬觉得，在这样一家新创刊不久的报纸上做广告还要花那么多钱，有点不值得。而且自己提供给报纸的消费信息，其实是报纸所需要的。于是，他亲自跑去同那家报纸协商。谈判的结果是，洪纬的公司不再需要支付费用。双方通过这样一种合作，达到了双赢。

因为那时还没有点评类的网站，人们需要的消费信息主要就来自洪纬他们这些资讯的收集和提供者。

刚到深圳创业时，洪纬才二十多岁。一个年轻人两手空空跑到一个陌生的地方，可以说是两眼一抹黑。怎么租写字楼，怎么办理注册公司的手续，怎么到人才市场去招人，他都一片茫然。但是，他就像蚂蚁啃骨头一样，一点点地把困难啃了下来，并且很快找到了创业的方向和门道。

当时，深圳的甲级写字楼里一般都设有 e 站便利站。在其下方有一块触摸屏，通过触摸屏可以自助购票、购物等。但进驻 e 站便利站一个频道要支付一笔不菲的费用。洪纬向便利站运营方提出了一个双赢的方案，对方欣然接受。这个方案是这样的：便利站运营方免费提供一个频道，让洪纬将他们的消费信息嵌入，洪纬他们提供那些资讯也不需要对方支付费用。后来，洪纬公司运营的这个频道成为便利站最主要的一个频道。

2013 年，洪纬在福田创立了深圳信源互联文化科技有限公司。他们选择了两个项目：做社区云引擎和公司 3.0 版。公司 3.0 版让人们可以借助电脑在任何地方办公。这样，从业者就可以在家里上班，免去了往返单位的舟车劳顿，不仅可以有更多的时间陪伴家人，还能有效地避开城市的堵车问题。社区云引擎项目后来找到了投资者，实现了在保险领域的应用。

就这样干了两年。到了 2015 年，有个香港的同乡告诉洪纬，前海有一个企业孵化基地叫深港青年梦工场，还说，青年梦工场为港澳青年提供的扶持政策包括租金减免、创业资助、住房支持以及一站式创业服务等，很多港企都入驻了。

那时正值青年梦工场计划开展新的平台项目，洪纬便填写了报名表。很快，他就收到了面试邀请。

面试的场面很隆重。考官中有好几位都是上市公司的总裁。洪纬和考官们交流了自己创业的想法，然后就顺利地拿到了正式的录用通知。

那一天，青年梦工场郑重其事地给洪纬颁发了一把大钥匙模型，代表洪纬的企业正式入驻。

来到前海后，让他颇感意外的是，这里有专门的创业服务机构可以帮助他，指导他创业；同时，前海方面还有创业补贴、人才房保障等一揽子支持政策。相较洪纬以前租用的办公地点，青年梦工场补助后的租房价格便宜了许多。

入驻青年梦工场后，洪纬如虎添翼，开始了新的创业之路。

洪纬的每一次创业，都尽量去找寻社会的痛点，以期帮助解决一些具体问题，让社会大众觉得他所做的事情是有意义的。在洪纬看来，中国经济快速发展，中小微企业做出了很大贡献，他想创立一个能够帮助中小微企业发展的平台。

在互联网时代，几乎所有的企业都需要做电商，而现在所有的电商几乎都要被归集到某个大的平台上去，因而不得不接受那个大平台许多无理的甚至苛刻的规则。换句话说，如果你要做电商，没有自己的平台，你就得在别人的平台上受它的约束，甚至被大平台所"绑架"，这就是"人在屋檐下，不得不低头"。亚马逊跨境电商账号事件就是一个鲜明的警示。

2021年5月以来，不少跨境电商企业接连出现亚马逊账号被封的情况。对于封号的原因，亚马逊给出的说法是"卖家滥用评论"。

截至2021年8月，已有超过5万个中国卖家"店铺"被封。"封店"事件让深圳的不少知名电商卖家受到巨大影响。深圳是电商产业的重镇，目前在业存续电商相关企业超过55万家，占全国一半以上，且发展态势迅猛。作为跨境电商聚集地，深圳拥有众多知名跨境电商，规模在全国居于领跑地位。根据深圳海关发布的数据显示，2021年上半年，深圳海关监管跨境电商货物货值超过千亿元，已超前一年全年总量。

亚马逊单方面对中国的跨境电商进行硬性约束，使得许多人的日子都非常不好过。有很多电商好不容易将业绩做到了上亿甚至上十亿，却被亚马逊以"滥用评论"的理由"封号""封店"，遭受严重损失。

这种情况在国内的大平台上也屡见不鲜。

对于中小微企业的生存，尤其是创业型企业的生存，洪纬充满了担忧。

在互联网时代，大家普遍认同"广告＝流量"。在传统媒体上做广告，渠道是比较分散的，比如，如果面向某市的消费者做广告，就可以找该市的报纸、广播电台、电视台等，而如果要面向全国的消费者，那就要找国家级的媒体了。不同层级的传统媒体，大家都有各自的空间，可以到各自的空间里去挖掘自己的客户资源。然而在互联网上做广告，如果大家在一个平台上，就会出现很多问题。比如广告恶性竞争问题。一个企业愿意花 100 元做广告，然后赚到 110 元钱；而另一个企业却愿意花 109 元来做这个广告，他只赚 1 元钱就可以了。恶性竞争的后果必然是两败俱伤。最终，企业的利润会被流量不断吸走，等到企业无法承担下去时就有可能破产。再比如广告效果问题。一些企业花了很大一笔钱去做广告宣传，比方在高铁站、机场等做一个很大的海报，每年付的费用不少，目的是把客户都引导到自己的网店，可是，这也等于把自己最宝贵的客源都引到了网店集聚的   些大平台上。客户上了这些大平台以后，他所检索到的商品并不仅仅只有做广告的这一家企业的，也包括这家企业所有的竞争对手的，这就相当于做广告的企业花了钱帮别人做了广告，还有可能将自己的客户拱手送给了竞争对手。

所有的商业活动都聚集到某个大平台上去，后果有可能是扼杀了诸多小微企业的生存空间。而在一个大平台上做广告，不一定能给企业赋能。在洪纬看来，小的品牌也应该有自己的平台。他立志创立一个平台，帮助小微企业获得更大的发展空间。

于是，他开始找香港的一些社团去商议去试验。心里有了底，洪纬将自己的创业服务中心从原先的技术研发转移到了实际的运营上来。

在深圳创业多年，洪纬深知创业的艰难。他想，如果有一个平台可以供前海深港青年梦工场的创业者分享经验、整合资源，那么，大家就可以少走很多弯路。

2019 年，焱信为民湾区追梦社群平台正式创立。洪纬希望社群平台可以聚集优质的创业资源，使湾区青年能够像就业一样创业。目标是在大湾区打造一个符合这个时代需要，能够对社会有贡献，帮助港澳台青年更好地融入大湾区的创业生态和创业服务平台。12 月 31 日，焱信为民创业服务中心拿到了正式的营业执照。

社群平台就像一个广场，每个人都可以在上面分享信息。在焱信为民 APP 上，用户可以建立不同的社群圈子，每个社群成员都有真实、详细的介绍信息，以方便创业者拓展人脉。

投入运营一两年来，效果初步显现。该平台上已聚集了 30 万有创业意向的大学生，20 万活跃的企业家，1200 万高端消费群体。平台确实为自己的服务对象拓展人脉带来了极大的便利，服务对象反馈都非常好。有一些团队参加了焱信为民举办的相关活动，感觉前海是一个很好的地方，原先他们还在犹豫要不要进驻，由于焱信为民提供的创业服务帮助，他们便果断决定进驻。

焱信为民将重点放在社群的建设和举办线下活动上。在社群建设方面，他们将其拆分成不同板块，每个板块分别进行链接。2020 年，他们在前海发展力创学院、前海深港青年梦工场举办了十多场活动，每场活动都人员爆满。

前海发展力创学院是焱信为民搭建的一个纯粹的社群。在社群里不谈业务，纯粹进行相互的学习和交流，是一个纯净的社交环境。此外，焱信为民还建有一个叫"斑马汇"的社群。

斑马汇里，每一个分汇大约有50个人。这些人都是有业务需求的，而且他们彼此之间的业务不重叠。比如有的人是做水生意的，有的人是做茶叶生意的。这样，做茶叶生意的人，就可以将自己的客户介绍给做水生意的人。通过这样一个社群，不同领域的人相互建立联系，促成各种商业机会的发生，从而帮助创业者找到一个市场的切入口。洪纬说，我们未必每一个人都是销售高手，但是如果有50个人来帮忙卖你的产品，那么即使只有一半的人卖出去，那也是一个很好的业绩，而这50个人渐渐地就会相互成为对方的销售经理。焱信为民就是通过这样的方式来帮助创业者销售产品和更好地创业。

在我采访洪纬的前一天晚上，他们组织了一个叫"创业填坑营"的活动，目的是让创业者将自己在创业路上曾经掉进去的"坑"（遇到的挫折和问题）跟大家分享，以使后来者避开相似的坑。这个"创业填坑营"社群创立不到两个星期。在举行活动时，焱信为民的工作人员承担了策划主导的角色，其他都是由创业者自发地去组织和运行。在社群里举办的多数活动都是由创业者自发分享和完成的。

洪纬说："创立这个社群的本意，不是想要培养或者打造出一个大咖，让这个大咖像大神一样给大家做培训，指导大家怎么做，而是要让大家彼此互相帮助相互分享。"

焱信为民这个创业平台和其他平台最大的区别是更加尊重创业者，更加相信创业者都是能够相互帮助促进创业成功的。洪纬说，"人类如此弱小的生物，之所以能成为地球的主宰，就是得益于群体居住、群体作战的特性。因此，一个人创业可能力量很薄弱，但是，如果一群人一起创业，相互帮助，创业成功的概率就会大为提高。"

正是基于这种理念，焱信为民绕开传统的做法，建立社群体系。通过碎片化连接的系统，打造无数个文化社群，再将这些碎片化的系统连接起来，从而形成一张新的社群网。如此一来，就既能充分发挥不同领域里各自的优势，又能让各种有效的信息通过一个个节点在社群网中进行流通。

譬如，在"创业填坑营"活动中，有一个叫 BOT 的主题分享，主要是港澳台的创业者分享 BOT 的经验。BOT 是英文 build-operate-transfer 的缩写，直译为"建设—经营—转让"。BOT 实质上是基础设施投资、建设和经营的一种方式，以政府和私人机构之间达成协议为前提，由政府向私人机构颁布特许，允许其在一定时期内筹集资金建设某一基础设施，并管理和经营该设施及相应的产品与服务。洪纬他们请来一些较好的服务商来解读自己的成功案例，讲清楚 BOT 的相关信息以帮助创业者。而焱信为民就充当活动组织者。

又譬如，在和银行的职员吃饭时，对方告诉洪纬，现在银行里推出了一些新的产品，这些产品可以服务于青年创业。像这种信息，洪纬都会及时在社群网里分享，让那些有需要的创业者去申请银行的这些新产品。

焱信为民拥有很好的盈利模式。一是通过卖软件做服务做系统取得收益，二是适当地收取会员费、销售活动门票等。他们帮助创业者去对接资源，并从中获得收益。比如，一个香港的创业者要到前海来办公司，他需要找中介提供服务。深圳的中介公司很多，但是有些中介可能并不靠谱。而如果这个创业者加入了焱信为民的平台，这个平台就会帮他对接上靠谱的中介，焱信为民则可以从中介公司获取提成。这种提成是通过为客户创造价值而获取的合理收益，不会增加创业者的负担。而创业者通过焱信为民的帮助，找到好服务商的概率大为提高。

焱信为民的工作原则，就是要让创业者付出的每一分钱都花在刀刃上。洪纬成立这样一个社会组织的初心，就是要让一切美好的事情都可以发生，将一颗好的种子种进土壤，帮助这颗种子在生长过程中避开不利因素，茁壮成长。目前，焱信为民的平台用户大约有四五千个，辐射到整个深圳和香港。下一步，焱信为民计划立足前海，从技术到细节，将自己的服务做得更扎实。洪纬说，来到前海，他最大的感触是，以前自己是一个人在创业，到了青年梦工场后，一切都不同了，这里有各种孵化器、各种创业服务项目，感觉自己不再是单打独斗的了。

今天，他觉得，生活在香港和深圳的差别已很难清晰地区分，除了在香港是讲粤语，在深圳是讲港普。洪纬说，在香港，像 20 世纪六七十年代推个小车摆摊售卖小商品也能淘到生活费的日子已经一去不复返了，现在的香港青年大学毕业就只想着找一份工作。而倘若算一下工资和房价的比例，就会发现买房基本上是无望的。因此，在香港，青年们的生活压力是比较大的。而深圳作为一个新兴城市，机会更多，因此聚集了很多来自全国各地的精英。他认为，深圳有可能是中国最适合创业的城市，所以越来越多的香港青年到深圳来创业。在这里，香港青年的未来是大有希望的，是可以有一番作为的，而不需要忙忙碌碌一辈子都在打工。就像周星驰在电影《少林足球》里所说的那样："做人如果没有梦想，和咸鱼有什么区别呢？"

而如果有梦想，最起码要能看见一点儿光。在洪纬看来，香港回归之后，香港人是能看见光的。因为回过头来遥望，就可以看见自己背靠着一个广袤的祖国。回望祖国这个靠山，回望深圳高速的发展，回望深圳前海，香港人看见的是一片光明的前景！

前海的定位是深港现代服务业合作区，它将依托香港、服务内地、面向世界——换个角度看，就是香港可以通过前海让内地企业更好地面向世界。因此，从这个角度来说，香港是主动的，是可以大有作为的。

另一方面，前海是香港服务业进入内地大市场的重要平台，将为香港经济结构优化发挥杠杆作用。洪纬说："香港太老化了，许多年都在不同的文化环境里去发展。如果它真正要在结构上有很大改变的话，是一定要和前海对接，和内地对接才有可能实现。"

"当然，深圳的 GDP 超过香港也是不足为奇的，因为整个世界都在进步。深圳的发展速度和香港、台湾相比是更快的，经过 40 年的积累，深圳的发展超过港台也是很正常的。"洪纬说，"但是，香港的优势在于它可以更好地与西方对接起来，有自己特殊的基因、特殊的加持。"洪纬一点儿也不担心香港的前途。在他看来，香港未来必定会给整个大湾区带来很大的助力。大湾区不仅是中国的，也是世界的，在世界四大湾区里，粤港澳大湾区应该是最具潜力、最有前景、空间最大的一个湾区。而在这个湾区里，香港和深圳两地无疑是对接内地和国际的最有影响力、最重要的引擎。因此，对于在前海创业、对于香港的前景，洪纬都持非常乐观的态度。

很早以前，洪纬曾经在深圳买了房，但是后来因为创业需要资金，他把那套房以 200 多万元的低廉价格卖掉了。从 2013 年创业至今，公司——包括他和其他股东已经投入了 1500 万元。

入驻青年梦工场后，洪纬拿到了人才房，入住龙海家园。他的家人都在香港，每到周末节日，他都会回香港去。洪纬有两个孩子，大女儿 17 岁，小儿子 11 岁。

说起自己的女儿，洪纬脸上写满了自豪。

洪纬的女儿在十一二岁时就开始在内地的小说网上连载网络小说。他读过女儿的作品，觉得写得很好。他告诉孩子："如果你写小说，我会追着看。"这种写作爱好让女儿的中文读说写能力都十分出色，排在了全年级第一。

女儿现在快要考大学了，她自己希望报考香港中文大学，而洪纬则更希望她报考内地的清华北大。现在，他已经规划着，准备让女儿上大学的时候，就一边读书一边开始在深圳创业。

洪纬的创业团队中有 5 个人是从小一起长大的伙伴，一路相伴携手走到了现在。公司的股东们也都是从 2013 年开始投资，直至今日都从未离开过。

2021 年初，正处于第三次创业期的洪纬的公司拿到了国家高新技术企业认证，随即获得了深港青年梦工场的租金减免和补贴。

作为一名来深创业二十余载的香港人，洪纬见证了深圳和前海的发展速度。"深圳是我梦想开始的地方，希望有更多的人在深圳圆梦。"

这，既是他对深圳的深情祝福和期望，也是他创办焱信为民的初心。

如果说洪纬的创业是稳扎稳打的话，那么，同为香港青年，陈升的前海故事则堪称一个传奇。

2016 年元旦刚过，新华网便以《港青入驻前海做电商获融资 5000 万》为题，报道了陈升的事迹。当时，从英国留学归来的陈升带领团队入驻前海，成立了前海学学科技有限公司（以下简称"学学科技"），主营业务是解决物流配送的最后 1 公里以及进口零食电商平台。经过不到一年的经营，这个创业项目便进入了天使轮的融资阶段，天使投资人愿意投入 5000 万元，创下了当年深港青年梦工场香港青年创业项目融资金额之最。

这个项目之所以被天使投资人看好，是因为它切中了当时正风起云涌的跨境电商的最大痛点。

陈升团队经过调查发现，90 后是零食的主要消费者。因此，学学科技致力于搭建内地年轻人购买进口零食的平台，而且借鉴日本零食业的经验，将零食电商售卖与娱乐产品的销售捆绑在一起。在日本，零食的衍生品是青少年娱乐社交的黏合剂之一。陈升团队的电商平台通过上线数百种日本零食，希望打造一个不同于线下连锁店阿信屋（阿信屋采用产地直送的直销模式，从日本、韩国及欧洲等超过 60 个国家直接进口零食、粮油食品、家居用品及个人护理等生活必需品）的线上平台。再通过市场测试来收集销售资料，研究零食和销售季节的关系、和购买者年龄的关系，找出产品销售与季节温度、人口结构等要素的关系，为厂商的采购生产、超市的进货等提供指导，实施更科学的生产销售管理。

2018 年适值改革开放 40 周年，习近平总书记第二次视察深圳，再次站在"前海石"前发表重要讲话。

那一天，陈升作为香港青年代表，受到习近平总书记接见。他对当时的情景记忆犹新：

习近平总书记一下车，就和每个人一一握手。陈升感觉总书记非常亲切，一直握着他的手和他交流。这让他切身感受到了总书记对香港青年的特别关怀。

陈升简要地向总书记汇报了自己在深港青年梦工场创业的情况。

总书记勉励他说：青年梦工场是圆梦的地方。

——这让陈升倍感振奋。

陈升的祖父是泰国华侨，他的父辈在 20 世纪 70 年代移居香港。而陈升则是在内地出生的，上小学时才随同母亲一起到香港去和父亲团聚。在香港，他的父母都是普通的打工人。由于有小时候在内地生活的经历，因此他对在内地生活具有天然的适应性。而由于家庭背景的关系，他的心态也比较开放。

陈升的青少年时期都是在香港度过的。在香港上完预科后去英国留学，在伦敦中央圣马丁学院学习了 6 年。这种独特的生活和求学经历，让他既能用内地人的视角来看香港，又能以香港人的视角来看内地，同时还能用国际的视角来看香港和内地。这"三只眼睛"让他把很多事情都看得更为清楚。

在英国毕业以后，陈升曾任职于一家世界 500 强企业。

2012 年，他开始在香港创办公司，主业是人力资源咨询和教育培训。在办公司的过程中，陈升接触到了大量在香港读书的内地青年，从而对祖国内地的发展前景特别是经济发展趋势有了更多的了解。

2013 年，支付宝和微信支付开始崛起，这一年因此也被称为电子支付元年。从这时起，陈升就决定改变自己的创业方向，转向互联网电商领域去发展。而内地，尤其是深圳，在这方面非常具有发展潜力。

2014 年，当他得知深圳前海深港青年梦工场一期即将开园，非常兴奋，觉得自己的机会来了！

那一年，他的孩子刚刚一岁多，还不太会走路。他是抱着自己的孩子到前海去考察的。

因为青年梦工场还没有正式开园。陈升便约上几个朋友一路找过来，打开青年梦工场围挡，偷偷地溜进工地察看。

看过了工地，陈升心里有底了：深港青年梦工场将会是一个特别适宜生活和创业的地方，于是，他便在第一时间第一批提交了入驻申请。

2014 年 12 月 7 日，深港青年梦工场正式开园，开始招商。

2015 年 5 月，学学科技正式入选。7 月拿到办公室钥匙。9 月 1 日陈升便在前海注册成立了公司。

回忆起当年考察前海和创立公司的经过，陈升由衷地说："我是一个幸运儿，每一个节点刚好都碰上了。"

从前海深港合作区开创伊始，他第一批入驻深港青年梦工场。当内地刚开始有一些跨境电商在先行先试，他又及时捕捉到了商机，率先进入这个领域，因此在当时，整个大环境是非常优越的，融资氛围也很宽松。学学科技之所以能够第一时间获得融资，也跟当时的大环境密切相关。陈升因为在香港青年协会里担任秘书长，所以对深港青年梦工场、对前海的情况都相当熟悉。这些关键的发展节点都让他踩准了。

那时，前海正好赶上了一股前所未有的跨境电商发展热潮，因此，学学科技公司一开门，就有许多人前来洽谈合作事宜。很多想要从事跨境电商业务的内地企业，由于缺乏足够的海外网络资源，特别需要像陈升这样的人来帮助他们开展这方面的合作。陈升17岁时就在日本做过代购，帮助过日本的客户开拓中国内地市场，借助之前的经验，他开发了一整套跨境电商垂直搜索系统。

在这个过程中，前海的营商环境和相关的政策支持，也给了陈升极大的助力：场地是免费的，融资是便利的，这些对于一个创业初期的公司都是最好的支持。

果不其然，学学科技的项目在运营6个月后就实现了直连国际212个大型供应商，货品种类超过15万种，完成跨境交易8124单，间接孵化跨境电商企业140多家，实现单月最高交易总额超过3450万美元。

于是，就有了开篇的故事：创业不到一年时间，学学科技公司便获天使轮融资5000万元，估值超过8亿元！

感受到创业成功的喜悦，看到身边许多香港青年在深圳创业遇到困难，陈升就觉得自己需要做点什么。于是，他选择了一项为更多香港青年到前海创业就业提供导航的服务。

2016年，陈升参与组建香港青年专业联盟前海众创空间，并担任运营总监，主动为香港团队入驻前海创新创业牵线搭桥。

他对那些希望到前海创业的团队讲述自己的亲身经历，向他们大力推荐前海这个投资创业不错的选择。

经过几年的努力，他已为深圳多个青年创新创业基地引进了200多个港资企业和创业团队。

在前海，我采访了陈升。他是特意从福田的住地乘地铁赶过来的。他说，还是坐地铁过来方便，深圳的地铁线路他都很熟悉。

这是一个身材魁梧的年轻人，身高一米七八，留一头短发。上身穿一件T恤，下着牛仔裤，一副休闲打扮。和他交谈，你能感受到他身上自带的一种光芒，那可能就是一位成功者的自信吧。

我问他："为什么当初创业的时候要给公司起'学学科技'这样一个名称？"

陈升回答："这有两个原因。一是，我自身不是理工科出身，大学学习的是时尚设计专业，需要学学科技。二是，当时我经常来内地出差，感觉互联网行业未来将会有一个非常好的发展前景。因此2013年时我就想到，如果将来自己要创业开办一家公司，公司要想发展，一定要学一下科技。学学科技中的'学学'，既是名词又是动词。因为我也不是科技人，所以就叫学学科技。"

大学毕业后一年多，2012年陈升刚开始在香港创业时，从事的是高校学生就业和人力资源培训，也是同学习有关。他当时就想创办一个网站叫学学网，那时他的确就是抱着一种学习的心态。"以后公司做大了，要转向做金融，或做其他的什么，那就学学金融，学学其他的什么。这样延伸开去，就可以成立一个'学学集团'，学学京东，学学供应链，学学别的各种东西，什么都可以学一学。因此公司在一开始理念就是比较开放的，希望尽量在内地多学学。"

2015年，学学科技在前海深港青年梦工场注册成立，运用科技赋能、互联网赋能，开始转型做跨境电商的供应链平台。

2018年，学学科技估值已达12亿美元左右。这一年，被它的天使投资人、一家物流公司成功收购。而学学科技最初的投入只有6万元。

这，是陈升在前海赚到的第一桶金。

之后，他觉得自己需要进行一些沉淀，思考下一步要从事什么工作。他认为自己第一个项目之所以成功，是因为找对了节奏，跟上了内地经济发展的步子。他把首次创业的成功归功于一是自己特别幸运，二是当时刚好赶上了国家跨境电商发展的热潮。这样的成功未必可以复制。因此，他需要更加谨慎地去选择下一个项目，要继续找对节奏，不能一味地往前冲。

因为一旦进入一个商海，裹进一个潮流，有些时候就只能随波逐流，许多在创业之初规划的想法最终未必能够实现。不过，如果顺势而为，也许能柳暗花明又一村。就像学学科技，刚开始时是想从事人力资源相关业务的，最终这个设想没能实现，反而做成了在创业过程中尝试的跨境电商系统，结果证明这个系统很成功。

由此，陈升得出结论，在内地创业，特别考验适应性和灵活变通，还有对市场对政策的敏锐度。这是在内地创业和在香港创业不一样的地方。

陈升经常研究和琢磨中央的文件。作为一个企业家、一个创业人，他用自己的方式去解读这些文件，并且结合自己的事业融会贯通。他也经常把这些理念传输给其他的香港青年，告诉他们："这些中央文件无论对于你在内地创业还是生活、工作，都是一个最好的指引和方向。"

2018年，陈升注意到，国家大力鼓励科技人才赋能，他就想到要继续去高校深造，于是他选择了香港科技大学的一个实验班，报考了工学院的硕士班，并且获得了全额奖学金，每个月有18000港元的资助。

陈升的妻子毕业于北京大学光华管理学院，是当年他在香港创业时的伙伴。陈升有时半开玩笑地说，我们有许多涉及"一国两制"的制度问题是可以通过结婚来搞定的。他的家庭就是这样一个"一国两制"的家庭。陈升是香港户籍，而他的妻子是深圳户籍。这样，他们在深港两地生活和工作就都十分便利，可以很好地解决许多涉及制度的问题，包括买房、买车等，都可以灵活应对。现在，他们已经在深圳福田区买下了自己的住房。

陈升的孩子快8岁了，在深圳的公立学校就读。身边很多香港的朋友都劝陈升把小孩送到香港的国际学校去。陈升大不以为然："你搞错了！他是香港出生的，送他去内地的公立学校，就等于送他去香港的国际学校，因为他接触的人群不是香港的那些人。如果把他送到港人子女学校去，不就和在香港读本地学校一样了嘛。"

陈升并不看重"国际学校"所谓的"国际"标签，他认为自己的孩子在内地就读于公立学校享受的就是国际学校的教育。他更希望自己的孩子能够在价值观方面对深港两地的文化差异多一点认识、理解和包容。他有内地的朋友，又有香港的亲戚，可以帮助孩子变得更包容，变得更具同理心，更能理解内地和香港两地不同的思维方式。

在完成小学阶段之后，陈升计划让孩子回到香港去接受中学阶段的教育，让他接触、理解香港的教育制度、社会生活等。

在他看来，对香港人而言，多一些内地的朋友，增加一些对内地生活的观察，对其本身的成长无疑是一件好事。他可以借此更好地理解两种不同的社会制度，两种不同的文化背景，能够让自己的眼界放得更开，从而让自己的判断更为全面。

对于孩子的教育陈升是充满信心的。他认为，孩子的教育不能纯粹依赖学校，家庭教育更为重要，孩子的价值观、思维的塑造都跟家庭教育有关，要在学习的阶段帮助孩子知道自己学习的意义是什么，学习的目的是什么。

他告诉我："对孩子的学习我并不操心，我只希望他每天都能很开心。有的时候我甚至鼓励他打游戏，和他一起玩。"

我问他："难道你就不怕他沉迷进去？"

陈升回答："任何事物如果沉迷进去都是不好的。但是在玩游戏的过程中，通过学习体验，对孩子进行引导，就能起到特别的效果。比如说，我陪孩子玩网络游戏，不是单纯地玩游戏，而是教给他设计思维，告诉他这个游戏人家是怎么设计的，你要打好这个游戏就要怎么去思考其背后的逻辑，如果你希望将来能够成为一个网络游戏专家，那么现在就需要把数学学好。游戏里有很多历史人物，就要顺势引导他读历史，让他了解这个人物是干什么的，他的事迹是怎样的，潜移默化地进行引导。同时告诉他，玩网络游戏实际上是一种组织行为，游戏中的五个角色各自应当如何分工，如何配合和管理，他们的组织架构又是怎样的，在陪玩游戏的过程中还可以给孩子讲解时间管理、短板效应。现在有许多家长搞'一刀切'，把孩子最感兴趣、最能引导他学习的游戏这种方式给切断了，这未必是一件好事。我倒觉得，反过来鼓励孩子打游戏，陪他一起打，引导他扩大知识面，同时培养他做好时间管理，到该停止的时间就停止游戏，他也不会吵闹。这样的游戏对孩子的学习可能反而是有益的。只要他每门功课的成绩都能保持九十多分，那么，我觉得就没有太大问题。"

陈升是从自己的学习经历中得出这样的结论的。在日积月累的学习中，陈升发现，自己以前其实走了许多弯路，很多东西是不能一刀切的，任何事物都有好有坏，有两面性。就像创业过程中遇到了很多的困难和挑战，那其实也是一种商机和机遇。这件事情有多难，它的价值往往就有多大。

陈升喜欢读史。他说："许多事情都有前因后果，有自己的历史。历史就是对经历了一个很长时间段的事情进行的一次精辟的总结，因此，读史、学史是非常有意义的，以史为鉴是非常有用的。人们可以从香港的历史、香港的大事件中看到整个国家的发展大局和方向。而我们每个人都是这个发展大局里的一粒小棋子、一颗小螺丝钉。"

陈升说："'一国两制'的衔接面临着很多困难和挑战。但是，国家正在这些方面做大文章，将深港合作、粤港澳大湾区协同这件事情的长远规划做好，并且使之利国利民。那么，我，作为大局里的一颗小螺丝钉，也希望用企业的方式来参与其中。而一旦我们做好了，赚到钱了，就会带动很多人一起加入到这个行列中来。成功的商业模式，可以从某种程度上解决'一国两制'衔接困难的问题。"

在前海创业的经历使陈升对市场大潮有了自己独到的理解。习近平总书记讲话中对前海的定位给了他很大的启发，"依托香港、服务内地、面向世界"，陈升认为，就应该把这个理念应用到公司的定位上。依托香港，就是前海发展的 DNA。一个企业一旦带有了这样的 DNA，这家企业的生命周期和可持续性是完全值得期待的。

他至今仍清楚地记得，习近平总书记在 2018 年那次讲话中提到了前海发展的历史和背景，讲到了国家当初决定进行改革开放的前因后果。陈升是一个 1985 年出生的青年，对于改革开放初期及其前后的历史并不甚了解。因为那时他还没出生，很多知识都是从书本或者新闻里看到的，感受并不深刻。而此次亲耳聆听党和国家最高领导人、这样一位长者语重心长地给自己讲述改革开放的故事，一下子就让他理解了其历史价值及意义。陈升觉得自己茅塞顿开，仿佛一下子便理解了为什么中国要实行改革开放，现在为什么又要在前海开展深港合作的先行先试。他明白了，这些决策都涉及国家发展遇到的困难挑战，是与国计民生密切相关的，也是经过通盘考虑的。

总书记语重心长的讲话，在陈升看来就是一堂生动的国情课，让他对国家的前海发展战略决策和前海先行先试的定位等都有了更加深刻的理解。

他说："听了习近平总书记的重要讲话，我更深切地认识到，我们香港青年是改革开放的直接受益者，更要做改革开放的积极参与者。"

总书记讲到，前海的模式是可行的，可以复制，可以推广，向全国推广。在陈升看来，这种推广，也就是前海要突破作为物理空间的前海，它应该承载国家对香港的关心关怀，也承担起历史的使命——就是要加强深港合作，进行多维度的、更具深度的交往交融。这件事情责无旁贷地落在了 80 后、90 后和 00 后青年的身上，因为等到深港合作的政策成熟时，正是这一批青年枝繁叶茂、风华正茂的时候。

这，让陈升感受到了自己肩上沉甸甸的责任。他说，自己应该跟上前海的步伐，跟上国家的步伐，包括他在内的一批青年要带领香港跟上国家的发展步伐。过去一段时间，香港曾经历了一些社会的动荡，民生和经济都受到了很大的影响。在香港遇到困难的情况下，尤其需要唤醒香港青年振兴香港的雄心，香港青年不能再像以往那样，各顾各的。

　　在真切感受到国家和政府的关怀之后，陈升和身边的香港青年开始讨论这样一个重要的话题：未来香港应该怎么做？许多香港青年纷纷向陈升探询，自己要不要去前海落户，要不要去前海开一个公司。

　　陈升经常向自己的香港朋友宣讲内地创业的好条件，告诉他们青年梦工场可以提供的各种支持政策，不断鼓动他们到前海走一趟，经历一回创业。"当然，创业风险肯定很大，但是风险跟回报成正比。你愿意到这边来，你就有这样的机会，中头奖的机会。就算你不中头奖，你也会得到一个安慰奖——可以得到在内地生活和工作的经验。香港每一家企业都需要在大湾区里做生意，而这些经验，对于帮助你理解内地人的生活和需求、了解内地的市场无疑是一笔巨大的财富，而且是一笔谁也拿不走的财富。这是一堂人生课。这个课堂能够帮助你加深对祖国的了解，对市场的了解。这堂人生课能让你受用一生。一旦你创业了，你会以一个老板的角度来看问题、做事情，以后你即便又返回去当一名员工，也能知道老板喜欢什么样的员工，懂得从老板的视角、从大局出发思考问题。当过老板，你就会知道当老板不容易，从而更能理解老板、理解公司。这种思维和情怀千金难换。"陈升总是这样跟朋友们说。

　　陈升一直致力于把前海的经验复制推广到其他地方。2020年，陈升把前海的一些做法带到福田，在河套深港科技创新合作区创立了"UNI香港青年创业空间"，这是一个香港青年创业生长的基地，不仅为在深创业的香港团队提供工作和生活场所，还为香港团队提供企业孵化服务。陈升由此成为香港青年北上创业的"超级联系人"。"不夸张地说，我每年都会新认识上千个香港青年。"陈升说。目前，他已帮助超过300个创业团队在深圳落地开花。

在陈升看来，前海合作区的重要性在于它的"一进一出"。它不仅是香港青年进入内地创业的好地方，也是输出先行先试成功经验的大平台。

"前海最厉害的不在于建了多少楼，而在于它培养了很多对香港特别了解的公务员和其他各方面的人才。同时，一批在前海创业的香港青年和企业家，又比一般的香港民众更加了解深圳。因此，前海所培养出来的人才是一种'特产'，他们到哪里去，都可以把前海的政策、文化、思维逻辑等带到那里去。这就产生出了一个'泛前海'或者'大前海'的概念。"

现在，陈升到哪里去，都不怕人生地不熟。只要一提及他是从事深港合作的，几乎所有的人都愿意和他聊这个话题，彼此就可以很好地相互交流，展开合作。

前海缘也是深港缘，这个缘分是国家为香港和内地创造的。陈升自己就是这项国家战略的获益者，因此他很愿意依据自己个人的理解去讲好前海的故事。

陈升很喜欢《少林寺》这部电影。他说，前海就像一座少林寺，这里既有藏经阁，珍藏有少林武术的典籍，也有木人巷（在不少武侠小说中，少林弟子练成浑身本事后，必须凭一身绝技打出"木人巷"，才有资格下山闯江湖）。在前海这里学到"武功"之后若能打出"木人巷"去，就已练就了一身本领，可以"下山"去内地创业了。

谈到前海对自己的塑造，陈升用了四个字"脱胎换骨"来形容。他认为前海改变了他整个人生的走向，也改变了他的很多思维方式及观念。前海的创业经历对他而言是一笔十分珍贵的财富。

陈升说："现在感觉我已经变成了另外一个人，就是既能以内地的视野去看香港的一些问题，也能以香港的视野来看内地的发展，二者相互借鉴。同时，由于我又有英国生活的经历，又能以国际的视野、'老外'的视野来看香港和内地。"

现在的陈升，除了"第一批来到深圳前海创业的香港青年""UNI香港青年创业空间CEO"外，又多了几个身份——香港中文大学创业导师，香港青联科技协会副主席，深圳南山区、光明区、龙华区、龙岗区等几个区的创业导师。他说，很多香港人都觉得深圳是一个创客之城，所以大家都很好奇也很有兴趣了解深圳，这些身份也吸引了越来越多人来找到他。"我作为一个创业者，也特别能理解现在的香港青年，希望能尽自己的能力，最大限度地帮助他们融入内地。"

对于自己的发展定位，他这样对自己的妻子描述："我们现在的定位是'一河一海''一港一湾'：一个河套，一个前海；一个香港，一个大湾区。"

——这，就是这位80后香港青年的大视野。

从姚震邦到陈润富，从李坤安到陈升，这些不甘平庸的港台青年，在前海找到了属于自己的舞台。他们在这里尽情地挥洒汗水，骄傲地收获硕果。前海，成为他们梦想的孵化器。

筑巢引凤栖，花开蝶自来。从空无一人、杂草丛生的滩涂之地，到高楼林立、人才集聚的未来新城，前海的筑巢引凤政策成效显著。

人才是创新创业的主体，也是高质量发展的"硬核"。前海建设伊始，就把"招才引智"和"招商引资"放在同等重要的位置。那么，前海是如何招才引智的？

作为国家级战略平台，前海先后被授予"海外高层次人才创新创业基地""全国人才管理改革试验区""粤港澳人才合作示范区""深港人才特区"，并在中央、省、市的大力指导和支持下，大胆突破体制机制障碍，实施更加开放的全球人才吸引制度，推动人才管理改革试验，形成了一批可复制可推广的先行先试人才制度创新成果，推动前海人才集聚创新发展：

为了招揽全球人才，前海着力在突破跨境人才流动瓶颈上发力，大胆改革制约创新发展的管理方式。比如，打破我国实施 24 年之久的台港澳人员在内地就业许可制度，在全国率先落地台港澳居民在前海工作免办台港澳人员就业证；在全国首创对境外高端和紧缺人才个税超过 15% 的部分给予补贴；在全国率先全面放宽港澳涉税专业人士执业要求，将资格考试改为备案即可执业等。

为了保障人才引得进、留得住、用得好，前海坚持"遵循市场，定制服务，以人为本"的引才留才理念。比如，发布《关于以全要素人才服务加快前海人才集聚发展的若干措施》，推出 20 项具体措施，打造全要素人才服务体系，以深化"放管服"改革为基础，突出打造高效便捷、服务优化的营商环境；充分尊重企业的市场主体地位，发挥用人主体在人才工作中的主导作用，遵循"业内认可、社会公认"的市场化原则，对前海人才进行人才评价、开展人才激励等。

由此，不仅姚震邦、陈润富、李坤安、陈升等港澳台青年纷纷入驻，还吸引了包括摩根大通中国投行主席、毕马威全球合伙人等高端管理人才，以及国际人工智能协会史上首位华人院士等优秀科技人才，首届孙冶方金融创新奖得主等 1600 名人工智能、科技通信、国际金融等全球科技高端紧缺人才聚集前海。

前海，成为名副其实的"人才梦工场"。在人才梦想成真的同时，前海实现了飞跃式的发展。

第三章
科技创新热土

带着改革开放的新使命，前海加快推进以接轨国际为核心的科技发展体制机制改革创新，聚焦人工智能、健康医疗、金融科技、智慧城市、物联网、能源新材料等港澳优势领域，以不拘一格用人才的姿态点燃了科技创新之火。越来越多的科技企业加速入驻，落地开花。

数字时代弄潮儿

谁也无法否认，以人工智能、大数据、云计算和互联网等为代表的数字技术正在彻底改变我们的生活方式，重塑这个时代的经济社会面貌。数字化已成为新的生产力，数字经济时代正加速到来。

国家"十四五"规划明确提出要"加快数字化发展，建设数字中国"。为把握数字化发展新机遇，拓展经济发展新空间，推动我国数字经济健康发展，2022 年 1 月，国务院还专门印发《"十四五"数字经济发展规划》，明确了"十四五"时期我国数字经济发展的方向。而"打造全球数字先锋城市"是深圳"十四五"时期的战略目标之一。作为"特区中的特区"，前海自创建伊始即高度重视数字经济产业发展，大力推进新型基础设施建设，2019 年率先成为全国首个实现 5G 网络全覆盖的自贸片区。2020 年 8 月，前海发布《加快新型基础设施建设推动前海数字经济高质量发展的行动方案（2020—2025 年）》，计划实施 32项新型基础设施行动。同时，大力推动前海深港数字经济集聚区、深港数字经济小镇等重大平台建设。

前海在"数字化"上的频频发力，吸引了纳恩博、锐捷网络等龙头企业入驻。腾讯，也将目光锁定在前海。2020 年 9 月 4 日，腾讯与深圳国际控股有限公司（简称"深国际"）达成战略合作，双方将在智慧园区建设、智慧物流生态等方面开展紧密合作，共同推动数字化技术在现代物流及商贸产业园区的场景开发和应用。同日，双方共同打造的首个项目深国际智慧园区落地深圳前海，并正式启动建设。该项目也是深国际前海智慧港的重要组成部分。

腾讯一方面不断地在前海开设公司、开展业务、举办活动、展开合作，另一方面也一直在酝酿着将公司的办公区向前海这片热土逐步转移。

早在位于后海边、占地面积 18650 平方米的腾讯全球新总部滨海大厦建设之时，腾讯便筹划要在前海建设新的总部基地。

2017 年 12 月 19 日，腾讯数码大厦在前海正式开工。

腾讯数码大厦位于前海桂湾商务中心地段，占地面积约 2.5 万平方米，总建筑面积约 30 万平方米，由两栋高层建筑组成，高度分别为 230 米和 168 米。

这两栋地标性的建筑，外立面犹如雕刻般的造型，来源于水晶的结构灵感，外立面处理强化了对角折线和切面的设计理念，配以陶土和烧结玻璃材料，显得晶莹璀璨。

2022 年 6 月，腾讯数码大厦正式竣工。大厦位于前海湾地铁站 A 出口正上方，整体造型像一个方正的 U 形，两座大楼底部有连廊。腾讯数码大厦将为腾讯这家中国最具影响力的科技互联网公司提供一个充满生气的办公、商业和公共空间。

就在数码大厦建设的同时，腾讯在酝酿将公司主体搬迁到前海来。之所以做出如此决策，正是因为以马化腾为首的腾讯高层看中了前海不可限量的发展前景。

根据腾讯发布的数据，公司在深圳市共有约 3.8 万名员工，所需办公面积约 70 万平方米，而在深圳市内腾讯自有物业面积仅 33 万平方米，其余的 37 万平方米须靠租赁解决。然而，腾讯根据业务发展的速度测算，其员工人数以每年13%的速度增长，7年后员工总数将达到8.9万人，所需办公面积约178万平方米，因此几年后其办公面积的缺口很大。为了解决这个难题，腾讯下决心继续买地建楼。

2019年11月29日，腾讯以85.2亿元的巨资拿下了宝安区前海大铲湾半岛的总部建筑用地，占地面积达80.9万平方米。腾讯计划在这里建设一座未来科技城。网民们惊呼：别的公司都是买一块地或一栋楼，而腾讯公司竟然买下"一座岛"！

这样的投资对于腾讯来说，也是一次大手笔。腾讯将引入新型产业用地加公共管理和服务设施用地的综合规划，首期开发地块包括会议中心、酒店、科技展览馆、数据及智慧控制中心、学校教育设施、产业园区配套宿舍、体育活动中心、社区健康服务中心、公交车站等。这个片区还将引入深圳地铁9号线西延线、15号线、妈湾通道等重大市政交通建设。

这个项目位于大铲湾半岛一块2500米×500米的长条矩形的空置土地之上，面对着犹如一个半圆形观众席的前海湾。腾讯的规划目标是建立一个完整的科技园区，包括办公区、公寓楼、商业单元、公共设施、学校和会议中心等，成为腾讯的新总部大厦，可以容纳8万—10万名员工。

2021年6月，深圳西部滨海、毗邻前海湾的大铲湾港区一带，高耸起了打桩机等大型机械，腾讯全球总部——"互联网+"未来科技城项目正式破土动工。该项目分一期和二期。一期建设项目计划于2024年12月竣工，二期建设项目计划于2026年11月竣工。总建筑面积200万平方米，计划总投资370亿元。

"互联网+"未来科技城将建设"六基地一平台"，包括效果广告研发推广基地、互联网云全球研发基地、互联网+医疗基地、互联网+教育创新实践基地、互联网体育产业互动基地、互联网+双创基地以及前沿科技领域研究中心。

作为国家级示范性数字化科技园区，"互联网+"未来科技城是深圳市战略性新兴产业重点项目，目标是打造全球性智慧城市和新基建相关研究探索的示范点。腾讯全球总部在此落地，将进一步扩大腾讯和前海的全球影响力。

位于前海深港青年梦工场内的微埃智能科技有限公司（以下简称"微埃智能"）是一个以海归人员为主的团队。这家成立于2017年的科技公司，成员只有12人，最小的是1995年出生的。他们几乎都有海外留学的经历，而且多数是博士、硕士。

微埃智能的核心成员来自美国加州大学伯克利分校、加州大学圣地亚哥分校、英国爱丁堡大学、香港科技大学、香港中文大学、香港城市大学、武汉大学等海内外知名学府。团队基因年轻而多元，拥有强大的技术实力和产品运营能力。

经过长达七年的技术积累，微埃智能掌握了世界领先的深度学习神经网络算法与数据驱动型人工智能模型搭建能力。团队采用谷歌及美国国家超级计算应用中心的模型搭建标准流程，可以为不同行业提供定制化人工智能数据预测及分析方案，为企业打磨定制化的人工智能解决方案。在生产流程环节，可以进行设备故障预测性维护，提前预知设备故障，并帮助客户提出解决方案；设备使用寿命预测、性能预测，检测资产状况；工业流程优化，预测每个产品的良品概率，提升生产效率。在客户细分环节，可以演算每个用户在n天后的流失概率；基于不同特征维度，赋予用户分值系统；预测特定时间段内用户消费频次、偏好、金额等，进行精准推荐及营销；目标客户群体聚类和价值分类。在市场营销环节，可以预测每一款产品指定时间内的供给量；预测细分市场/区域需求量；精准场景判定。

因此，微埃智能可以在工业生产、制造业转型、市场销售等领域拓展自己的业务，前景十分广阔。

微埃智能由赵紫州和褚英昊创立。

赵紫州，1988年出生，毕业于加州大学伯克利分校，曾参与美国劳伦斯国家实验室与美国太空总署（NASA）科研项目，美国新泽西州科学研究院优秀奖获得者。

褚英昊博士，1987年出生，毕业于加州大学圣地亚哥分校，主修深度学习—多层神经感知器的预测模型搭建，曾在圣地亚哥国家超级计算中心工作，参与美国国家自然科学基金（NSF）及加利福尼亚州能源委员会（CEC）资助的智能电网项目。被某研究院作为深圳高层次人才引进，获补助320万元。他认为在企业里收入虽高，但事情却不多，"耐不住清闲"而辞职创业，专注于为企业定制人工智能服务，已发表国际SCI认证文章16篇。

2017年，来自硅谷的赵紫州怀揣梦想来到深圳前海，马上就被前海深港青年梦工场的环境所吸引。他感觉这里的绿化布局、建筑风格都很有硅谷的特色。

在之后的首届前海深港青年创新创业大赛上，赵紫州和他的团队以超级电容充电桩获得了大赛初创企业组二等奖，由此团队开始入驻青年梦工场。

得益于青年梦工场高规格的孵化标准和高大上的硬件设施，团队创业人员成功入住梦工场You+公寓，微埃智能很快投入研发运营。青年梦工场优美的办公环境也是很多优秀小伙伴后来加入团队的原因之一。

青年梦工场不定期举行精彩的双创活动和项目路演，众多活跃的投资人和政商名人也会慕名前来。这些都让园区内团队能够不断接触到更先进的创新理念和更多的融资机会。

2017年10月，微埃智能正式推出业务，依靠强大的技术实力，已陆续与工业物联网、汽车、共享经济、教育与医疗等多家行业领先机构达成合作。12 月 27 日，微埃智能获得大米创投 400 万元天使轮融资。

完成此次融资后，微埃智能团队开始重点关注工业设备领域，期待赋能传统工业加速向数字化、网络化、智能化方向转变。

在青年梦工场，我采访了赵紫州和何英杰。

赵紫州是一个乐观、大方的小伙子，光头，面带笑容，坚毅的目光中投射出对未来强大的憧憬和信心。

他说："我们团队这些人都是有情怀的人。我们出生于富足之家，堪称在蜜罐里长大的人。又都是一流高校毕业的'学霸'，很容易找到高薪职位，过上优裕的生活。但现在却都聚在微埃，每个月拿几千元工资，过着'996'（早上 9 点上班，晚上 9 点下班，一周上 6 天班）的生活，三餐管饱，零食管够，只争朝夕地在一起拼搏奋斗。譬如联合创始人褚英昊，加州大学圣地亚哥分校博士，加州超级计算机中心博士后。何英杰，曾在香港 Nielsen 公司担任市场分析师，年薪几十万元。团队中有一位从武汉来的 90 后加盟者，以前收入很高，入职微埃后工资很低，家人怀疑他误入传销团伙，于是专门护送他到深圳来，当亲眼看到青年梦工场和微埃智能的创业环境后，确定这真的是一个创业团队而不是传销公司，这才放心地把孩子留下了。"

在国内，大量的 AI 人才都集中在金融、医疗等领域，制造业相对而言是一片竞争的蓝海。即使是在制造业领域，众多的 AI 团队也都倾向于做基于图像识别的质检业务，微埃智能则选择专注于处理和分析生产过程中的数字化数据。

之所以将业务重心放在智能制造行业，为不具备 AI 技术基础的制造企业挖掘生产数据潜在价值，提升生产效率和效果，降低生产成本，微埃智能主要出于三个方面的考虑：一是政策的支持，人工智能和实体经济深度融合已成为培育经济新增长点和新动能的战略方向；二是实体制造业痛点明显，招工难、用工成本高都限制着企业的规模化发展；三是团队主要研发人员都具备行业 +AI 技术的混合背景。

对于传统制造业的痛点，赵紫州和何英杰都有切身的体会。何英杰出生在香港，家人在中山经营小家电，近年就面临着招工难、用工成本高、公司转型升级难的困境。2013 年以后中国的实体制造业更是难上加难：不转型，就是在等死；转型升级，改用全自动设备，财务成本高；尝试转向服务业，又是外行，做不了。

赵紫州家在江西九江，父母都是 60 后，中专毕业，在九江经营家族纺织企业。岳父只有小学文化，企业却做得很大。1998 年，纺织业刚在九江兴起时，招工很容易，当地人要想进厂做工还得托关系送礼。20 年过去了，劳动力变得相当紧俏。赵紫州曾经到农村去招工，拉起大横幅宣传，给农民发红包，好不容易才招到工人，用工成本却相当昂贵。在九江，一个纺织工月薪通常在 4000 元以上。像他们家用工一两千人，一年人工支出就是几亿元。

因此，当赵紫州从美国学成回国，家里人就特别希望他能为家族企业做些贡献。

赵紫州看到从海外学成归国的许多高端人才，大都选择一份不错的职业，过得很风光，但是他却从不这么打算。他的人生座右铭是：做有价值的事，并且把事做成。他自称是"实体制造业二代"，也想"把手弄脏"，救活实体制造业。在他看来，只有倒闭的企业，没有倒闭的行业，关键在于要及时改造升级。从小的方面说，他希望帮助家人分忧解难；从大的方面说，他希望帮助国家实现实体制造业转型，成功迈进以智能化为基本特征的工业 4.0 时代。

不仅是纺织业，其他制造业也都面临着智能化的时代课题，赵紫州给我举了另一个例子。

目前，我国火电焊工有 1000 多万人，而实际需求量在 2000 万人左右，缺口很大。加之火电焊不仅伤害焊工的眼睛，而且容易让人吸入毒气，对从业者健康伤害极大。虽然工资高，但是大多数的焊工到了50岁眼睛就毁了，也会患上各种疾病。可见，焊工是一个招工、用工痛点很大的制造业工种。而采用机器人实现智能焊接，在硬件上已毫无困难。现在的难处在于"调参"——调整参数。运用参数工艺，机器人可以通过摄像头自动找到焊缝，借助芯片的智能调参，它可以辨别出钢、铅等不同焊材，区分机器薄厚。通过一百多个细分参数，再将参数转化为计算机可计算的对象，采用数据驱动型机器，可以实现毫米级的精准焊接。而用调参进行超声焊接，则可以运用于芯片分装。如果这一工艺得以实现，就可以解放千万名焊工。这将是一桩功德无量的善事。

现在的难点在于，如何获取那些技术参数。像阿尔法狗一样的AI具备强大的学习和建模能力，迫在眉睫的问题就是要让熟练的技术工人将有关的参数测算出来，再输入到大数据库中。微埃智能的优势将主要体现在智能调参和建模上。

赵紫州充满自信地告诉我，微埃智能目前开发的调参机器人已达到中等技师水平。而要达到高级技师乃至阿尔法狗一样超越人类的智能和实力，也是指日可待。

等到那一天，当千千万万的焊工、纺织工等制造业工人从繁重艰辛乃至有毒有害的劳动中解放出来，相信中国的制造业必将全面迈入中国智造的发展阶段！

走进同样位于前海深港青年梦工场的朗思传感科技（深圳）有限公司（以下简称"朗思科技"）的办公室，我首先注意到的是办公室里只有两个人：一个又高又略瘦，一个稍矮又略胖。高个子的帅小伙，戴着眼镜，名字叫许可，身高有一米八左右，是这家公司的CEO和联合创始人，1992年出生，才30岁。稍胖的那一位名字叫江荣平，1978年出生，长得憨厚而朴实。他说自己的名字叫荣平，因此同事们都亲切地叫他名字的谐音"罗宾"。罗宾的老家在闽北光泽县的一个小镇上。母亲在他小时候就过世了，父亲是一名已退休的乡镇干部。他有两个哥哥、一个姐姐。罗宾至今还未成家。许可在香港的时候，就已在线上和罗宾做了交流。2021 年 3 月，许可回到深圳时，罗宾便正式入职，独立负责广东珠江电厂测试的产品线，成为公司的一名技术骨干。

更吸引我的，是办公室中间居然还安有一台"机床"。许可告诉我，这间办公室也是他们的一个简单的实验场地。他们在深圳地铁 9 号线位于南山区的粤海门站那边还有一个 70 平方米的实验室。这张"机床"实际上是一个光学平台，能够隔振。他们制作好的一些仪器打磨之后，可以放在这个平台上进行一些操作和调试，而这个光学平台可以隔绝振动。

朗思科技是 2020 年 11 月在前海注册成立的。成立不到一年，就已完成了两轮融资。第一轮天使融资，于 2021 年 1 月完成，携手英诺天使基金，进一步完善产品和扩展业务。第二轮天使 + 轮融资于 2021 年 11 月完成，投资机构为国宏嘉信资本，获得了数百万元的资金，融资资金主要用于新产品研发、产品研发团队建设及在售产品的批量生产等。

朗思科技是一家激光传感技术服务商，业务包括超高灵敏度气体传感器，自主研发和生产搭建全厂"物联网"式在线传感系统，提供原创的配套软件和数据库服务等。公司的核心技术是拥有自主知识产权的激光吸收光谱技术、光声光谱技术及光纤传感技术等，根据实际应用场景优化选择相关技术及组合，结合自主研发的自动控制及人工智能算法，设计和制造一系列响应速度快、免标定、超高灵敏度的便携式气体传感器，并与先进芯片集成封装、无线数据传输以及信号处理等多种技术相融合，构建下一代智能气体传感及控制系统。

激光传感器是利用激光技术进行测量的传感器，是激光传感技术的核心。它由激光器、激光检测器和测量电路组成。激光传感器是新型测量仪表，它的优点是能够实现无接触、远距离测量，速度快，精度高，量程大，抗光、电干扰能力强等。

在前海创业不到半年，朗思科技便已完成了超高灵敏度气体浓度分析仪 PAS Series S21 开发，研制出了烟气脱硝氨氮协同测量系统 DN2020。

仿佛看出了我的疑虑，许可笑着解释道："我们公司，加上香港和深圳两地的人员，一共是 19 位。在香港那边有 6 位，在深圳这边有 13 位。"深圳公司的实际运营是从 2021 年 3 月 5 日开始的。采访当日正逢一年一度的中国（深圳）国际光电博览会开幕，这是全国最大规模的国际性光电博览会。朗思科技在这个博览会上推出了自己的光声光谱技术超高灵敏度气体分子检测仪第二代版本。许可也是特意从展会上赶回来接受我采访的。在当天的光博会上，他们的产品受到了广泛关注，名片盒里装满了各地客户和寻求合作者的名片。

朗思科技团队人员都很年轻，许可本人就是一位才 30 岁的年轻人。公司的董事长兼创始人，许可的导师任伟年龄也才 37 岁。

许可老家是江苏常州的。任伟教授是江苏镇江的。许可出生于一个教师家庭。父母都是 1964 年出生的，父亲是常州工学院的数学教授，母亲则是江苏理工大学的政治教授。父母一理一文，而许可则综合了一下，选择了工科。18 岁那年他考上了北京理工大学，在那里用 6 年时间读完了本科和硕士。

毕业时，许可的想法是继续留在北京攻读博士，因为他对北京的环境已经比较熟悉了，他的设想是到清华读博。当时他找到了清华大学一位和自己研究方向比较相似的课题组的导师。这位导师也是一位名教授，那一年，他手上有招收两个博士的名额，但是全部都给了由清华本校直升上来的优秀生。因此，他就没有名额再招收其他学生。但是他看过了许可发表的一些论文，十分欣赏，于是就将他推荐给了几位从清华大学毕业、在海外读完博士的年轻教授，这些教授很需要学生。

许可和这几位教授都通过电子邮件进行了联系，香港中文大学的任伟教授最先给了他回复。两人第一次通话就聊了两个多小时，彼此非常默契。他了解到，任教授是 1985 年出生的，也是江苏人，是镇江扬中人。2002 年 17 岁时他以江苏省高考前几名的成绩考进清华大学，他的本科和硕士都是在清华攻读的，用 6 年时间读完了本硕课程。2008 年到美国斯坦福大学跟随国际激光传感领域的祖师爷汉森教授攻读博士，用 5 年时间完成了博士课程。毕业后不到一年时间，便拿到了香港中文大学的教职。因为他的学术成果、学术背景非常优秀，所以香港中文大学给了他助理教授和博士生导师的职位。

许可很喜欢任教授研究的机械与自动化工程专业这个应用性强的方向，认为在这个方向将来可以做出一些实物类的东西，至少能够在市场上得到一些应用。任教授也很欣赏许可之前已完成的一些事情和研究的潜力。

就这样，两人一拍即合，许可也不再考虑其他的导师，选择跟定了任教授。当然，那时许可根本不会料到，有朝一日他会和自己的导师一起创业。

其实，在那之前，许可自己还不敢创业。2015 年，政府开始倡导"大众创业、万众创新"的时候，他正在大学读研究生。那时他也曾考虑过创业的问题。但是，他的父母都觉得这不是一个大学毕业生通常的发展路径，并不支持。

2019 年，当香港发生暴力事件时，身在江苏的父母非常担忧许可在香港的安危，不停地劝他回内地来。可是当时他博士尚未毕业，而肇事者又占领了香港中文大学，于是，许可便跑到了他们的合作者、住在深圳龙岗的同学石超家里，一起商讨创业计划。

2019 年，许可读博四，开始和自己的导师酝酿创业。

香港中文大学拥有很好的创业氛围。2014 年由香港中文大学教授汤晓鸥创立，在香港科学园孕育的商汤科技是许可等港中大创业者推崇备至的对象。这家企业自 2014 年成立以来已融资超过 30 亿美元。2021 年12 月 30 日，商汤科技正式登陆港交所，总市值超过了 1400 亿港元。

港中大机械与自动化工程学系更是一个创业大系。后来与朗思科技一起获得香港特区政府创业资助的港中大的另一项目——手术机器人项目也是来自这个系的一支创业团队。

当时，许可有一个师兄也是香港中文大学工程学院毕业的博士，名字叫田雪峰，他在 2015 年开始创业。那时田雪峰经常有一些零件加工的需求，但是发现不同工厂的零件加工品质参差不齐，针对这一痛点，他萌生了创建一个互联网加工平台的想法，也就是以"自营工厂＋协同工厂"的方式来解决零件加工的难题，并提出"让零件加工像网上购物一样简单"的口号，由优质工厂组成一个庞大的加工网络，以信息化、数字化的手段来实现客户订单和工厂产能之间的快速精准匹配。于是，他创办了速加网。如今，这个线上云平台就像一座超级工厂，影响很大。

在创业伊始，许可便经常向各位同系的创业前辈请教问题。

从港中大机械与自动化工程学系毕业的前辈创立了一家很有名的公司，叫未来机器人（深圳）有限公司。未来机器人公司成立于 2016 年，由香港中文大学、日本东京大学博士团队联合创办，总部位于深圳市福田区，是全球领先的智能仓储、无人搬运解决方案供应商。公司致力于打造国际化的工业车辆无人驾驶技术平台，通过加装独有的高性价比视觉导航无人化模块，将人工叉车、牵引车、港机等工业车辆升级改造为无人驾驶工业车辆 AI 搬运机器人，解决企业仓储自动化升级难题。

这些前辈创业成功的事例极大地鼓舞了许可和任伟。2019 年，在深圳逗留的一个月期间，许可一直都在和导师讨论起草准备向香港特区政府提交的创业计划，用于申请创业经费。

2019年11月，朗思科技有限公司在香港注册成立。

之所以起名叫"朗思"，许可解释说：这是一个英文名称的谐音，"激光传感"的英文Laser sensor听起来就像"朗思"。而之所以选择激光传感，特别是激光气体传感这一领域，是因为他们发现，激光气体传感的应用问题在现实生活中是亟须解决的，也是行业的一个痛点。激光气体传感就是用激光准确地测量环境中各种难以探测到的微小的气体物质，可以应用于工业和医疗领域。譬如在医疗领域，可以用于检测人体呼出的碳元素，从而帮助医生判断人体胃内有无幽门螺杆菌和一些早期的病症。在工业领域，可以用来检测一些能源气体的泄漏。近年来，我国发生了多起天然气爆炸事故，2015年天津港滨海新区的化学品大爆炸损失巨大，2021年端午节前夕在湖北十堰发生的天然气爆炸，造成菜市场重大人员伤亡的事故。这些事故都在昭示我们亟须研发微小气体泄漏的检测设备。国务院有关部门也提出要做好气体安防、气体监管，并将其作为一项国家任务。而许可和任伟研发的激光传感技术很早便开始涉猎这一领域，可以实时捕捉气体的成分，并将其准确地检测出来。这种检测只有通过光的方法而无法通过化学反应，因为化学反应周期都比较长。正是基于这些考虑，他们选择了将激光气体传感作为创业的核心领域。

这期间，许可一面准备博士论文及答辩，一面参加了2019年12月香港特区政府举办的TSSSU（Technology Start-up Support Scheme for Universities）——"大学科技初创企业资助计划"的申报和评审。

当时评审团一共有十几个人，既有香港著名的投资人、香港科学园的领导，也有教授和科学家，他们对任伟和许可的创业项目进行了深入的评审，评判的标准十分严苛。在回答评审团提问时，任伟和许可都充满了信心。但是，他俩都不曾料到居然能够拿到当年香港中文大学参加这个竞争项目的第一名，而且获得了最高金额的资助。香港特区政府给予了他们一份为期三年的种子基金，每年资助 70 万港元，总额达 210 万港元。资助的条件是要求创业公司三年之内必须一直在香港存续，而且不能偏离当初的计划方向。政府每年分两次拨款，每半年给一次，一次 35 万港元。

香港特区政府的这项创业支援计划，每年拨款数千万港元，用于资助那些从香港院校里孵化出来的科技项目。

2020 年 6 月，许可博士毕业。这时他们在香港的创业公司已经组织起了一支 5 个人的小团队。这个团队主要致力于激光光谱和前沿科技的应用。朗思科技又获得了第 6 届香港大学生创新及创业大赛创业项目的特等奖。

8 月，朗思科技用香港特区政府提供的资助金，在香港科学园租了办公区，正式入驻科学园。

9 月，朗思科技成功研发并推出了 COVID-19 气溶胶模拟分子追踪传感器。

这一年，任伟获评香港中文大学终身教授。他以 35 岁的年龄跻身终身教授，成为香港中文大学机械与自动化工程学系最年轻的教授。

2020 年 8 月，许可从香港回到内地，一方面寻找天使轮的投资，拿着朗思科技的项目计划书和一些样机去寻求投资者的支持。另一方面，他参加了许多路演和创业比赛，努力打响朗思科技的知名度。此外，他也想到深圳来寻找一个落地的地方。

当时，许可比较了其他的一些孵化园区，发现前海提供的政策对于他们而言是最有利的，相关的配套也是最到位的，前海有着比较完备的政策和制度，而且这些政策和制度还在不断地更新。许可也向从香港来内地创业的一些前辈取经，同时还和几个孵化器的负责人进行了交流。

最终他们确定，选择在前海落地，选择斑马星球这个孵化聚落，因为斑马星球注重纯粹的硬科技赛道。而前海对于像朗思科技这样一个拿到了香港特区政府科创基金资助的公司最高可以给 1∶1 的经费支持。朗思科技团队里有多位香港青年创业者，他们可以享受前海关于人才房的优惠政策；一些博士等高学历、高层次人才还可以到深圳市进行高层次人才认定，在前海也能获得 1∶1 的配套补贴和支持。这一系列的利好消息，促使许可他们决定在前海落地。

于是，2020 年 11 月 16 日，朗思传感科技（深圳）有限公司注册成立，正式入驻前海深港青年梦工场。不久之后，他们便拿到了天使轮的融资。

2021 年 3 月，许可第二次从香港回到内地，准备筹建深圳团队。在这里，他聘请的第一名同事就是江荣平这位非常有经验的福建工程师。

3 月，朗思科技成功推出了超高灵敏度气体浓度分析仪。5 月，他们自主研发的高灵敏度激光气体检测系统荣获"2021 年日内瓦国际发明展"金奖。

7 月，朗思科技研制的烟气脱硝氨氮协同测量系统 DN2020 进驻电厂。烟气脱硝氨氮协同测量系统 DN2020 是一套基于中红外激光吸收光谱技术的在线多气体监测系统。采用可调谐激光吸收光谱技术，结合气体吸收增强、原位探测的方法，通过实时分析目标气体分子的特征谱线，快速获取气体浓度信息，可在高温和高水汽浓度的干扰下，实现燃煤电厂 SCR（选择性催化还原法）选择性催化脱硝过程氨气和氮氧化物的实时在线精确测量。

8 月，朗思科技推出的超高灵敏度气体浓度分析仪完成二代样机开发。超高灵敏度气体浓度分析仪 PAS Series S21，是一款基于红外光声光谱技术的产品，利用波长功率稳定的红外半导体激光器作为探测光源，采用高灵敏度的石英音叉打造探测模块，通过更换相应的光源，即可检测各种不同的超低浓度气体成分，最低检测浓度达到PPb级（十亿分率）。该产品性能超越国际上各知名品牌的同类产品，同时还具有便携、体积小、操作简单等优点。可用于涉及超低浓度气体探测的各类场景，例如城市管线泄漏巡检、厂区安防监测、屋宇室内环境监测、生化实验气体追踪以及临床呼气诊断等。

这种高灵敏度的检测主要适用于一些分子级的测试，应用场景主要有两个：一个是大型科研机构，一个是大型企业的分析化验室。这台仪器可以大幅提高检测效率，而且可以将其安装在无人驾驶车底盘上或者机器人上，让其去完成一些采样巡检。目前，每台仪器售价30万元左右。这是一台具有高科技附加值的高端精密仪器，目前国内还没有同类产品，与国际上的知名品牌，如西门子、ABB公司的同类产品相比，朗思科技的产品更小、更灵巧、更便携，而且更加集成，采用的技术更先进。

9月14日，朗思科技的产品夺得了"深圳逐梦杯大学生创新创业大赛"冠军。

这一年，任伟教授的项目获选了"国家优秀青年科学基金项目（港澳）"。同时获选的港澳人才一共只有六位。任伟的获选项目为"激光光谱流场诊断"，此项目旨在开发一种新型激光协同诊断技术，实现极端条件下高焓流场的非侵入式准确测量，理解强激波与热化学反应的耦合机制。

朗思科技在香港的团队侧重一些面向未来的事情，进行一些创新性的预研。作为一个创新平台，香港特区政府包括香港科创署、科学园等亦对其十分支持。而朗思科技在深圳的团队则注重工程应用开发，通过了解客户需求，将客户的意见及时反馈给工程团队，推动相应仪器的研发。而这个团队特别是工程类人才的不断招聘，也有力地反哺了朗思科技，推动了其融资的进度。

朗思科技推出的另外一项成果——多气体检测仪，可以用于测试污染物，测量电厂排放的氨气和一氧化氮这两种污染气体的数量，采用的也是激光吸收光谱法，这是朗思科技比较擅长的一种技术。

现在，朗思科技深圳团队一共有 13 人。这些香港青年可以参与大湾区青年创业计划。这是 2020 年香港特区政府和内地配合开展的一个计划。香港青年在毕业之后只要签约了一家科技公司，在三年之内，香港方面可以给予其 18 个月的资助，只要他在大湾区工作时间超过 6 个月，在他工作的前 18 个月，每个月香港特区政府都会补贴其 1 万港元。许可和任伟就享受了这项计划的资助，而且他们也很顺利地申请到了前海方面提供的人才住房。

2021 年 7 月，许可回了一趟香港，将其在香港的房屋退租，然后彻底地回到内地，全身心地投入创业。

朗思科技香港团队计划研发一些灵敏度稍逊但是成本更为低廉的传感器。这种传感器可以使用更为廉价的光源，但是检测速度更快，而且能够测量的样本数量更多。他们的目标是制造出一款售价在 1 万港元以内的激光传感器，这是他们下一步的研发目标。现在朗思科技主要走的是高端路线，专注于填补激光传感领域的空白。目前，朗思科技已拥有 12 项国家专利。另外，在前海期间已经提交了 21 项专利申请。

我在朗思科技办公场所见到的设施都非常简单。许可说，他们基本上是"工程师化"，每个人都携带一部笔记本电脑，来了带着来，离开的时候就背着走。大家之所以需要聚在一起，是因为可以一起讨论，相互碰撞出一些火花来。同时，办公室也是一个简单的试验场地，可以在这里进行一些检测。

目前公司研发的产品，其中的核心光学部分是由朗思科技自己的工程师手调制作的，而其机械的外壳、电路板组件等都是由朗思科技设计好以后请外面的协同工厂帮助生产的，而后再由朗思科技负责组装。

许可老家江苏常州经常有一些工业园区联系他，希望他能够回乡创业，落地一条生产线——常州在制造业和电子类、机械类工业方面也非常出色。许可是家里的独生子，以前他想创业，父母都不支持。现在听说他是和自己的导师——年轻的任伟教授一起创业，父母便转变了态度，十分支持许可的选择。

当我问及他的个人生活时，许可回答，自己实在是太忙了，基本上每天都在奔波。他说，父母都很为他着急，希望他能够利用国庆节放假的时候，跟以前的同学聚一聚、聊一聊，看看能不能发展一下，找到一个女朋友。

我半开玩笑说："像你这么优秀、这么帅气的人才，女友应该是不难找的呀！"

业余时间许可喜欢运动，主要是球类运动。前海有非常好的环境，也提供了很好的条件，经常组织一些体育活动。前海深港青年梦工场组建有一支篮球队，还有一支足球队。许可戏称自己是"足篮双修"：每周二他都会到深圳体育运动公园的草坪上去和队友们踢足球，周末还会参加篮球队组织的篮球赛。平时他也经常健身。因为担任公司的 CEO，需要经常和客户、供应商、投资人打交道，经常面对各方面无法回避的挑战，难免会产生一些心理压力，通过运动可以很好地排解压力。因此，对于许可这样一个运动爱好者而言，最好的解压方式就是通过运动出汗，运动过后往往他都能休息得很好。

目前，他的生活半径基本上就是青年梦工场方圆 3 公里，吃饭就在周边的前海卓越或者壹方城，偶尔健完身之后回家他会做一份水煮健身餐。他目前的生活十分简单，除了工作就是锻炼。

在前海，他也遇到了很多志同道合的朋友，像他这样的 CEO 就有十几位。在他看来，这就是前海衍生的一种年轻的生态。

微孚智能的联合创始人李超也是一个 30 来岁的小伙子。略瘦的身材，穿着不起眼的家常 T 恤，一头短发，戴着一副窄边的黑框眼镜，眼镜后的双眼闪烁着光彩。

李超，大学就读于电子科技大学，专业是电磁场与微波技术。在读书期间，他就多次尝试过创业，也有过科研经历。读大三时，李超到深圳的一家企业实习。他对深圳这座年轻城市的生机与活力印象深刻，那时，他就下定决心，将来要到深圳工作。

大学毕业前夕，各方面都很优秀的李超，获得了保送研究生的宝贵名额。但是，出乎大家意料的是，他放弃了这个保送名额。他认为，与继续读书相比较，他更愿意到社会上去学习。在创新创业发展的大潮之下，他想早一点儿发挥自己的热量。

通过校园招聘，李超入职了位于南山科技园区的 TP-LINK（普联技术有限公司），任系统工程师。

TP-LINK 是全球领先的网络通信设备供应商。在这家高科技公司工作期间，李超成功地主导多个消费电子产品的开发。

这段工作经历，使李超在消费电子产品技术、项目开发流程、供应链等方面都有所收获，并应用在创业实践中。

2014 年，大众创业、万众创新的浪潮席卷全国。刚刚在 TP-LINK 任职不到两年的李超，也按捺不住创办一家企业的冲动，毅然辞职，寻找创业的机会。

这时，他通过互联网偶然认识了还在西安西北工业大学读书的何伟和张政。

虽然是素未谋面的网友，但他们都在谋划创业，所以一拍即合，迅速地变成了合作伙伴。

2015 年 2 月，李超在深圳前海注册了一家公司——微孚智能信息科技有限公司。两位小伙伴陆续从西安赶过来。

最初，他们三个人挤住在李超租的一套一居室房子里。那时，前海配套生活设施尚未完备，李超他们住的地方比较远，几乎每天都要加班到很晚，经常错过末班车，李超甚至有跑步40分钟回家的经历。

为了向我说清楚公司的主打产品，李超这样介绍道：这是一台"水下无人机"。

什么？这个盒子形状的"玩意儿"是无人机？

这不是蒙我吗？我心想。

我不由得仔细打量起这台被称为CCROV的产品。长方体形状，上下两道黄色的盖子，夹住中间一道宽宽的黑色层。说它是一台大号的照相机，我还更愿意相信！但是，竟然说它是无人机？！

李超看出了我的疑惑，解释道：这台机器可以像无人机一样，在水下"飞行"和悬停、拍照。如果说大疆做的是空中无人机的话，那我们做的就是适合水下工作的无人机。

听着他的介绍，我瞪大眼睛仔细端详。哦，这道黑色夹层大有玄机。其正中央有一个圆形的取景镜头，就是这台机器的"眼睛"。"眼睛"两侧的两个圆形的漏孔里，分别安装了一个小小的涡轮螺旋桨推进器，整台机器一共安装了六个涡轮螺旋桨。其中四个为水平推进器，两个为垂直推进器，这些螺旋桨可以让这台机器在水下自由游走和悬停。一根接到机器上的电缆为之提供电源。电缆的另一端盘缠在岸上的基座上。李超他们对于这台机器的科学定义是：便携式、易操作的4K水下摄像机器人。

微孚智能公司之所以选择前海深港青年梦工场，目的在于Build your dreams here——在此筑梦！在此梦想成真，孵化出一家独角兽公司！公司以打造世界一流智能产品为梦想，致力于成为世界顶级提供智能机器人与无人机产品解决方案的国际化企业。

刚成立不久，微孚智能就获得了50万元的种子轮融资，之后陆续

116

又获得了累计超过千万元的融资。李超清楚地记得，当他们拿第一代水下机器人样机给投资人演示的时候，因为怕漏水，还专门给机器人包上了纸尿裤。这个产品先后更新了好几个版本。研发过程中，他们遭遇了很多"至暗时刻"，感觉几乎已"山穷水尽"，但是，李超他们都在心里默念："这一定可以攻克！"——经过刻苦的攻关，一个个难题果然都被他们破解了。

2016 年 8 月，他们研发推出了 CCROV 一代，到了第二年，他们的产品终于可以大批量生产了。

CCROV 一代是他们实现梦想的重要一步，被誉为"世界上第一款具备 4K 摄像机的水下无人机"。

4K 摄像机拍摄画面的细腻度是 1080P 摄像机的 4 倍以上，拍摄出的视频画质精细。这台机器人可以实现水下 100 米以上作业。如果要将其固定在水中某个位置，CCROV 能用前进/后退，上浮/下潜，向左/向右，偏向/滚动的动作，让无人机稳定在 1 立方米的空间中。CCROV 在传统水下机器人 4 个推进器的基础上，又增加了 2 个。6 个推进器中，4 个负责水平方向的控制，2 个负责垂直方向的控制。这 6 个推进器可以指挥机器上下左右腾挪闪跳，随意移动。推进器相互作用，使得 CCROV 在水底具备了优于一般水底无人机的超灵活性，最快速度可达 1.5 米/秒。它甚至还能在海底自动跟踪主体拍摄。

想要操控其在海底的运动，则需要用上配套的手柄控制器，再配上专用的手机 APP。操控者可以像玩遥控飞机一样，一边自如操作，一边在显示屏上观赏清晰的海底世界。

CCROV 在水下传图距离最大有 100 米的范围，实时显示大致延迟 200 毫秒，几乎做到了实时同步传图。

如果佩戴上 FPV 或 VR 的头戴式视图器，操作者就可以体验身临其境地探索海底世界。

CCROV 下水前，需要连上无人机专配的系绳基座。缆绳长度可调节，能从 20 米浅水一直拍摄到 100 米的海底深处。

CCROV 携带便捷，无人机和控制手柄，再加上系绳基座，整套装置都能用一个背包装下。CCROV 内外材料均按照严格的制造标准和生产程序，经历了大量的抗水压等测试，质量上乘。其内置的电子元件都放置在铝合金密封的隔层中，即使深处于海底 100 米，也能超耐压。CCROV 的舱室内采用了军用级复合泡沫材料，还能有效避免海水对机体的腐蚀。

CCROV 缆绳投放和回收便捷。操作者只需站在岸上，手握手机或其他显示屏实时观察和下达指令"指挥"即可。这样一台水下机器人所能完成的工作，正相当于一架无人机所能完成的工作。因此，有网友编了一句顺口溜：天上飞大疆，水下游 CCROV！

CCROV 的用途相当广泛。可以用于水下查勘船底状况，可以用于水电站水库，可以查看水下垃圾、水底沉积物等。同时，还可以进行水下摄像、观测。譬如电视上经常播放的一些水底拍摄的大片，"蛙人"在水下的精彩表演等，都可以借助 CCROV 得到完美的记录和呈现。而携带上传感器后，它还可以进行水质检测，甚至可以进行水下考古。

看来，还真不能小看了这台并不起眼的机器。它确实是名副其实的水下无人机，水下机器人。据说，潜水员水下作业一天（按照四小时计算）的报酬是 2 万元，而这台几乎可以替代潜水员大部分工作的机器，其市场售价为 3000 多美元，约合 2 万元人民币，相当于潜水员一天的报酬！

CCROV 的一代产品在 2016 年研发上市之后，即因其小巧的外形和强大的功能，获得了业内的高度关注和广泛好评。短短几年时间，产品已销往全球 40 多个国家和地区，拥有超过 100 多个合作伙伴。随着人们对海洋探索的兴趣愈发强烈，对于水下机器人各方面的性能需求也在不断提高。微孚智能公司经过长时间的市场调研，综合一代客户使用过程中提出的可行性建议，他们立即着手研发二代升级版。

2018年7月，初步敲定了二代产品的设想。中间经历数十次的讨论、修改和测试，2019年，"抗流王"CCROV-2成功推出。

与一代产品相比，二代产品的性能更加完善，可以满足不同专业人群的使用需要。能够下潜到100米深的水下进行多种类型的视频和图像传输任务，还能作为监测装备用于水文产业和基础设施等日常检查，同时也适用于潜水、打捞、航行等海洋活动。更偏专业级的功能设计，使得它在保留一代产品优势的前提下，大大增强了自身的抗流稳定性。

2019年10月15日至17日，微孚智能携"抗流王"CCROV-2参加了在深圳举行的2019中国海洋经济博览会，受到中外客商的普遍青睐。

谈起微孚智能的发展历程，联合创始人张政有一个到位而形象的总结：创业者必须连续占对坑，才能够成功。

2015年初，微孚智能的团队——以何伟、张政、李超为首的一批大学毕业不久的年轻人来到了深圳。

当时，无人机航拍市场火热。最多的时候，全深圳大概有700家无人机厂商。何伟他们也摩拳擦掌，开始进军无人机市场。然而，"资金不雄厚，经验不充足，研发团队不够强大，只有一点儿小创新，很难实现市场上的大突破。再加上生产和市场营销进展困难，所以即使样机做出来了，也只能被迫放弃这个红海市场。"张政在回顾这段失败的创业时这样说。

这时，逆向思维成就了他们。

有一个经典的掘金故事是这样的：19世纪，美国西部掀起了淘金热。人们蜂拥前去淘金。这时，有个人发现去淘金的许多人都没带铲子，于是他就卖起了铲子。淘金容易磨破裤子，有个小伙子就卖起了牛仔裤。淘金热结束后，别人没挖到多少金子，他们俩却赚了不少钱。这个故事启发了团队。他们发现，无人机包括飞控、电调、云台、相机和图传等核心部件，其中只有图传少有开源解决方案，门槛又高，导致小的团队做不了，大的团队不愿意做。于是，他们决定：专注于做高清图像传输系统模块。

这可是他们的拿手好戏。读大学时他们多次参加了机器人比赛，对图像、视觉、无线传输等都很熟悉，因此上手很快，别人一般只能做720P或者1080P的图像传输，而他们竟一下子提升到了4K，也就是1080P的4倍！

到2018年，他们的高清图像传输模块已有数十家无人机客户、1000多万元的订单。

图传为微孚智能掘到了第一桶金。但他们的初心是做2C（To Consumer，即面向终端用户），只是迫于无奈做了2B（To Business，即面向企业）——无人机生产商的供应商。结果做得不错而且很有市场，但团队还是想做回智能机器人这一块。

新的问题出现了。那时，比较热门的是做教育机器人。公司掌门人何伟也是这样打算的。但是，反对的声音也很强烈。他们建议向新的领域（水下机器人领域）进军。如果说做教育机器人是一条阳光大道的话，那么做水下机器人就是一条羊肠小路。

究竟选择哪一条路？这，确是一个问题。

教育机器人市场较大，微孚智能又有图像和视觉的技术优势，同时还有在深圳的校友和生产商等各种资源。做这一块似乎是顺理成章的事情。然而，同为公司创始人的张政却一直都支持做水下机器人。以至于教育机器人项目几乎都要立项上马了，争论仍在持续。

大家回忆起了前一年做无人机的失败经历，心中的痛点还在。创业，贵在创新，贵在敢于第一个吃螃蟹，而不是追风跟随！

大家冷静下来，对机器人市场进行了详细的分析和探讨。最终逐渐达成共识：教育机器人领域已是红海一片，恐怕难有作为，而水下机器人领域却依旧是一片浩瀚的深蓝大海！

就这样，公司决策来了一个一百八十度大转弯：Back to Sea——回到海洋！向水下进军！

经过八个月的研发，三次迭代，在 2016 年 8 月北京新品发布会上，CCROV 横空出世，令人惊艳！

此时，如何推销这款"杰作"，成为摆在微孚智能团队面前的又一大难题。

是在中国亿万人群中去推广，还是积极打入欧美市场，走国外包围国内的道路？公司决策层犹豫不决。

这时，调查研究发挥了奇特的作用。

公司决策层再一次冷静地坐到了桌子前，开始进行细致的市场调研和分析。最后，他们发现，水下机器人主要的客户可能来自潜水、帆船和航海爱好者。中国人口绝对数量大，但目标人群比例小，推广成本高；国外特别是欧美市场虽然人口基数不大，但相对数量多，推广成本较低。且几个月来，创业团队通过在 Indiegogo 上的众筹，参加美国 CES 消费电子展、德国 IFA 消费电子展等机会，一方面扩大了微孚智能的营销渠道和知名度，另一方面也提前踩进了国外市场。

这一步，微孚智能又走对了！

CCROV 这款水下机器人产品研制成功后，得到了 1000 万元的风投资金，实现量产并推向市场。由于其价格低廉、简单实用，更由于其在技术方面的领先和应用范围的广泛，当年便迅速打入欧美和阿联酋等地市场，产值超过 1000 万元。

目前，CCROV 的用户主要为国际用户。因此，微孚智能公司的网站主要为英文版，中文版反而更为简略。

"你们这样一家原先名不见经传的公司，如何能把自己的产品销往全球各地呢？"我感到特别好奇。

李超回答："我们主要通过网上联系和销售，同时也借助各种展览展会来进行推销。"

以何伟为队长的微孚智能团队，一共只有 20 多人。开始创业时的核心成员只有 4 个人。从创业伊始，深圳微孚智能信息科技有限公司对自身就有一个明确的定位：一家以市场为导向，以技术为核心的公司，致力于做一家专业的无人机和智能机器人图像视觉解决方案的研发和制造商，同时也是国内外无人系统设备方案提供商。团队成员有来自 TP-LINK、华为等国内顶尖智能硬件公司富有经验的从业者和来自西北工业大学、电子科技大学、国防科技大学、中山大学等一流大学的专业技术人才，在智能机器人与无人机方面有多年的积累，对科技和创新充满探索热情。微孚智能成功研究了行业领先的高清图像传输系统，一直专注于研究和销售机器人。CCROV 这款水下机器人，其功能和性能都是该领域的顶级水平。

公司发起者、CEO 何伟是个 33 岁的小伙子。1989 年 10 月出生于湖南，毕业于西北工业大学飞行器设计专业。拥有 8 年机器人研发经历，多次获得国家奖学金、工业和信息化部特等奖学金，8 次获得国家级科技竞赛奖励。2017 年入选 2017 福布斯中国 "30 位 30 岁以下精英" 榜单（Forbes 30 under 30 Asia）。这个榜单一共涉及 20 个领域共计 600 位 30 岁及以下的精英。2018 年，28 岁的李超也入选了 2018 福布斯中国 "30 位 30 岁以下精英" 榜单。

研发团队占微孚智能公司全部员工的 70% 以上。他们有负责产品研发的，也有负责供电和项目管理等的各种技术专才。

李超告诉我，公司实行的是周末大小休制，一周通常休息一天。但实际上，公司的小伙伴们都是把工作当生活，有的吃住都在青年梦工场里面，几乎没有上下班时间一说。

就是这样一群平均年龄约 30 岁的年轻人，没日没夜地苦干加巧干，在创业短短几年时间里，就成功做到了公司财务盈亏平衡；单凭一件拥有自主产权技术的产品，就把生意做到了世界各地。

这，不能不令人惊叹！

没日没夜地苦干加巧干，也是香港 90 后青年郭玮强及其团队的真实写照。

郭玮强 2015 年入驻前海深港青年梦工场，此后就一直过着在深港两地穿梭往返的生活。

郭玮强就读于香港中文大学。香港的大学生毕业后大都追求一份稳定的工作，一般读大二、大三时就开始找工作。郭玮强原本也是打算这样规划自己的未来，但是，一次到内地交流的机会改变了他的人生轨迹。

2014 年，正读大二的郭玮强到北京大学交流学习一学期。他亲眼看到祖国发展迅猛，城市化程度高，创业氛围好。

那一学期，他经常到中关村图书大厦看书，对面就是创业大街。走进创业咖啡厅的公共空间，郭玮强听到的都是在谈论创业的事情。他开始与这些跟自己年龄相仿的人交流，发现他们对创业抱有很大的兴趣，这与香港学生渴望找到稳定的工作很不一样。

本来郭玮强是想从事研究工作的，回到香港后，他的想法改变了，开始找同学组建创业团队。有个师兄在微软公司从事精算工作，也被鼓动加入他的团队。

郭玮强和刘柏林在香港科技园开始创办公司，希望通过几轮投资，能逐渐走到后期 IPO，然后上市。

2015 年，当郭玮强了解到深港青年梦工场良好的投资和创业氛围，就开始把随身宝的科技研发基地移师深圳。

"这里产业配套更好，内地又有着广阔的应用需求，无论是日常研发的各种材料供应，还是应用合作，都更为方便。"郭玮强说。

借助高素质的内地科研人员和成本比较低廉的研发硬件，再通过香港的平台来推广产品，就可以同时发挥深港两地的优势。

2021年中秋前夕，我到青年梦工场采访郭玮强。走进前海随身宝（深圳）科技有限公司，我很吃惊，因为办公室里堆满了各式各样的行李箱。我问郭玮强："你们这是打算出差吗？怎么这么多行李箱？"

郭玮强神秘一笑，将我迎进屋里。

接着，他像变魔术一般，拿出一个手提"保险箱"，打开，逐一向我介绍他们的"宝贝"：可以验钞的钱包，可以报告天气的雨伞，可以提示行程和装好必备物品的智能背包，可以自己称重的行李箱，可以用手机开锁的行李箱……

我恍然大悟：敢情屋里堆着的那几十个行李箱就是随身宝公司正在研发的智能产品呢！

郭玮强接着就请他的同事为我演示了智能行李箱如何防盗，如何实现指纹识别、自动报警等功能。在手机上，借助一个专门的APP就可以用指纹打开行李箱，也可以将手指按在行李箱锁具旁一块小小的感应板上，自动打开行李箱；如果行李箱离开它的主人超过一定距离，它就会自动发出声响提醒……

仔细观察办公室里的行李箱，有黑色、灰色、银色、红色各种色彩，也有大中小各种型号，各种品牌的都有，五花八门。而所有的行李箱，锁具部位几乎都被撬开，空着一个小小的洞。这方寸大的地方，正是随身宝研发团队正在努力攻关的智能装备之所在。

随身宝公司是一家定位于为传统个人物品提供智能硬件与软件相结合解决方案的技术公司，团队来自香港中文大学，具有一定的市场与技术能力。

目前个人随身物品的市场容量巨大，但智能化程度较低。随身宝团队的智能化产品主要针对私人物品（目前为箱包）的追踪、防丢、安全和防伪的功能，同时为个人物品尤其是知名箱包厂家提供用户信息分析、精准营销和差异化用户体验。

力合华睿公司总经理范嘉贵是随身宝公司的战略合作伙伴。在谈到为何选择随身宝公司时，范嘉贵表示："感知技术在随身物品的应用对行业用户与个人都能带来一定价值，目前较少有创业团队将自身定位于感知技术与个人物品终端全面结合，而主要集中在具体功能的应用上，这恰恰是随身宝团队的机会。同时我们也看好这支来自香港的年轻团队，希望深港两地的年轻人能够一起创业，共同打造属于中国的'硅谷'。"

数字化、智能化不仅可以应用于行李箱这类日常生活中的必需品，也可以应用在宠物身上。

2015年初，央视财经频道《创业英雄汇》的舞台上出现了一款给狗用的电脑。这个创业项目叫DOG PC。

"DOG PC是我们设计的全球第一台狗狗专用的电脑及相关程序。"香港特斯拉科技有限公司创始人姜竣译介绍道。

这是一台可以让狗狗看得见、听得到、摸得着、喜欢玩的启蒙学习电脑，就像人类的小霸王学习机一样。家人可以通过手机APP随时随地和家中的狗狗进行远程视频互动，DOG PC让狗狗在家也可以看电视、听音乐、打游戏、上网学习。经过3天的简单培训，狗狗就可以学会使用。

产品是由美国北卡罗来纳大学动物行为学博士刘宇翔带领内地和香港两地创业青年，集结了犬体工学、动物行为学、动物心理学、自动化控制、图像识别等多个领域的自主核心技术的双创项目。

据统计，国内目前至少有宠物 1.5 亿只，宠物经济的市场潜力已超过 450 亿元。而单单狗这一种宠物，全球就有约 4 亿只。例如，美国现有 4314 万人养狗，狗的总数约 6153 万只，中国约 2700 万只，单是在北京登记注册的狗已超过 100 万只。美国有一个专门给狗狗看的电视频道叫 DOG TV，自 2012 年开通至今已经营了 10 年，目前它在全球 10 多个国家投放节目，拥有 100 多万收费用户。

在《创业英雄汇》节目上，同创伟业合伙人张啸决定以 500 万元投资姜竣译的狗狗电脑。

2016 年，看到前海未来发展的广阔前景，姜竣译将香港特斯拉公司从香港科技园对接到前海，成为青年梦工场里一个相当特殊的创业团队。

谈起当初发明狗狗电脑的缘由，姜竣译介绍了自己和狗的因缘。他个人非常喜欢狗，但知道边工作边养狗的困难，所以一直没养，在一次陪朋友去买狗的过程中，可能是缘分吧，竟然"失去理智"带回了一只雪白的银狐。

当时姜竣译在神州数码系统集成公司工作，负责华南的金融行业客户，在近千人的销售团队里他的业绩多年保持在前三名，所以加班加点是经常的事。这个时候，他发现了一个现象：如果哪一天他在晚上 9 点后回家，狗狗会忍不住将便便拉在地上；但如果 12 点以后回家，地上的便便就不见了。

开始时，姜竣译以为狗吃便便是天性。虽然这种情况只是偶尔发生，但仍让他的内心非常不安，因为他很爱他的狗，所以他想要解决狗的这种困境。那段时间，他经常要在加班工作与回家照顾狗两者间做出艰难的抉择。

这样的日子挨过半年后，姜竣译下决心为狗发明一台全自动的厕所，希望让全世界的养狗人都能轻松养狗。

在持续了半年边工作边搞发明的过程后，他发现进度太慢，思考再三，决定辞掉工作，全力创业。

很快，他和他的团队不仅发明了全自动的狗厕所，还将其改良为智能狗屋，并成功申请到了美国的发明专利。

随着研发的深入，团队与狗相处的时间越来越多。他们发现，狗是很聪明的，有三到七岁小孩的智商，它们不但有自我的意识，还会进行逻辑推理、分析，甚至使用计谋。

姜竣译讲述了自己的一次亲身经历。多年前，他曾经无端被困在一个房间近 7 小时，由于无法脱困，也无法与外界联系，在那 7 个小时里，他经历了恐惧、焦虑、紧张等多种心情。这让他联想到那些无法和人类进行沟通又常年被困家中的狗狗心里所经历的"苦难"——从抗拒到恐惧，到焦虑，再到空虚无聊，直至麻木。换言之，主人不在的时间里，独自关在家中的狗狗就像生活在地狱里。

如果经过 DOG PC 培训后的狗能与人类进行简单的沟通，这样不仅能解决狗随地大小便的问题，还可以让狗理解主人工作结束后就会回家，甚至它能自己学习、打游戏、看电视，排解独处的寂寞与空虚。

经过深入的研究与思考，姜竣译与他的团队决定将研发方向进行调整，专为狗狗研发启蒙电脑及相关的学习软件。

他的这一想法不仅得到了很多专业养狗人士的认同，甚至连全球知名投资机构 Founders Space、香港青年联会前主席吴杰庄博士后，都成了他的天使投资人。

前海深港青年梦工场也为他提供了很多创业支持，比如对接了富士康作为其产品未来量产的落地支柱。此外，深港两地的领导也纷纷实地考察过他们的项目，并对其自主知识产权和创意给予了高度肯定。

对于自己的产品，姜竣译有着清晰的定位：一定要做好品控，狗狗电脑不是一件玩具，对于狗狗来说，它的重要性相当于人类的第一台个人计算机。

"我们创业的动机是为了实现人和狗更好的沟通，通过为狗建立一个 IT 生态圈，我们不仅可以缓解全球 29%—40% 狗的分离焦虑，还可以为人类了解非人类生物的思想打开一扇窗户。这将是具有历史意义的一个项目，同时也是我个人探寻宇宙真相的一把钥匙。所以，即使前路再难，我都会将这个项目坚持下去，帮助人与狗沟通，就是我的使命。"姜竣译坚定地说。

前海，在数字化浪潮席卷而来时，携手一大批弄潮儿，勇立潮头，奋力开创数字时代新天地。按照"立足深港、辐射湾区、世界一流、全国领先"的发展思路，前海以新型基础设施建设带动新业态、新模式、新产业发展，着力培育高质量发展新的增长点，通过新基建为前海制度创新、深港合作、产业集聚、城市新中心建设等注入新动力。通过前海深港数字经济集聚区、深港数字经济小镇等重大平台建设，不断优化数字经济产业链条，营造深港企业资源转换、信息共享的发展空间，促进深港合作，促进数字经济发展，为深港企业带来"弯道超车"般的机遇，也为中国数字经济发展探路并积累经验。

神奇的魔法

跨进深圳市前海科创石墨烯新技术研究院（以下简称"石墨烯研究院"），我感受到的是一个个"见证奇迹的时刻"。这家成立于 2018 年，2019 年正式入驻前海的新型研发机构，在我面前展示了许多匪夷所思、让人叫绝、令人向往的全新的工业产品，为我打开了一个关于未来生活的崭新世界。

石墨烯研究院是中国航发集团下属的北京石墨烯技术研究院为应对民用技术转化灵活性不足的问题而设立的新型研发机构。

成立两年来，深圳石墨烯研究院构筑了两大平台三级架构，在宝安建成了两条中试线，成立了 6 个项目公司，推出了 29 种产品。

石墨烯研究院的理事长张云宝女士和院长潘登博士一道向我介绍了他们推出的一些最新产品。

石墨烯研究院与爱家科技合作，在"发热"领域推出了护颈、护腰、护膝产品，包括坐垫、羽绒马甲这样的轻便产品，能快速发热，为人体提供保暖。石墨烯羽绒马甲可以直接放在洗衣机里清洗，而且不会影响它快速导热的功能。

石墨烯研究院研制的石墨烯面膜，比表面积（指单位质量物料所具有的总面积，单位是平方米 / 克）大，1 克石墨烯面膜可以铺满 6 个足球场，而且具备很强的吸附力，能够将人脸上黏附的尘灰或者重金属及时吸出，同时将面膜里含有的一些精华元素更好地导入人体皮肤，有较好的保湿滋润效果。

在一堆灰黑色的海绵状东西前，张云宝让我揉拭了一下这块材料。这块摸起来像海绵或棉花似的柔软的东西被称为石墨烯金属纤维。

张云宝打着打火机，对准这堆"棉花"的底端不停地烧灼，但是"棉花"竟然一点儿也不着火。

这，就是加入了石墨烯的一种涤棉材料。加入石墨烯后的材料具有复杂的组织形态，运用了特殊的编织方式，可以防火阻燃，甚至能够防电子干扰、抗腐蚀。

石墨烯材料还被广泛应用于抗菌领域。石墨烯抗菌材料利用石墨烯纳米刀机制，能完全破坏并阻隔细菌生长，可达到 99% 以上的杀菌抑菌效果。在抗菌领域，深圳石墨烯研究院目前一共研制出了 29 种产品。

第一个是石墨烯可降解餐盒。我国正式提出限期实现"碳达峰""碳中和"，这就要求许多工业产品特别是快消品实现降解。传统的可降解快餐盒使用的是聚乳酸（PLA），但这种材料成本较高。聚乳酸是一种新型的生物降解材料，使用可再生的植物资源（如玉米、土豆、大豆）所提取的淀粉原料制成，淀粉原料经由糖化后得到葡萄糖，再由葡萄糖及一定的菌种发酵，制成高浓度的乳酸，再通过化学合成方法合成一定分子量的聚乳酸，使其具有良好的生物可降解性，使用后能被自然界中的微生物完全降解，最终生成二氧化碳和水，不污染环境，是公认的环境友好材料。聚乳酸适用于吹塑、热塑等各种加工方法，应用广泛，可用于加工从工业到民用的各种塑料制品，包括食品包装、快餐饭盒、无纺布、工业及民用布等。通过往聚乳酸里添加石墨烯，既可以增强饭盒硬度，也可以大幅减少材料用量，达到减重的效果。而通过减少聚乳酸的用量，又能降低成本。与此同时，由于聚乳酸产品里添加了一些淀粉或者碳酸钙等，而添加淀粉的问题在于容易导致霉变，加入石墨烯后还可以达到很好的抗菌效果，从而大大延长饭盒的保用期。

石墨烯是一种用途广泛的新材料，可以在原有的材料里进行添加，能够很好地增强原有材料的性能，包括可以同 PP 结合、同 ABS 结合。

PP 即聚丙烯，是丙烯通过加聚反应而形成的聚合物，是一种白色蜡状材料，外观透明而轻，在 80 摄氏度以下能耐酸、碱、盐液及多种有机溶剂的腐蚀，能在高温和氧化作用下分解，广泛应用于服装、毛毯等纤维制品，用于医疗器械、汽车、自行车、零件、输送管道、化工容器等生产，也用于食品、药品包装。

ABS 塑料是丙烯腈（A）、丁二烯（B）、苯乙烯（S）三种单体的三元共聚物，三种单体相对含量可任意变化，制成各种树脂。ABS 塑料兼有三种组元的共同性能，A 使其耐化学腐蚀、耐热，并有一定的表面硬度，B 使其具有高弹性和韧性，S 使其具有良好的介电性能并呈现良好的加工性。因此 ABS 塑料是一种原料易得、综合性能良好、价格便宜、用途广泛的"坚韧、质硬、刚性"材料，在机械、电气、纺织、汽车、飞机、轮船等制造工业及化工中获得了广泛的应用。

在 PP 和 ABS 等材料中加入石墨烯后，除了增强原材料的性能外，还能够很好地达到抗菌的效果。

由此，深圳石墨烯研究院研制出了石墨烯保鲜膜、保鲜袋，这些保鲜膜和保鲜袋都可以很好地抗菌。这几年，由于新冠肺炎疫情，公众更加关注冷链运输、冷库保存的安全问题。以前冷链抗菌主要通过工程化，在实际使用过程中比较复杂和繁琐，而加入了石墨烯的保鲜材料就可以很好地起到替代作用。石墨烯还可以应用于空气净化器，在滤芯中加入石墨烯，可以让空气净化器起到抗菌效果。

石墨烯究竟为何物？为何具有如此神奇功效呢？

翻看石墨烯这种新材料的发展历程，我们可以清晰地看到，这的确是一种全新的材料，是一个神奇的领域。

实际上，石墨烯本来就存在于自然界，只是人类难以剥离出单层结构。石墨烯一层层叠起来就是石墨，1 毫米厚的石墨大约包含 300 万层石墨烯。换言之，如果能够将 1 毫米厚的石墨一层层地剥离开来，大约可以得到 300 万层石墨烯。铅笔芯是用石墨制作成的，一支铅笔在纸上轻轻划过，留下的痕迹可能就是几层或者仅仅一层的石墨烯。

2004 年，英国曼彻斯特大学的两位科学家安德烈·海姆（Andre Geim）和康斯坦丁·诺沃肖洛夫（Konstantin Novoselov）发现，他们能用一种非常简单的方法获得越来越薄的石墨薄片。他们从高定向热解石墨中剥离出石墨片，然后将薄片的两面粘在一种特殊的胶带上，撕开胶带，就能把石墨片一分为二。反复不断地这样操作，于是薄片越来越薄，最后，他们便得到了仅由一层碳原子构成的薄片。这，就是石墨烯。从此以后，制备石墨烯的新方法层出不穷。2009 年，安德烈·海姆和康斯坦丁·诺沃肖洛夫在单层和双层石墨烯体系中分别发现了整数量子霍尔效应及常温条件下的量子霍尔效应，他们也因此获得了 2010 年度诺贝尔物理学奖。在发现石墨烯以前，大多数物理学家认为，热力学涨落不允许任何二维晶体在有限温度下存在。所以，这个发现立即震撼了凝聚体物理学学术界。虽然理论和实验界都认为，完美的二维结构无法在非绝对零度稳定存在，但是单层石墨烯却能够在实验中被制备出来。

石墨烯是已知强度最高的材料之一，同时还具有很好的韧性，且可以弯曲。

石墨烯是一种零距离半导体，具有非常好的热传导性能。纯的无缺陷的单层石墨烯的导热系数高达 5300W/mK，是迄今为止导热系数最高的碳材料，高于单壁碳纳米管的 3500W/mK 和多壁碳纳米管的 3000W/mK。石墨烯看上去几乎是透明的，具有非常良好的光学特性，在较宽波长范围内吸收率约为 2.3%。石墨烯还可以吸附和脱附各种原子和分子。

目前，石墨烯常见的粉体生产的方法为机械剥离法、氧化还原法、SiC 外延生长法，薄膜生产方法为化学气相沉积法。

石墨烯的研究与应用开发持续升温，与石墨、石墨烯有关的材料被广泛应用于电池电极材料、半导体器件、透明显示屏、传感器、电容器、晶体管等方面。石墨烯材料由于其优异的性能及潜在的应用价值，在化学、材料、物理、生物、环境、能源等众多领域的应用已经取得了一系列重要进展。

2010 年 2 月，IBM 公司宣布，将石墨烯晶体管的工作频率提高到了 100GHz，超过同等尺度的硅晶体管。

由于高导电性、高强度、超轻薄等特性，石墨烯在航天军工领域的应用优势亦极为突出。2014 年，美国 NASA 开发出应用于航天领域的石墨烯传感器，能很好地对地球高空大气层的微量元素、航天器上的结构性缺陷等进行检测。

石墨烯柔性显示未来市场广阔。韩国三星公司和成均馆大学的研究人员在一张 63 厘米宽的柔性透明玻璃纤维聚酯板上，制造出了一块电视机大小的纯石墨烯。这可能是迄今为止"块头"最大的石墨烯块。随后，他们用该石墨烯块制造出了一块柔性触摸屏。研究人员表示，从理论上来讲，人们可以卷起智能手机，然后像铅笔一样将其别在耳后。

2018 年 3 月 31 日，中国首条全自动量产石墨烯有机太阳能光电子器件生产线在山东菏泽启动，主要生产可在弱光下发电的石墨烯有机太阳能电池，破解了应用局限、对角度敏感、不易造型这三大太阳能发电的难题。

中国在石墨烯研究上也具有独特的优势。从生产角度看，作为石墨烯生产原料的石墨，在我国储量丰富，价格低廉。

石墨烯虽然从合成和被证实存在至今只有短短十几年的时间，但是却已成为学者研究的热点。其优异的光学、电学、力学、热学性质促使研究人员不断地对其深入研究。随着制备方法的不断进步，石墨烯必将在不久的将来被更广泛地应用到各个领域。当然，石墨烯产业化目前尚处于初期阶段，一些应用还不足以体现出石墨烯的多种"理想"性能。世界上很多科研人员正在探索石墨烯"杀手锏"级别的应用。

深圳市前海科创石墨烯新技术研究院是专注丁石墨烯产业核心技术研发、高端研发代工服务、科技成果孵化转化的新型研发机构。它的定位是："立足前海、联通港澳、面向大湾区，技术创新、成果转化、双轮驱动力"，以"自主创新新材料技术推进产业进步"为使命愿景，肩负着"从二维材料的角度设计、开发一系列颠覆性的先进材料、器件和制造技术，推动新材料向信息化、智能化方向发展"的技术使命，致力于打造成为国家级创新机构、有国际影响力的产业推进器、粤港澳大湾区新材料产业协同创新平台。

石墨烯研究院在产业链上定位于连接学术端和产业端的协同创新平台，并积极营造以产业创新为核心，创新轴、转化轴、孵化轴、产业轴四轴联动的科研成果转化新环境。当前，研究院的主要工作：一是以突破产业关键共性技术为主要任务，通过成果扩散、行业服务，加快科技成果的转化，提升新材料产业达到国际先进水平；二是建立产学研用协同创新机制，融合技术链，协同产业链，加快提升产业创新能力，促进粤港澳新材料产业形成国际竞争力。

高峰时期，每半个月甚至每周都有 200 人次的企业家登门造访，到石墨烯研究院来洽谈合作。石墨烯研究院也会定期邀请一些教授、博士到研究院来和企业家们面对面地互动，了解企业的需求，促进科研项目的落地和产业化转化。

在 2020 年新冠肺炎疫情暴发初期，石墨烯研究院集中力量开发出了石墨烯抗病毒熔喷材料，用于口罩外层面料。张云宝给我展示了加入了石墨烯的口罩。我当即试戴了一下这种口罩，感觉口罩更轻薄，更贴合脸面，具有很好的透气性，佩戴舒适。

石墨烯口罩透气性更强，是因为它的第一层用的是网纱，而传统口罩外面用的是无纺布，无纺布的透气性当然不如网纱。口罩真正起作用的是中间的熔喷布。在熔喷布中添加石墨烯后，可以让口罩的使用期限延长到 48 小时，也就是说，这种口罩在连续佩戴 48 小时之内都能有效起到防菌抑菌、防毒抑毒的效果。后来，基于这种新型石墨烯熔喷材料，他们建立了日产 20 万个石墨烯口罩的生产线，以科技力量助力抗疫，并以成本价为哈工大、中国铁路总公司、中车集团等单位提供了300 多万个石墨烯口罩。

以此为起点，石墨烯研究院继续拓展环境净化类材料的市场需求，开发了石墨烯改性 PE（聚乙烯）、石墨烯改性 PA（聚酰胺，俗称尼龙）、石墨烯改性PLA、石墨烯改性PBT塑料、石墨烯改性EVOH等十余种新材料。

目前，石墨烯研究院已经建立起石墨烯复合材料、环境净化材料、生物传感器、柔性电路四大实验室，成为支撑多条线产业应用的技术开发平台。

石墨烯研究院下设产业平台公司，由平台公司与产业伙伴合作，孵化成熟的产业项目将成立项目公司进行独立运作。围绕新一代环境净化材料和抗菌产业、生物传感器、半导体CMP（化学机械抛光）等方面的技术需求，现已成立6家项目公司，孵化了石墨烯口罩、空气净化器、石墨烯保鲜膜、石墨烯可降解塑料、石墨烯生物检测芯片、石墨烯油水分离海绵等二十余类产品。

在试戴石墨烯口罩后，张云宝又让我戴上了一双白色的"纱线"手套。

从外表上看，这双手套和普通的手套并无二致，也没有啥神奇的地方。当她拿起一把折叠刀，准备切割手套时，我着实吃了一惊："这没有危险吗？不会割到我的手吗？"

张云宝毫不迟疑地回答，这是一种"防割"手套，然后让我见证神奇的时刻。她用折叠刀在我戴的手套上反复用力切割，但是手套竟然毫发无伤！

原来，这就是加入了石墨烯材料的手套。它能够经受反复的使用却很难被磨破，而且也不会割到手，因此，对于那些从事危险行业工作的人员来说，这副手套可以起到很好的保护作用。这种手套已被应用到了国家电网的供电领域。

同样地，石墨烯还可以用于制作防弹插板、防弹头盔，在不同的场景中都能得到应用。包括在最高精尖的科技领域，同样可以应用到石墨烯。石墨烯研究院所进行的并不是一种基础研究，而是一种以市场需求为核心的应用研究。

在一个狭窄的玻璃展柜前，一个小伙子为我展示了石墨烯海绵。

这块看起来同普通海绵并无区别的东西，据介绍就是因为加入了石墨烯材料，从而具有了很强的吸油净水能力，而且它能做到只吸油不吸水。这样，在原油开采特别是在原油泄漏时，就可以应用这一材料来进行油污处理。更为难能可贵的是，这种吸油的海绵还可以反复使用。

在柜台上，小伙子放上了一个透明的玻璃杯，杯内上面是一层黑色的石油，下面是半杯清水。他用一根玻璃棒将油和水充分地搅拌混合在一起，然后再放入一块海绵，开动机器。只见那些混溶在水里的黑色的石油一点儿一点儿地被海绵从水中吸附出来，通过抽棒抽出，导流到了另一个玻璃杯内。没过一分钟，黑油便被全部抽干。玻璃杯中只剩下了半杯清水。

我目不转睛地观摩了整个操作过程，感觉就像是在看一场魔术表演一般。

这种神奇的海绵如被用于治理原油泄漏，全球一年便可减少7亿多吨的碳排放量。

石墨烯的这种高吸附力还被应用于制作人工水草，也就是用来处理污水和臭水。

目前，石墨烯研究院正在承担的一个项目是贵州茅台镇酒厂的污水处理。2021年，茅台镇关闭了100多家酒厂，原因就是酒厂的污水处理没能解决好。白酒厂排放出来的污水和河水具有很强的亲和性，通过加入石墨烯的吸附材料，可以很好地对这些污水进行净化处理。

张云宝还为我展示了一种加入了石墨烯的特殊的铜合金材料。这种材料具有很强的传导性，将手放在这块铜合金上，就能将手掌的温度迅速传导到铜合金下面的冰块。几乎只需几十秒的工夫，用肉眼便能观察到，手上的温度传导使得冰块开始融化。

院长潘登 1986 年出生，安徽人。本科在中国科技大学就读，在美国加州大学获化学材料博士学位。以前，他是在学校的院所里从事研究。后来，一方面由于家庭的原因，另一方面他也更希望将自己所学的东西转化成产品和商品，让自己研发的产品实现价值，于是他选择了回国。2018 年进入北京航空材料研究院，随后选择到深圳这座创业之城，参与创立深圳石墨烯研究院。在潘登看来，前海具有优异的项目孵化的基础和升级转化的条件，而且具备非常浓厚的创新创业的氛围。这和在高校里是迥然不同的，在这里所发生的一切更加激动人心。

其实在他们的石墨烯项目被引进到深圳之前，潘登他们也曾经考察了许多地方，最终才选定了前海。前海方面对于深圳市石墨烯研究院给予了开办经费、人才住房、房租补贴等多个方面的支持。

目前，石墨烯研究院包括三级架构。第一级是非营运组织的应用研究，以市场为主开展应用研究，一共有四个实验室。第二级是成果转化平台，也就是深圳石墨烯产业有限公司。这家于 2019 年 7 月设立的公司相当于一个孵化器平台，研究成果的转化就由这个平台来执行，包括了解市场需求、为应用研究投入资金等。第三级相当于每一个独立的项目公司。每一个项目、每一个领域都可以成立独立的项目公司。石墨烯研究院的特点就是以市场需求为先导，通过市场来引导科研。在广泛的合作交流中，研究院将石墨烯材料特性与现有市场产品结合，提升产品的使用品质和功能特性。能根据客户的产品设计需求，立项开发新型材料，研究加工工艺，解决批量化生产的技术难题。而后，再由平台公司与客户、社会资本联手孵化项目子公司，以合作开发的新型材料为产品，进一步拓展同类市场的增量业务。

目前，石墨烯研究院的工作还处于研发过程。这个研发过程需要相当长的时间，也需要大量资金的投入。在潘登和张云宝看来，石墨烯的应用还处于初始的阶段，其实石墨烯在各个方向都可以得到广泛的应用，包括散热方向、传感方向、涂料防腐系列，甚至包括芯片和尖端的应用方面。研究院是一个新型的研发机构，不仅要做尖端的基础性的研发，而且要更注重工程化的研究、产品转化的研究，注重研究和市场、产业相结合。其所有的研究其实都是围绕着石墨烯的特殊性能来不断地研发产品。它是超轻量材料，透光性最强的材料，又是导电、导热性能最好的材料。无论是防腐、防酸、抗腐蚀等，都可以应用石墨烯，包括环保水处理、油污处理、生物传感、快速感应等各个领域，石墨烯都能得到广泛的应用。

在高端工业领域，包括传感和芯片等高附加值领域，石墨烯也能得到应用。它可以渗透进各个工业领域，除了食品以外，包括保鲜类液体的保鲜膜、无纺布等均可添加石墨烯。

在集成电路方面，深圳市石墨烯研究院正在研发的项目之一是制作钻石碟。芯片抛光这个领域包含了三大要素：一是抛光液，二是抛光垫，三是钻石碟（也叫磨头，是集成电路必用制程化学机械抛光——CMP工艺中必不可少的耗材，用于维持抛光垫表面一定的粗糙状态，通常与CMP抛光垫配套使用。主要用于扫过抛光垫表面提高表面粗糙度，除去用过的浆料，提升抛光效率）。抛光液只有安集微电子科技（上海）股份有限公司能够生产。这家公司2019年已经上市。抛光垫则有湖北鼎龙化学股份有限公司能够制造，它原先也不是制作抛光垫的，而是制作计算机打印用的碳粉的。目前，这两者我国已经摆脱了进口依赖，而钻石碟大陆迄今还没有一家公司能够生产。

从全世界范围看，能够生产钻石碟的企业共有三家：一家是我国台湾的中砂，一家是美国的3M，还有韩国的Saesol。目前钻石碟还没有加入石墨烯技术。抛光垫需要耐磨，如果加入石墨烯材料则能够更加耐磨。因此，围绕芯片领域石墨烯的应用还可以做许多的拓展，譬如芯片的散热需求，石墨烯芯片具有更好的散热功能。如果通过各方面科学家的协同攻关，我国是很有希望在芯片领域实现一些新的突破的。

现在，深圳市石墨烯研究院已经完成了一条完整的生态链，从市场需求到实验研究，再到产业化。在国际上，技术等级被分为1—9级。1—3级是实验室技术，以理论研究为主，比如像我们各大高校的实验室技术；4—6级是产品技术；7—9级是商品技术。研究院到前海来，对标的是中小企业，关注的是企业所需要的商业应用技术，而不是止步于基础研究。研究院总是根据企业和市场的需求变化来改变自己的研发方向和领域。

作为一家新型研发机构，深圳市石墨烯研究院能够快速把握客户需求，把握石墨烯的应用场景，并以此为核心，通过技术攻关合作，帮助企业实现目标。因此，研究院需要做一些很好的示范点，针对客户提出的需求，先调查了解市场需求究竟是否足够大、差异化是否足够强、自身的技术进步能否解决好，再针对企业所要的参数，先在实验室内把它研究出来。在这个过程中，企业是没有投入的，等到研究成果出来后，产品如果达到了企业的要求，就能很快实现转化。这就意味着，石墨烯研究院前期的投资和投入会比较大，需要不断地投入研发的成本。因此，需要政府和各界人士多多关注像石墨烯研究院这样的新型研发机构，并给予更多的支持。对于新型研发机构而言，它所需要的是自己的技术能够很好地得到转化，需要和企业进行很好的对接。其间，尤其需要政府帮助撮合推荐，促成这方面的合作。

目前，我国的科技创新有两条路径：一条是国有体系主导的院所模式，依托国家科研经费，承担技术攻关任务，以论文和课题为考核标准，应用于国家重大战略工程；一条是以民营企业为主体的市场模式，依靠社会资本，以市场需求为导向开展研发，应用于产品生产，最终以经济效益为检验标准。深圳市石墨烯研究院融合了这两种模式，依托院所雄厚的基础研究支撑，坚定地做市场需求的技术开发，不以论文论英雄，始终瞄准产品要效益，通过大量的应用型研发和市场培育，让曾经"高大上"的石墨烯材料真正地走进千家万户。

对于基础研究机构而言，要实现成果的转化并不容易。像深圳市石墨烯研究院这样的新型研发机构，它从创立伊始就确立了以实体经济为导向，以企业需求为主，帮助企业一起进行技术攻关、技术研发，致力于做民品领域转化的平台、技术转化产品导向的平台。这是一种全新的探索，也是一种推动自主知识产权创新成果转化的模式。在了解到市场规模足够大、差异足够强之后，研发机构就可以迅速地投入研发，并且在较短的时间内推出可以推广实用的技术及产品。

目前，深圳市石墨烯研究院人员总数不到40人，绝大多数都是年轻人，以80后居多，平均年龄32岁。研究院以人才为核心，从设立伊始，每一个产业化平台、每一个项目都有员工持股制度。因此，这样的一种分配制度，对于吸引和招聘人才，特别是招聘到精英人才是非常有益的。这，也是深圳石墨烯研究院能够保持旺盛生机与活力的奥秘所在。

看过用石墨烯变幻出的"魔法"之后，我又领略了香港青年余广滔靠养一种神奇的虫子吃垃圾造蛋白的创业传奇。

黑水虻是一种腐食性的水虻科昆虫，能够取食有机废弃物，如禽畜粪便、食品加工业副产品和厨余垃圾，生产高价值的动物蛋白饲料。因为这种虫子有繁殖迅速、生物量大、食性广泛、易于管理、饲养成本低、吸收转化率高、动物适口性良好等优点，所以可以进行资源化利用。黑水虻的幼虫被称为"凤凰虫"，是与蝇蛆、黄粉虫、大麦虫齐名的一种资源昆虫，在全世界范围内都得到了推广应用。

黑水虻原产于美洲，在南北纬40度之间广泛分布。近年来，我国广东、广西、贵州、云南、湖南、湖北、上海、台湾等地都有分布，被广泛应用于处理鸡粪、猪粪及厨余垃圾等有机废弃物。

其实，黑水虻最早受到较大关注并得到应用，主要是用于有效地控制野生的家蝇种群。科学家通过观察发现，在黑水虻繁衍栖息的粪堆附近，家蝇的数量很少，而家蝇成虫也会尽量避免在黑水虻幼虫取食的粪堆上产卵。在黑水虻和家蝇幼虫混合饲养的情况下，只有少量的家蝇幼虫能够发育成熟。因此，黑水虻能够通过竞争幼虫生存环境来抑制家蝇种群。

通过进一步的研究，人们发现，黑水虻幼虫在取食过程中还能将粪便中的有害病菌进行消化和分解，从而降低其对环境的危害性。科学家还研究了黑水虻成虫的求偶和交配行为，发现黑水虻成虫在交配前有环境因子诱导的求偶行为，其中强烈的阳光就能成为一个重要的诱导因子，而黑水虻的交配行为需要在飞行中完成，因此，饲养黑水虻成虫的饲养室需要有足够大的空间才能顺利完成昆虫的交配。

科学家还发现，黑水虻体内的蛋白质和脂肪酸含量非常高，其干品粗蛋白质的含量可高达40%以上，与蚕豆、葵花籽这些植物性蛋白十分接近，而脂肪含量则高于这些植物，达到15.94%；其氨基酸的含量也高于普通的豆粉，与鱼粉接近。而且，同其他蛋白质饲料相比，黑水虻虫体中几乎检测不到沙门氏菌等有害菌，因此，将黑水虻添加到饲料中，可以提高饲料的质量。更令人叫绝的是，经过黑水虻处理过的粪便——虫沙可以作为优质有机肥。

基于黑水虻的这些特性，人们经常利用黑水虻来处理有机物垃圾。经过黑水虻处理过的禽畜粪便，其中的有害菌含量和种类明显下降。而且这些虫沙质地变得更软，没有臭味，可以作为有机肥使用。

余广滔选择黑水虻作为创业项目，源于一次偶然的机会。

2016年，余广滔在从事国际贸易期间，有一次出差，在飞机上无意间看到了BBC制作的一个纪录片。纪录片的名字叫《吃昆虫能拯救世界吗？》，讲述的是地球上每个人平均拥有 40 吨昆虫，如果这些昆虫蛋白质能够取代传统肉类蛋白质，全球的粮食危机就有望真正得到解决。

这个纪录片让余广滔知道了"昆虫蛋白"这个概念。回到香港后，他通过查找资料，发现早在 2013 年联合国粮农组织就曾推出《可食用昆虫：食物和饲料保障的未来前景》报告，力推用昆虫替代禽畜蛋白饲料的来源。当时，余广滔便想到，这或许是一个大有可为的创业方向。于是，他那时便一边继续做国际贸易，一边开始寻找生物技术方面的合作伙伴来搭档创业。

2019 年，茵塞普科技公司终于在香港启动和孵化。之所以取这样一个名称，是因为公司的英文名称是 INSPRO，由 insect（昆虫）及 protein（蛋白质）两个英文单词合并而成，它的谐音是"茵塞普"，代表余广滔他们想创办一家蛋白质科技公司的愿景。用黑水虻处理有机垃圾，并不是他们的最终目标，余广滔的最终目标是创办一家社会企业，亦即环境友好型企业，通过昆虫生物处理技术，让人们看到昆虫蛋白的价值以及对环境友好的可持续性，从而能够逐渐成为人们的食材，让昆虫蛋白最终成为传统动物蛋白的替代蛋白之一。

余广滔他们为香港环保署设计了一个模块化项目，利用黑水虻处理香港禽畜养殖业的污染问题。那时，香港禽畜养殖业产生环境污染的主要来源是鸡粪。这个项目取得了良好效果，得到了香港环保署的认可。这，给了余广滔很大的信心。于是，他决定辞掉原来的工作，开始追求自己最初的创业梦想。

在此之前，余广滔曾有过一次失败的创业经历。

余广滔 1983 年出生，祖籍是广东阳江，还有一个哥哥。20 世纪 80 年代初，大量粤西农民纷纷从农村涌入深圳、广州和珠海打工。阳江出建筑师傅，阳江的建筑师傅在广东全省是非常有名的。阳江人通过师傅带徒弟，一波一波地将农民从农村带出来，带进了城市。余广滔的父母就是改革开放后第一批从阳江进城的粤西农民工。他父亲就是跟着师傅做事，学习传统的泥水匠手艺，开始是在师傅的工地上当一名建筑工人，后来一点点做大，逐渐地，自己也开始接一些工程项目，从而开启了自己的创业历程。在父母到珠海打工、打拼的那些年，余广滔和哥哥便成为农村留守儿童，和爷爷奶奶生活在一起。经过几十年的奋斗，余广滔的父亲在珠海打下了一片天地，随后一家人都搬到了珠海，并在珠海定居。

父母给余广滔树立了一个很好的榜样。他从小就立下志向，希望通过自己的努力去创造出一番事业。

余广滔本科就读于中山大学管理学院，毕业后又考上了香港理工大学，到香港继续攻读管理学硕士。

小时候在农村的生活经历，让余广滔对土地和农业有一种特殊的亲切感。这，也是促使他后来在创业时选择有机农业，选择昆虫蛋白这一领域的根本原因。当然，他现在从事的农业已经不再是父辈的那种传统农业，而是一种工业化农业，是一种新型的农业、新型的畜牧业。

在香港求学期间，余广滔接触到了一个新颖的概念：社会企业——用企业的力量持续地解决某个方面的社会问题，创造美好的社会环境。读书期间，他参加了各种各样的创业比赛，希望能够找到一个服务社会、承担社会责任的创业方向。

2009 年硕士毕业后，余广滔参加了一些社会性工作，例如参加香港可持续科技研策基金会的工作。他一面做事，一面深入地了解一些绿色科技的信息。机缘巧合，经过朋友介绍，通过考核，余广滔进入人民日报香港分社工作，担任社长助理，负责行政工作。这是一个既可以了解内地情况，又能熟悉香港情况的行政岗位。那时，余广滔在中联办驻香港联络办公室的大楼里上班。

然而，余广滔还在继续寻找创业的机会。当时香港市场上销售的用

143

于制作沙拉的蔬菜，都是从美国、欧洲、新加坡等地空运到香港的。这些蔬菜空运而来，碳排放量非常大，而且价格昂贵，菜品还不新鲜。于是，他就想到为什么不可以在香港本地耕作生产，栽种这些蔬菜呢？

他和一位同学聊起这个话题，两人便约定一起到香港郊区去租地创业，搞有机蔬菜的生产。他们来到了距沙头角中英街很近的香港郊区一个叫粉岭的地方，向一位农民租借了两亩土地，开办起了一家有机农场。

粉岭位于香港新界的东北部，这里有大量耕地被荒废。余广滔他们想要种植的是有机蔬菜，不使用化肥、农药，采用的是一种传统的耕种方式，就是自己扛着锄头去挖地。但是，香港农田很少，因此成本很高。当听说余广滔选择这个项目的时候，很多亲友和同学感到不理解，觉得他们辛辛苦苦读完大学却要回到农村去种地，当农民，简直不可思议。但是余广滔仍旧坚持自己的想法，他认为这是一件对社会有益的事情。尽管当地的农民看到他们几个年轻人要来租地种菜，要把那些荒废的农田复耕，很支持，两亩地一年只收了他们一万多港元的租金，但由于缺乏经验，也缺乏完整的农业设施，没办法实现规模化生产，一切生产都需要依靠人工，而香港的人力成本又比较高，因此做了一年多，两个合作伙伴一算账，结果发现亏损了十几万港元。因为土地复耕很难，需要大量的设施投入，包括修建水窖以解决灌溉用水，而香港的人工很贵，师傅帮他们挖建水窖的工程费用很高。更出乎他们意料的是，香港气候炎热，一年中真正适合种沙拉蔬菜的季节只有秋天。到了夏天，只能种一些瓜果，而瓜果产量又不高。所以，一年下来，这个有机农场就难以为继了。

这次创业让余广滔认识到香港的创业环境确实不太好，初始的投入消耗比较高，因为香港的人力、租金等各方面的成本都很高。

这时，他除了在粉岭种蔬菜外，还继续在香港可持续科技研策基金会做着兼职，帮助促进绿色科技的发展，因此他也希望促进一些绿色科技的孵化。

2011年创办有机农场失败后，次年，余广滔进入香港文汇报工作。2012—2015年，余广滔担任文汇报社国际公关顾问有限公司总经理助理及业务总监（内地）。这期间，余广滔负责的具体业务是帮助内地各个省市到香港召开招商引资活动。香港作为我国对外开放的窗口，每年内地的各个省市都会在这里举行各种大型招商引资，这种活动是内地许多地方吸引外资投资的主要方式。余广滔参与统筹整个招商活动周，对接内地政府及活动在香港的落地统筹等。在这项工作中，他积累了大量的与内地政府相关的公共关系管理方面的经验。

在多年的工作经历和创业过程中，余广滔既有失败也有成功，但是都成了他丰厚的人生财富。所有这一切，似乎都是为了他2019年的创业做的准备。"以前经历的所有东西，都能在茵塞普科技的这个项目上发挥它的价值。所以，我以前所走过的每一步，所经历的每一个弯，即便是失败，对于后来的人生而言都有它的价值。"余广滔说。

他认为，这，大概就是人们常说的命运吧！在生物科技这个创业项目上，他感觉自己仿佛遇到了冥冥之中注定要去做的项目，找到了自己可以为之奋斗一辈子的事情。而此前的几十年经历仿佛都是在为这个项目积攒能量、积攒力量，让自己在遇到它的时候有能力把它"接住"，把它做好。

2019年，余广滔再次创业。他以"绿色科技"为核心，致力于城市垃圾处理，主要为政府和大型环保企业提供前端智能垃圾分类硬件及大数据系统，以及提供后端的有机废弃物（厨余垃圾、禽畜粪便、食品加工副产品）等的昆虫生物处理自动化系统及服务。

他创办的公司中标了香港特区政府环保署项目，服务于12万香港家庭。当时的特首林郑月娥曾到实地考察，撰写文章，积极推荐此项目。

2019 年 6 月，余广滔在香港注册成立了茵塞普科技公司，选择用黑水虻来开创新局。

之所以选择黑水虻，是因为黑水虻是一种低环境负担、低投入的昆虫。它的适应性特别好，分布广泛，不是一种外来物种，因此不存在生物入侵、生态威胁的问题。而且，黑水虻繁殖生长迅速，两周时间体重就能增长 4700 倍，一对成虫繁衍半年即可产生 750 吨蛋白质，因此可以作为替代蛋白质来源。2012 年开始，瑞士与印尼政府开展了为期 4 年的研究，证实了用黑水虻处理都市有机固体废弃物的可行性，没有发现生物安全方面的隐患。

根据联合国的数据，全球利用所有耕地所生产的粮食还远远无法满足人口增长的需求。因此，从全球的角度看，急需找到一种新的蛋白质生产方式，即替代蛋白质。近年来，替代蛋白质这个领域非常火爆，它所要替代的是传统蛋白的生产方式。

这些新型的蛋白质的生产主要包括三个领域：第一个是我们常说的人造肉，就是用大豆蛋白制造的植物基人造肉；第二个是细胞培养肉，也就是在实验室中用细胞培养出人造的牛排等；第三个是包括昆虫蛋白和一些藻类蛋白。这些新型蛋白质的生产方式，其中有一些因为产量和成本的原因，短期之内无法实现大规模的商用。譬如，人造肉、细胞培养肉的成本太高，只有昆虫蛋白生产速度最快，又是一种天然的生产方式，同时成本也在可以实现商业应用的范围。因此，当余广滔在飞机上看到关于昆虫蛋白的纪录片之后，觉得找到了一个能够真正解决社会问题又具有良好商业价值的创业项目。

国家倡导垃圾分类后，厨余垃圾处理市场开始蓬勃发展。上海作为第一个试点城市，实行垃圾分类后，每天增加的厨余垃圾从原来的 4000 多吨一下子变成了 1 万多吨。余广滔敏锐地意识到，国内的垃圾分类必然会带来大量的厨余垃圾收集，这就需要配套的处理能力。传统的厌氧发酵成沼气处理成本高，建设周期长，而且其资源化利用程度很低，发酵后产生沼气的同时，还会带来大量的污水和沼渣，所以，从整体上看，这不是非常高效的、能够实现绿色循环的方式。而昆虫生物技术就能够很好地实现绿色循环。因此，余广滔认为自己正好赶上了国家政策的风口。国家垃圾分类政策的出台，使国内市场迎来了政策成熟时期。

更令他欣喜的是，他找到了在技术上可持续研发的机会，很幸运地组建了自己的生物技术团队。加上之前已经研究筹备了好几年，于是，在 2019 年便水到渠成地成立了这样一家公司，全身心地投入运作。

茵塞普科技在技术上需要可持续研发，需要跨领域的团队，需要结合智能制造，需要聘用智能化大数据方面的技术人才，需要生物技术方面的人才。余广滔之所以选择在前海创业，正是因为之前他对前海的创业环境已经有所了解，知道许多香港青年来内地创业的首选地就是前海，也了解到前海管理局的管理透明高效。因此，他们在 2020 年 12 月在前海申请注册了公司。

当天上午申请，下午他就拿到了营业执照和公章。前海方面还给予了很多政策方面的配套，包括人才公寓、办公场地租金补贴，等等。

当然，对于余广滔这样一位来内地发展的香港青年而言，前海深港青年梦工场还有一个特别吸引他的地方，就是当地媒体对他们这样一个创业团队的宣传报道，对他们的生物技术的宣传曝光。譬如，在前海方面的推动下，2021 年 5 月 17 日，中央电视台《焦点访谈》的《逐梦大湾区》节目对余广滔进行了专访。同时，《大湾区之声》、香港《信报》、《深圳商报》等媒体也对他做了专题采访，将他作为香港青年在内地创业的代表进行了深度报道。

国内各大媒体陆续对黑水虻昆虫生物技术进行了多方面的积极报道，这对余广滔他们推广技术、找到合作伙伴都是非常好的助力。

2021 年，余广滔被选为香港青年在大湾区创业故事纪录片《港湾起跑线》的十位青年代表之一。《港湾起跑线》系列生活纪录片，由香港特区政府政制及内地事务局粤港澳大湾区发展办公室制作，讲述了十位在大湾区不同城市创业、工作、生活和学习的香港人的日常故事，借由他们的亲身经历，给香港大众提供更多元的视角，使之对大湾区拥有更立体的认识。这部系列片于 2021 年 2 月 28 日起逢星期日晚上在香港电视 81 台播出，同时每周在粤港澳大湾区官方网站（www.bayarea.gov.hk）、微信、优酷等平台上陆续更新。

3 月 15 日，《港湾起跑线》系列生活纪录片第三集播出了香港人余广滔（Elvis）和他的太太田爽（Amy）有关"虫子"的创业故事——《虫来自有机》上、下集。纪录片真实介绍了余广滔与太太怎样在深圳前海做环保产业，怎样到处推广将有机废弃物（厨余等）变成高蛋白虫子的概念，虫子可以做饲料、肥料甚至人类食物。

正是在前海管理局等有关方面的推动下，茵塞普科技同固高科技成立了联合实验室，共同研发昆虫生物技术的整套设施设备系统，一起研发智能芯片控制系统。固高科技于 1999 年由香港科技大学的李泽湘、高秉强、吴宏三位在机器人、微电子和运动控制领域国际知名的学者和专家所创办，是亚太地区首家拥有自主知识产权，专业从事运动控制及智能制造核心技术研究与开发的高科技企业，是国内外全互联智能制造综合解决方案提供商之一。作为国内技术领先的运动控制产品供应商，固高科技是国家级高新技术企业、广东省产学研示范基地、"深港创新圈"装备制造核心技术平台、深圳市唯一的运动控制技术工程中心承担企业。茵塞普科技这样一家创业公司能够"攀上"固高科技这样"高大上"的亲戚，这一切都应该归功于政府的平台帮助茵塞普牵线搭桥，平台发挥了非常大的作用。

在政府的支持下，茵塞普科技与华南农业大学联合成立了产学研项目。因此，茵塞普科技落户在前海，面对的是整个大湾区，利用的是前海和大湾区这个大平台。随后，他们又在东莞松山湖开始建设自己的示范园。可见，茵塞普科技对整个大湾区各个城市的产业优势都已很好地进行了集中和汇聚，在很短的时间内组建起了自己的供应链，形成了自己的生产体系。

余广滔想要开创的是一种模块化、全自动化应用黑水虻处理厨余垃圾的生产方式，也就是实现全环境控制。在这个模块中，可以完成黑水虻从育种、选种、孵化到投放进厨余垃圾、处理厨余垃圾及成虫收获、晾干、变成饲料和昆虫食品，再将虫沙虫粪作为有机肥料进行处理的全过程。

茵塞普科技建立了自己的育种基地。虫卵经过5天的孵化就可以投放进有机垃圾内，经过10天左右就可以长成幼虫。幼虫继续生长就会变成蛹，然后像毛毛虫变蝴蝶一样，蜕变成长翅膀的成虫。之后再经过交配产卵，7天左右就会死去，整个生命周期在35—40天。茵塞普科技主要使用的是幼虫的前15天，在这15天内黑水虻的利用价值很高，可以作为新的蛋白质的来源。黑水虻的生产效率也很高，生产1公斤的黑水虻昆虫蛋白的投入只相当于生产1公斤牛肉蛋白的1/200。目前，全球的牛饲养行业的碳排放量是非常高的，几乎占到了全部碳排放量的15%，比汽车、飞机等所有交通工具的碳排放量加起来的总和还要高，而昆虫蛋白这种资源利用投入低、转化率高。因此，这是一种对环境负担很小、特别低碳的动物蛋白生产方式。

长期以来，我国饲料的进口依赖度是很高的。饲料里有两个很重要的成分，一个是鱼粉。鱼粉是从太平洋里打捞上来的小鱼经过蒸干磨成碎粉。因为生产鱼粉需要捕捞大量小鱼，如果把海洋生物链最底端的小鱼过度捕捞，将对整个海洋食物链产生很大影响，对于海洋生态的破坏也很大。所以，现在国际上已经开始对鱼粉实行全球配额制。饲料里的另一个成分是大豆。我国每年都要进口大量的大豆，榨完豆油剩下的豆粕就是养殖业重要的饲料原料。我国的养殖业非常发达，但是对国际市场的依赖度很高。如果国际贸易领域产生什么风吹草动，就会极大地影响到我国的养殖业。昆虫蛋白在某种程度上可以替代部分的豆粕，从国家发展战略上看，它也可以减少我国对外进口饲料原料的依赖。目前，包括欧洲、美国、新加坡等地，都开始将昆虫蛋白作为食品生产供应和安全的一个重要保障。2017年，欧盟修改条例，正式将昆虫蛋白作为饲料原料，纳入他们的水产饲料目录中，包括三文鱼的饲料都可以使用昆虫蛋白。2021年，欧盟又通过决议，在鸡猪的饲养方面放开昆虫蛋白的使用率。

黑水虻繁殖能力特别强，繁殖速度非常快，一只虫子一次大概可以产卵800—1000颗。余广滔他们通过全链条的管控，在育种基地可以将卵孵化。幼虫在孵化后第5天即可被投放到各个项目里去。根据垃圾的数量来投放虫子的数量，譬如，1公斤黑水虻幼虫一天可以处理50吨的厨余垃圾。

黑水虻的幼虫干品每2磅（约等于1公斤）国际售价是19.95美元。在国内作为饲料出售，1吨售价大约1万元。相比进口鱼粉每吨1.2万元至1.3万元的价格，是大幅降低了。它是完全有可能部分替代进口原料的，也将有助于降低那些养殖大户的生产成本。

在跨境电商方面，茵塞普科技组建了专业的团队。目前，美国市场每年对虫子的需求量，单是亚马逊一个平台每年的销量额就在200万元到500万元之间。余广滔希望自己的品牌能够快速成长，每年能够占据数百万美元的销售额，他相信这是完全能够实现的目标。

养黑水虻这种虫子看起来就像养鸡一样简单，似乎谁都可以养。但是作为一家创新企业，茵塞普科技强调自己要实现的是一套设施化的、自动化的、智能化的系统，主要开展的是一种区别于传统农业的农业样态，也就是农业工业化，为农业提供一个工业化的解决方案。换言之，就是要从农业 1.0 直接跳到工业 4.0，实现自动化、智能化。而只有实现了工业 4.0 才能真正实现工业化生产，才能处理像特大城市所产生的大规模的厨余垃圾这样的问题。目前，茵塞普科技所提供的一整套厨余垃圾处理解决方案，既符合环保标准，同时又是全球领先的。

在工业化的基础上，茵塞普科技还将对他们的整套系统进行训练，实现人工智能系统。用所有的环境参数、生物需求去训练这一整套的大数据系统，从而实现人工智能化，打造出一套全球"最会养虫子"的人工智能系统。这样一套系统需要时间的积累、数据的积累，需要不断地训练。因为茵塞普科技起步早，他们就能够在数据的训练上，从硬件和智能化上都实现领先。他们还有领先的生物技术。目前，全球知名的昆虫生物技术方面的专家教授几乎都是茵塞普科技的顾问。茵塞普科技将持续地研发，采用工业化、标准化的生产体系和行业标准，去打造一个全链条的生物生产链，一种设施化的昆虫养殖。

在余广滔看来，昆虫产业是一个非常大众的市场。以深圳为例，这座拥有近 2000 万人口的城市，每天生产出来的厨余垃圾就超过了 1 万吨，单是对这 1 万多吨厨余垃圾的处理市场就能够支撑起一个上市公司级别的市场。因此，昆虫养殖和垃圾处理是一个真正的蓝海，它能够很好地解决大城市所面临的垃圾处理难题，又能够很好地解决食品生产、蛋白质供应不足的问题。而茵塞普科技的优势就是，能够真正实现厨余垃圾资源化处理，将有机废弃物通过全环境控制自动化系统养殖昆虫，仅产生虫干及虫粪两种物质而无废水。5 吨的厨余垃圾的 60% 部分可以生产出 1 吨的黑水虻虫子、2 吨的有机肥料，剩余的 40% 基本上就变成水分蒸发掉，因此，这种垃圾处理方式是更为环保的，没有二次污染。虫干作为饲养原料用于饲料加工，其深加工提取物可作为生物医药原料；虫粪则用于有机肥生产。

现在，茵塞普科技正在力推的是标准化、模块化的工厂预制，包括自动化、智能处理设备 —— 全环境控制自动化系统、昆虫生物技术、整体化运营服务、项目产出、资源化产品回收及销售等，用这一整套的系统工程技术来处理城市的厨余垃圾。

下一步，茵塞普科技将与全国各地大型的环保集团、养殖企业等合作，去竞标大量的涉及城市垃圾处理的大型项目，提供有机垃圾资源化处理的技术解决方案，力争与大企业合作，与项目合作方一起为大城市的治理服务。由项目合作方养育出来的虫子和虫粪，茵塞普科技可以全部回收，作为下游的原料进行加工和出售。这样就可以实现快速地和各地不同地方的项目方开展合作，由茵塞普科技提供技术和运营人才，包括生产系统，通过与各地开展合作来推进生物科技工程处理解决方案，并复制到全国各地；同时将虫子和虫粪回收，给予项目一个保障性的回报，从而让合作方能够快速地去拓展项目，并且获得稳定的回报。

茵塞普科技采用的营销方式，目前是努力地打造几个样板工程，包括在东莞松山湖开创的示范项目，在深圳和香港参与的一些项目。通过这样一些样板工程，再向全国的合作伙伴去推广，让大家眼见为实，看到这个项目落地实施的实际效果。

在投融资方面，目前茵塞普科技还处于打样板阶段，需要做一轮新的融资。除了吸收资金之外，余广滔更希望通过融资吸收优质的战略合作伙伴。之前他们已在香港做过两次融资。第一次是天使基金，200万港元；后来又做了一个50万美元的可转换债的股权融资。接下来，他们将要进行一轮200万美元的融资，作为样板工程的投入。他的计划是，把香港公司作为研发的大本营，而生产供应链系统这一整套都落地在内地，落地在前海。香港公司可以帮助他更好地对接海外市场，包括对海外技术的引进；而在内地则可以利用更低的成本和投入来开展生产链，实施自己的解决方案，开创样板工程。而且，在金融便利性上，前海也非常有利于他们开辟海外市场。譬如，他们在亚马逊上出售虫子收回的都是美元，这些美元可以进入深圳公司的账户，中国银行为他们提供了跨境结汇的便利服务，这种金融便利性对于公司而言也是一个很大的保障。

厨余垃圾处理的市场在国内是非常巨大的。但是，余广滔的目光更加长远，他希望能够走向东南亚，走向欧美，真正达到生产食品级的昆虫蛋白，为人类解决蛋白质供应短缺的问题。因此，茵塞普科技下一步的业务必然要走向海外。他希望深圳的茵塞普科技公司能够去拓展全球的业务，以前海为主，利用大湾区整个供应链体系和生产优势体系，将供应链和技术研发做好，把产品和业务输出到全球不同的地方、不同的项目上去。

前海和大湾区具备对高科技人才的聚集效应，包括跨境电商、贸易型人才都十分丰富。这一系列的优势，同茵塞普科技业务的开展十分吻合。茵塞普科技首选前海，就是因为可以更好地利用前海的政策高地、宣传高地，利用大湾区整个供应链和生产研发的优势，将这些优势汇聚组织起来，帮助茵塞普科技更好地面向全球市场，更好地走向世界。

在前海生活和工作，余广滔感到很惬意，他觉得这里有许多人性化的服务。

余广滔在从事国际贸易期间结识了他的太太田爽。田爽也是从事国际贸易的，北京人。后来两个人结缘成了家。太太是做营销的，在市场方面已有十几年的创业经验，原来从事的是市场品牌和艺术设计。为了丈夫的这个生物科技项目，她主动放弃了自己原有的公司，来到深圳加入了丈夫的团队。她拥有很丰富的经验，可以很好地帮助到茵塞普科技，更好地去同客户进行商务谈判和沟通。

他们已有两个男孩，一个5岁，一个3岁。业余时间，他们喜欢带着两个孩子进行野外亲子活动及自然教育。当余广滔在前海创立公司后不久，一家人就从香港搬到了深圳，在前海基金小镇租了房子。他发现，小孩回到深圳这边，前海的环境对于他们来说舒服许多。

余广滔是香港户籍，太太是北京户口。两个孩子都是在北京出生的，他们一家 2020 年国庆才搬到前海居住，还没达到进入公立学校的年限要求。前海管理局了解到余广滔家庭的这些情况，就主动替他们去努力争取，给学校说明情况。经过前海管理局方面的工作，最终，余广滔的两个孩子都顺利地进入了前海的公立幼儿园。

在余广滔看来，我们国家的公立基础教育系统是非常好的。刚开始时，他们也曾打算让孩子们去读国际学校，但是由于疫情等各方面原因，计划搁浅。现在，孩子们在前海管理局的关心下，顺利地进入了公立学校。这让余广滔一家特别开心。对于每一个家庭而言，小孩都是最重要的。倘若要上国际幼儿园，离家就比较远，每天都有一个接送的难题。现在孩子就在附近上学，加上前海的配套教育资源又特别优异，这确实帮余广滔一家解决了一个很大的难题，也使得他们夫妻俩有更多的时间可以陪伴孩子。因此，余广滔对前海方面的支持和帮助一直心存感激。

每天早上6点多，余广滔便起床，陪着孩子吃饭，再送孩子去学校。晚上工作到 7 点就回家，到睡觉之前他都在陪自己的孩子。这样他就可以平衡好工作和生活的时间，从而能够更多地回家陪伴孩子。他尽量减少平时的业务应酬，周末通常都是在家里陪伴家人。这样的生活，让他心里很踏实，也很愉快。

目标：让地球减少5%的污染

见到我，尤建兴的第一句话是："男子汉四海为家。"

1954年出生的尤建兴已经不再年轻，留着短发，神采奕奕，属马的他依旧马力十足。他自称是"五四青年"。

在深圳福田、罗湖、南山，在北京，上海，香港，他都有自己的家。他的衣服基本上都买同一色系，"这样子每天穿的衣服看上去都是新的"。

回忆起小时候，尤建兴对家里窘迫的生活记忆犹新。他读二年级时，父亲都没钱给他交学费。

从小，尤建兴便表现出过人的聪慧与好学。读一年级时他花了27小时，一口气读完了《倚天屠龙记》，三年级时他将《三国演义》读了五六遍。平时他不看重成绩，考试也不做准备，成绩处在中上游。

尤建兴喜欢动手，喜欢摆弄电器。二年级时他把家里的收音机拆装了，四年级时拆装了扩音器。

读初一了，上了圣保罗书院，尤建兴开始紧张起来。他和小伙伴听说香港的联考（相当于内地的高考）很难，心里很恐惧。尤建兴决心要赶上去，于是找学长将中学教材都借来了。

他一鼓作气，竟然自学完了中学的教科书。因此，在整个中学阶段，他都是一个游离分子，当别的同学都在苦读课本的时候，他一直在自学大学教材。

到了当年的香港联考，尤建兴摘取了理科状元，获得美国西北大学全额奖学金。

尤建兴原本性格比较内向，遇到三个陌生人在一起，他就不会说话了。为了克服害羞心理，初二时他参加了学校的话剧社，逼着自己去见人，逼着自己上台表演。

那时的舞台，灯光没有智控，照射得很热。尤其是负责拉灯杆的，950瓦的灯照在身上，即便是大冬天也要穿背心才行。

尤建兴心想，能不能设计出一款可调节控制的光源，让舞台灯光可调可控？他找到了老师的弟弟——担任香港摩托罗拉实验室总管的学长。那间实验室拥有各种先进的设备，正好实验室刚进了一批新的示波器，尤建兴就试探着问："您那旧的示波器送给我吧？"

香港规定，企业向学校捐赠可在税收上获得减免。学长把旧的示波器捐给圣保罗书院，获得了4000港元的减税。

尤建兴用这台示波器，动手改造了学校舞台的灯光，使之成为可控光源。

1972年，尤建兴进入美国西北大学读本科，学制五年。第一个星期他就找到了实验室的主管教授，自荐说自己动手能力强，希望找点事做。

主管教授不相信一个刚入学的孩子能做什么，以为他只是来玩的，于是给他出了一道难题："请你做出一个倒着走的时钟。"

尤建兴只花了20分钟就做出来了。

主管教授兴奋地拉着尤建兴的手去见实验室主任："瞧，这只倒走的钟是Henry（尤建兴的英文名）自己搞出来的。"

主任很惊奇，马上同意聘他做实验室助理，每月给400美元补贴，有事时指导学生做实验，没事时就自己做实验。那时，400美元已是一笔不小的钱，要知道一打鸡蛋才卖0.12美元呢！

过了半小时，有位教授找到了实验室主任："请帮我找一位助教。"那时，学校给教授配的助教大多理论上很强而动手能力不行，教授想要一名助教帮助他指导博士生做实验。

"你看，就 Henry 刚来，他跟你去吧！"

于是，尤建兴跟着教授去了他的办公室。

就这样，在上大学本科的第二个星期，尤建兴便开始带着一群博士生做电脑界面集成课的实验了。

后来，尤建兴还帮助生化教授做出了蛋白质自动分析仪。

从芝加哥大学读 MBA 毕业后，尤建兴应聘到美国道琼斯指数排名前 30 名的一家公司任职。这家公司一天的流水就有 1.2 亿美元，拥有 40 多万名员工，需要做一个财务分析软件。当时公司花费了数百万美元，请西北大学懂电脑软硬件的专家研发，结果四五年了也没做出来。

尤建兴加入后，因为他对电脑软硬件都懂，同西北大学的电机电子实验室又很熟，精工车间也是他自己去找的。不到三个月，就将财务软件做出来了。

董事长非常高兴，把 16 个副董事长都找来，当场让尤建兴进行实机演示。这套基于电脑的自动化决策系统，几乎相当于 1975 年的 Lotus 系统和 1979 年微软研发的 Excel 软件。

尤建兴后来成为这家公司的财务总监，促成了 270 亿美元的投资，公司股价也由 4.25 美元涨到了 187 美元。董事长指示下属："Henry 要什么就给他什么。"

在美国工作十年，尤建兴该有的都有了：股票、汽车、房产、可供自己使用的飞机……

然而，他最终还是放弃了美国的优渥待遇，回到了香港。

2003 年，尤建兴拿出自己全部的积蓄——4300 万元，创立了得能集团。那时，尤建兴看到，在内地各种电解电容化学品废弃物常被拿去溶解，只将其中的黄金和铜回收，其余的电子废弃物往往就地一埋，这给土地造成了严重的污染。1993 年外商进入内地，投资生产日光灯。

但是日光灯里含有水银等剧毒物质，100个灯泡实际回收的还不到1个，不计其数的废弃的日光灯和电灯泡都被随便处置。这些都造成了极大的环境污染。2000年后，LED被引进内地，光源越来越优化，但是价格比普通灯泡贵出了二三十倍，因此灯泡和日光灯还是被大量运用。

就是从那时起，尤建兴决定专注于做零污染的智能光控，减少污染和对环境的破坏，让地球减少5%的污染。得能集团的关键技术在于能够把LED照明中的致癌物及电子污染物排除并把LED发出的光线优化。后一成果香港科学院实验已经证实，专利中的不闪烁驱动科技可以把所有大小功率的LED都变成护眼照明设备，这对学校照明尤其重要。这项技术可以有效排除所有闪烁的光线对人类脑部的影响，媲美天然太阳光，更能带来超过传统LED驱动设备50%的节能效果。加上充分利用了感应器和移动程式客户端的多样化场景操控功能，令该公司得到国际投资者的青睐。

2013年创立的玖明科技（深圳）有限公司（以下简称"玖明科技"）是香港得能集团公司的成员。2016年，该公司在前海开展深港合作，成立玖明智控科技（深圳）有限公司（以下简称"玖明智控"）为产品开发中心。2017年全国"双创周"，在备受瞩目的前海深港青年梦工场孵化团队融资签约仪式上，玖明智控团队获得了台湾宏碁电脑、环球实业科技控股公司等机构合投的2000万美元融资，一跃成为前海深港现代服务业合作区的明星企业。

玖明智控是集智能照明控制系统、无电解LED驱动器等产品专业研发生产销售一体的公司。所开发的LED长寿命高效驱动电源，不含任何电解电容，寿命长达10万小时。公司自主开发的智能照明控制系统，以大功率LED为照明灯具，配合智能调光、智能安装布局，为用户提供一个舒适的照明环境并能实现节能。智能光控系统的亮点是通过清洁直流、自动组网和智慧推动三大核心理论发展出来的第三代物联网（Internet of Things）技术，以离散式电脑网络为核心，设计了智能电灯控制系统。用户只需通过手机应用 APP、专用遥控器及墙上的开关按钮，即可控制开关及调光。

"我们的使命是让所有人都节约用电以节省全球 5% 的能源。"在谈到公司的愿景时，尤建兴这样说道。

从香港的得能集团到深圳的玖明科技，再到前海的玖明智控，这么多年来，尤建兴一直跋涉在光源智控和节能减排的路上，矢志不渝，痴心不改。

在青年梦工场采访时，我遇到了一个小伙子。他早在大学读书时就有一个梦想，将来有一天要到前海深港青年梦工场工作。

邓添彦至今清楚地记得，2014 年 12 月 7 日，青年梦工场举行隆重的开园仪式，他和许多同学都来到了现场。热闹非凡的场面，领导和创业者激情四溢的发言，让邓添彦感觉自己全身的血液都在沸腾。那些创业者团队，90% 以上都是留学生、研究生等高层次人才，身手不凡。

开园仪式结束了，邓添彦和同学们专门建了一个微信群，名字就叫"我要进前海"。这是他们这群意气风发的同学的共同愿景。

没想到，不到两年，邓添彦的这一梦想便已成真。

1986 年出生的邓添彦，中等个子，身材略胖，圆脸，戴着眼镜，神情专注，似乎总是在打量和思考。

2015 年，邓添彦加入专注于大功率 COB-LED 照明灯具节能升级的玖星光能低碳科技（深圳）有限公司（以下简称"玖星光能"）。现在他已是公司的运营总监。

邓添彦一直向往着前海深港青年梦工场，一直期待着能有机会入驻。终于，在 2016 年 4 月看到了青年梦工场招收团队的通知。由于玖星光能拥有自主知识产权，且他们的技术低碳节能，可以为社会带来巨大效益，符合青年梦工场的招收基本条件，于是，邓添彦他们便顺理成章地报了名。

2016年4月至6月，这三个月可说是邓添彦最为紧张的日子，因为他知道入驻青年梦工场的要求极高，同时有许多比他们更优秀的团队也参与了角逐。

经过严格的初选和紧张的路演比赛后，玖星光能幸运地获得了入驻青年梦工场的珍贵门票。

得益于青年梦工场高规格的孵化标准，玖星光能团队获得了质的飞越。入驻后，邓添彦感触最深的就是青年梦工场高大上的拎包入驻硬件设施、一条龙的注册服务、免租政策。这些都让他们节省了大量的准备时间，入驻第一天就能马上高效开展工作；同时也减少了企业运营负担，可以将更多的资金投入到研发当中。因此，邓添彦他们由衷地说："梦工场是玖星光能的加油站，也是我们在深圳的家，我们希望梦工场能够越办越好，吸引和孵化出更多优秀的团队。

作为一家创新型高科技企业，玖星光能产品获得发明专利3项，国际PCT 1项，实用新型等专利技术专利共计36项。玖星光能与中科院半导体研究所共同研制的相关产品，通过国家质量认证中心CQC安全、节能等相关认证，并已通过欧盟CE认证。产品已被列入2016年、2017年《国家发改委节能产品政府采购目录》、商务部《流通领域节能环保技术产品推广目录》。

玖星光能主要从事COB-LED照明的技术开发。产品主要应用于道路、机场、港口、码头、体育场馆等大功率照明领域。公司目前员工规模100多人，工厂设在惠州，设计产能达年产值5亿元。核心研发团队以中科院半导体研究所副所长陈弘达为首，2017年1月，核心团队荣获惠州市天鹅惠聚工程"创新团队"称号。

邓添彦为我介绍了玖星光能产品的巨大优势。玖星光能注重做单颗功率 60 瓦以上大功率 COB-LED 光源。COB-LED 照明灯核心是一个高度集成的光源芯片，发光源大约只有一元钱硬币大小，节能率高。在同等亮度条件下，比传统 LED 灯节能 20%—40%，比高压钠灯节能 70%。目前在国际上，玖星光能的产品可谓同类产品中最节能的之一。

玖星光能灯具的第二个杀手锏是拥有优越的"三防"设计 —— 防水、防风、防尘。灯具浸泡在水里都不碍事，能抗击十四级台风，有些灯具运用到风沙很大的非洲去，性能依旧良好。

更厉害的是，玖星光能灯具照明效果特别好。普通光源只能照亮灯下方，两灯之间会有一段无光区。而 COB-LED 灯具的光可以直铺下来，做到"见光不见灯"，在 100 米外只看见路面的光亮而看不见灯的发光点，可以起到非常好的防眩效果。应用到路灯上，就不会影响司机的视线，避免干扰司机而导致驾驶分神。

COB-LED 灯具还有一个更大的优势是能够实现智能控光，可以通过物联网按需调光。譬如，在傍晚六点到早晨六点，路灯可以分时段调光：晚六点到零点，100% 给光；零点到四点，70% 给光；四点到六点，50% 给光。而在深圳，下雨阴天等也可以及时按需补光，当亮则亮，当暗则暗。玖星光能的智能灯具可以实现更优的持续节能减排效果。而节能减排这一块，属于政府大力倡导的方向，国家都有补贴。玖星光能的智能灯能够将每分钟每盏灯的用电数据记录下来，因此可以精确记录每盏灯每年的省电数量，凭此数据申请节能补贴。这些数据皆可复查，且都来源有据。由于灯源系统是智能的，因此可以无缝对接智慧城市建设，包括结合灯杆实现 Wi-Fi 覆盖或在灯杆上进行视频监控以及图像、语音等内容发布。

散热技术也是玖星光能的核心技术之一。传统光源散热成本高，玖星光能已开发完成的第四代产品，可将照明核心体积再减小一半左右，成本降低 1/3，2015 年经科技部鉴定已达国际先进水平。

2016 年 12 月，玖星光能参与并完成了广东省重点工程惠州市 S119 龙门至龙华段扩建工程道路照明项目设计及灯具安装，已通过验收。

2017 年 2 月，玖星光能参与并完成了江西省麻丘镇重点示范工程两条干道照明升级工程。该项目采用合同能源管理模式，已通过验收。

2017 年 6 月，玖星光能参与并完成了天津市重点工程津围公路毛家峪隧道建设工程照明项目，已通过验收，照明效果得到了用户的高度肯定。

2017 年 6 月，玖星光能参与并完成了商务部对外援助司"援厄立特里亚太阳能路灯项目"，主导并提供从照明方案的设计到产品供应、安装指导等一系列服务。

2017 年 7 月，深圳国际机场停机坪照明节能升级项目选用了玖星光能的 COB-LED 高杆灯。停机坪原先采用高压钠灯，总功率 8000 多瓦，而安装玖星光能的 COB-LED 高杆灯，总功率只有 3000 多瓦，节能近 70%。更为了得的是，在 35 米高灯柱下，玖星光能的 COB-LED 高杆灯的光更亮，机位工作照明效果更佳。机场在机位工作照明方面有极高的要求，机位工作照明要求机翼之前有光，而机位 40 米后（机翼之后）不允许有光以防干扰地面信号指示灯。在这一点上，以前的光源基本上做不到，而 COB-LED 高杆灯则可以智能调光、补光、控光。

玖星光能的项目成果远不止这些。他们专注于做大功率照明灯具，始终瞄准国际一流水平、一线品牌，同时更勇于超越同行。别人设计灯具使用寿命 5 年，质保 3 年；玖星光能则提供 5—8 年质保，产品设计寿命 20 年。

邓添彦告诉我：入驻前海后，玖星光能的生意越来越好做。河北有一个隧道供灯的项目也交给我们了。根据测算，这些光源采用玖星光能产品后，比钠灯节省的电费，两年半即可收回投入成本，而比 LED 灯省的电费，亦可在三年多收回成本。2015 年前，交通部市政部门在做政府光源采购招标时，都明确标明要采用 LED 灯，但对更节能的 COB 光源灯具技术存在疑虑。而现在已将更节能的 COB 光源灯具列入了技术清单，这正是玖星光能产品能够大面积推广应用的好契机。在河北沧州、雄安，玖星光能都有一些小的示范项目，并获得了高度好评。在新疆，有 14 个县计划采用玖星光能的产品用于市政照明升级。有一个县要把一条入城主干道的 400 盏高压钠灯交给玖星光能来做升级。双方计划采用玖星光能投资，靠每年节省的电费冲抵玖星光能的投入。

邓添彦住在深圳滨海大道边上的一个小区。他说："每天夜里驾车回小区，看到滨海大道灯火通明，路灯采用的都是高耗能的高压钠灯。我就想，这些路灯要是交给我们来做节能升级，在保证照明效果的前提下，借助我们的产品优势把每盏灯降到更低的功率，一年可以省多少电啊！而全深圳一共有 30 多万盏路灯。如果交给我们来做，既提高了照明效果，又能节省财政开支，让深圳更美更低碳。"

在商言商，对于商人而言，盈利固然不是唯一目的，但也必然要追求利润。君子爱财，取之有道。在邓添彦看来，采用大功率 COB–LED 灯具做照明的节能减碳升级，实在是一件利国、利民、利己、利他的大好事。

目前，玖星光能的盈利模式灵活多样。一是以玖星光能为投资主体，一般约定 6 年（有的 10 年）内节省电费归其所有；二是维护费用的收入；三是节能减排项目政府的补贴。因为有过硬的产品质量做支撑，所以玖星光能在许多项目上都主动建议采用双赢的 EMC（合同能源管理）合作模式，既让业主增值，又让自己获利。目前，玖星光能已把市场开拓到了巴西、日本、中东、非洲等国家和地区。经过努力，玖星光能在全国范围内的市场知名度和占有率也在不断攀升。仅 2017 年，其样板示范工程销售突破 300 万元。

创新就是创造，创新就是变革。微埃智能希望通过智能调参和建模技术助力国家实现实体制造业转型，成功迈进以智能化为基本特征的工业 4.0 时代；朗思科技则希冀以自己先进的激光传感技术为生产和生活保驾护航；石墨烯研究院侧重推动石墨烯这一新材料的广泛应用，带给工业生产以某种革命性的变化；茵塞普科技则致力于为人类开辟新型蛋白生产线……正在前海这片热土上发生的这些创新创造，势必都将深刻影响人们未来的生产和生活方式，改变城市及国家的面貌，甚至重塑人类生存生活了亿万斯年的世界。

　　创新是发展进步之源。唯有依靠创新，人类才能更好地一起向未来。

　　风云际会，前海已然站到了创新时代的潮头之上，走到了我国创新之城先行先试的前列。

第四章

法治化，国际话

法治，是最好的营商环境。前海在建设伊始就特别注重法治环境的建设，对标国际标准，逐步构建起全链条法律服务保障体系，打造国内领先的先行示范的法治环境。正因如此，前海这片沃土从一开始就能创造最新最美的图画。

前海法院的香港模式

2016 年 10 月，前海合作区人民法院（以下简称"前海法院"）开庭审结一桩涉港融资租赁合同纠纷。这是前海法院适用香港法裁判的首宗案件。

前海法院主审法官彭亮主审了这起案件。

本案的各方当事人在涉案融资租赁协议中明确约定适用香港法。因商事纠纷原告香港东亚银行诉到前海法院，前海法院当即启动诉调对接中心平台，建议当事人首先通过调解来解决纠纷。在前海法院诉调对接中心的香港特邀调解员罗伟雄主持下，当事人适用香港法达成了以人民币分期支付租金和各项费用的调解协议。

而调解协议要具备法定强制性执行效力，还需要法院予以裁判确认。

为了出具这份法院的调解书，前海法院十分慎重，特别委托熟悉国际法和香港法，具有香港普通法硕士研究生学历背景的彭亮主审此案。

彭亮是 2015 年前海法院建院伊始就被遴选到该院工作的首批法官之一。她 1994 年从中山大学毕业，进入深圳市中级人民法院涉外经济审判庭工作。二十几年来，她一直从事涉外审判、涉港审判。读研究生时，她主修的也是国际法，后来又在香港大学攻读了普通法硕士，因此对域外法尤其是香港的制度和法律有较多的了解，对涉外审判既有感情又有工作经验。也正因为此，2015年，得知前海将建立跨行政区域管辖涉外涉港澳台商事案件的自贸区新型法院，她当即报名参加了首批法官的遴选。她并没有过多考虑自己的年龄或者个人得失。她觉得前海法院将是一个非常适合自己的地方，也希望能够为深圳的涉外审判贡献自己的一份力量。

前海法院是自贸区新型法院，实行扁平化管理，精简内部结构，不设业务庭室。彭亮到任时，前海法院人员尚未配备到位，院领导让她暂时负责审判管理事务。同时也承担了法院初创和司法改革的许多工作，譬如与高校合作开展司法改革调研、起草审判管理制度、参加粤港澳大湾区司法专业交流活动，等等。在这个过程中，她扮演了很多的角色，同时她也认识到，在前海法院当法官，必须提升自己的综合能力，必须始终保持锐意创新的精气神。经过两三年的学习锻炼，她和许多同事一样，都成为"全能"的自贸区新型法官。

作为案件承办法官，彭亮在香港法的查明与适用方面开展了重点调研，精研细判。最后采纳了香港律师出具的法律意见书结论，确认本案适用香港法达成的调解协议内容不违反内地的相关法律规定，不存在损害内地社会公共利益的情形，最终，前海法院对该调解协议予以裁判确认，出具了调解书。

这一前海法院首次适用香港法裁判的案例，后来入选了"广东省十大民事案例"和"首届广东自贸区司法保障十大案例"，对自贸区法治建设起到了司法示范引领的作用。

案件审结一个月后，香港东亚银行如期收到了前海法院调解后深圳两家公司分期偿还的首笔欠款。

《深圳商报》等媒体对这一首宗判例予以报道，强调指出：这是前海法治的"一小步"，却是助推企业信心的"一大步"，也是中国国际化、法治化的"一大步"。

香港东亚银行代理人王焯杰律师深有感触地说:"该案是前海法院为我国司法改革做出的又一重大贡献,也让境内外企业看到了前海为营造法治化、国际化营商环境所做出的创新和努力。这对增强香港乃至全球资本对投资前海及内地的信心具有非常深远的意义。"

在前海,投资超过 1000 万美元的企业中,港资企业占到四成以上。香港人在前海投资营商,最关注的就是法治环境。国家统计局深圳调查队进行的一项调查显示,3/4 的企业表示,投资前海他们最看重的是公平公正的法治环境,4/5 的企业认为,适用香港法律是增强港人、港资、港企投资前海信心的保障。

这起案件看似简单,实则相当不易。因为涉外民商事案件当事人有选择适用某一国家和地区的法律的权利,这是法律赋予的权利,但一直以来,在我国实际适用域外法的案件比较少,主要的原因就是查明十分困难。前海在这个领域做了大量的工作和尝试,尤其是最高人民法院港澳台和外国法律查明研究基地落户前海法院,这也是目前我国唯一的国家级法律查明研究基地。有了这样的基础,前海法院就有了充足的信心和底气依法保障当事人选择适用法律的权利,很少会出现因为查明不了而无法适用域外法的情况。

经过努力,前海已能查明和咨询的域外法范围覆盖了五大洲三十多个国家和地区,不仅可以为中国企业"走出去"保驾护航,而且可以极大地增强"引进来"企业对在前海乃至中国投资的法治信心。

2015 年 2 月至 2022 年 2 月,前海法院适用香港法审理案件 91 件。其中,选择适用香港法调解案件 12 件、判决 49 件,是全国适用香港法裁判案件最多的法院。排在前五位的案件类型,包括公司增资纠纷、融资租赁合同纠纷、金融借款合同纠纷、买卖合同纠纷和保证合同纠纷。查明适用的香港法排在前五位的是香港特别行政区的《时效条例》《放债人条例》《公司条例》《高等法院条例》《货品售卖条例》。

深港两地经济往来频繁，前海承担着深港合作的特殊功能，尤其是承接着涉外民商事案件一审的主要任务。为了让香港人可以用"自己熟悉的法律"来处理商事案件，推动粤港澳大湾区融合发展，前海法院在香港法的查明与适用上实行"充分努力原则"，不仅做到让当事人选择，还要保障当事人能够有选择。

在这方面，前海法院进行了大量的探索。

首先是构建域外法查明与适用的规则体系，制定适用域外法案件裁判规则。针对香港法查明适用需求较大的情况，专门梳理列明了包括证券关系标的物、保理合同关系、跨境货物买卖合同关系、网络侵犯著作权纠纷、信托关系等 30 多项涉港因素，确保正确认定涉港因素，准确识别涉港案件，拓宽香港法适用范围。

其次是建立系统规范的香港地区陪审员制度，拓宽香港专业人士参与香港法律查明与适用的途径。成立国际商事专家委员会，推动域外法查明专家库建设，支持香港法律专家在前海法院出庭，提供法律查明协助，为涉外、涉港澳台案件审理提供智力支持。2016 年至 2021 年，前海先后选任 32 名香港地区陪审员，其中 20 名具有金融、知识产权等专业背景。建立了"专业法官 + 香港地区陪审员 + 行业专家"的专门审判机制。采取"分类管理 + 随机抽取"的模式，对疑难复杂的涉外涉港澳台案件，或者是法官认为需要邀请香港地区专家陪审员参审的案件，根据案件需要，按照专业分类从对应的专家库内随机抽取，以确保公开性和专业性。截至 2022 年 2 月，香港地区陪审员共参与审案 690 件。

此外，前海法院还特别创新了香港法律专家在线出庭协助法律查明机制，打破了跨境商事纠纷解决的空间限制。在一件涉港知识产权纠纷案中，前海法院就专门邀请香港法律专家在线出庭。前海法院还先后聘请具有金融、国际贸易、知识产权等专业背景的 16 名中国港澳台地区和外籍的调解员，参与商事纠纷调解，并与广州南沙法院、珠海横琴法院共享这些调解员。

前海法院成立后，积极探索构建多元化国际商事纠纷解决平台和机制，为中外经济合作交流保驾护航。2018年，先后与深圳市前海国际商事调解中心等39家调解组织建立合作关系，与粤港澳商事调解联盟、香港和解中心等9家专业组织建立沟通联络机制，成立前海"一带一路"国际商事诉调对接中心。2021年，联合深圳市商业保理协会等成立多元化纠纷解决中心，截至2022年2月，多元化纠纷解决中心成功调解案件12600件。

在调解商事纠纷的模式上，前海积极创新跨境模式。一是采用"香港地区调解员+内地调解员"或者"香港地区调解员+内地调解法官"等模式，进行联合调解；二是开展"线上+线下"融合调解模式；三是由前海法院委派或委托域外特邀调解员，在域外开展调解，形成"域外调解+域内司法确认"的跨界调解模式。

譬如，在一桩涉港加工合同纠纷中，当事人均为香港公司，根据双方意愿，前海法院委托特邀调解员在香港组织调解，最终成功化解了纠纷。又比如，在一桩涉港租赁合同纠纷中，通过香港地区调解员+内地调解员和在线调解的方式，促成当事人和解，前海法院法官在线予以司法确认。

前海法院国际商事多元化解决的改革案例《满足"一带一路"新需求，探索商事解纷新路径》《创新跨境商事争议多元解纷体系，实现全面提速增效》，都被最高人民法院收入了《人民法院司法改革案例选编》。

前海法院刚成立时，租借在万科企业公馆办公，2019年已搬到临海大道上的前海法治大厦。法治大厦楼高十余层，整体形状方方正正。设计采用的是天平的形状，寓意是"公平公正"。高楼上半部分为白色，下半部分和地面则是黑色，寓意是"黑白分明"。

在法治大厦边上，就是最高人民法院第一巡回法庭的地址，现在已奠基完毕，基建已经露出地面。

法治大厦负一层和一层为服务层，诉讼服务大厅总面积超过了 2000 平方米，用于诉讼接诉。审判庭位于五到八层。因为法庭不够用，有时就把刑庭改为民庭。民事诉讼时双方均面向法官，这样可以减少彼此之间的对立和敌意。刑庭内，原被告双方分列于法官左右两侧，彼此相对，而被告则面对法官站立。简易法庭通常由一名审判员和一名书记员或者由一名审判员和人民陪审员组成。中庭可以设媒体和观众旁听席。

诉讼服务中心的大厅里设置了几台机器。这种机器装载了智慧引导服务系统，它可以给当事人提供地图导航、诉讼请求、风险评估等。地图导航可以引导当事人迅速地找到开庭的法庭。诉讼指引支持中英文双语，为当事人提供了平等的诉讼服务体验。法院还专门设置了诉讼服务热线，当事人可以通过电话来咨询诉讼服务。

大厅内地板铺的都是黑色的大理石，墙面是白色的，也形成了一种黑白对比、黑白分明的效果。

在一层设有律师工作室，可以为当事人提供免费的法律咨询。设有调解员办公室，每天都有特邀调解员到前海法院来坐班，为当事人进行调解。

前海法院从 2015 年 2 月 2 日开始受理案件以来，截至 2022 年 2 月已受理案件总数 77660 件。其中，涉外、涉港澳台的商事案件数量达到 1 万多件，涉港案件 9000 余件。前海法院集中管辖深圳市第一审涉外涉港澳台商事案件，前海法院的目标就是要把涉外涉港澳台审判打造成自己的一块金字招牌。当事人可以在前海法院依法自由选择适用域外法，而前海法院则努力做到"认得全、查得明、用得准"，给当事人域外法选择的自由权和切实的保障。

为何要适用域外法？因为有些合同虽然签订地是在内地，但是实际履行地可能在香港。或者，有一方当事人是香港地区居民或香港地区的商事主体（譬如企业），那么，双方在合同中可以约定适用香港法。如果约定了适用香港法，法院在审理时就需要依据合同的约定去适用香港法。包括当事人若是香港主体，他在前海法院有无参加诉讼的资格，也需要依据香港的法律来认定。

　　据介绍，刚开始的2015年，前海法院受理案件一年只有1000多件。而2021年，受理案件总数就已突破了17000件，比2015年增长了15.7倍。前海法院的法官员额没有大量增加，案件数却一直是成倍地增长。为解决此矛盾，前海法院做了一系列尝试。

　　在法院自助立案区，当事人可以通过自助扫描一体化设备，在志愿者和工作人员的帮助下，自己在线操作进行立案，甚至可以在家里进行线上操作。

　　现场的志愿者都是公益性的，大多是国企事业单位或者机关的退休职工，有一定文化，但不一定是法律专业的，可以帮助回答当事人的问题，解说如何操作仪器来自助立案。

　　诉讼服务中心也是诉调对接中心。在2018年成立时称为"一带一路国际商事诉调对接中心"。搬到法治大厦以后，改名为"多元化纠纷解决中心"。其功能是在立案之前进行调解，力争在诉前就将纠纷化解。法院还同时跟很多专业机构成立了调解分中心，比如国际贸易案件多元化纠纷解决分中心，这样有些案件就可以转到这些分中心去处理，前海法院的法官只需提供指导和审核把关。调解成功后，由法院出具司法确认裁定文书。

　　因为诉讼周期通常都较长，改用调解可以迅速地解决纠纷。只要能够帮助化解案件解决纠纷，前海法院愿意并且可以提供一切的帮助和协助。

近年来，前海法院还开启了"智慧云审"系统和智慧法院的建设。许多原先劳心劳力劳财的诉讼案件，都可以通过"智慧云审"系统来进行。当事人从此可以不用到法院去，甚至可以足不出户坐在家里就能参加庭审。他可以通过微信小程序或 APP 客户端两种方式进入"智慧云审"系统，系统则会自动对当事人的身份进行认证。而且，用户可以用手机端的"深圳移动微法院"发送一些电子版的证据材料等。当然，为了核对这些证据的真实性，法院有时也会要求当事人将证据原件邮寄过来，经核实无误后再退还给当事人。而对于双方当事人都没有争议的证据，法官只需在线上要求当事人在镜头前展示证据原件即可。

这，实际上就是"互联网法庭"。这个法庭是 2021 年刚刚投入使用的。普通案件都可以采用"智慧云审"，由于采用了 5G 信号传输技术，线上法庭的应用几乎是无碍无界的。当然，在具体使用过程中也会遇到一些问题，譬如没有信号的问题。另外，如果当事人是使用手机进入互联网法庭的话，那么一旦手机上有电话打进来，就会直接掉线。解决这个问题的办法就是，当事人可以采用平板电脑参加线上庭审，或者运用飞行模式的无线网络。

庭审现场采用录音录像来记录，并可直接通过语音转换技术转换成文字。因此，书记员已经不需要采用纸质的笔录，只需对语音转换的内容进行核对审核。在法庭上，通过话筒的设置即可实现对当事人身份的区分。同时还在法庭内设有合议室、同声传译室。法庭后方设有媒体席，可供记者旁听。

有了互联网法庭，就可以开展线上的诉讼服务。前海法院互联网法庭的线上诉讼服务注重国际化特色，尤其是在跨境方面。譬如跨境的面签服务。以前，如果一个外国人要到中国来打官司，他必须亲自到法院，当着法官的面签字，授权委托给一位律师，此后这个当事人自己就可以不必再到法院来，而全权委托律师代理诉讼。但是，在那时，当事人无论如何都必须亲自跑一趟法院。而有了互联网法庭以后，外国的当事人就可以在网上进行"面签"，他只需登录到平台认证身份，确认无误后，就可以在线上向法官展示他的护照等证件，然后当着法官的面签署一份授权委托书，再将这份委托书邮寄到法院来，如此即可做到合法授权。这样，就可以为外国的诉讼当事人提供更为便捷的服务。

前海法院在重视采用先进科技的同时，也注重完善新型法院管理模式，对内设机构进行精简，实行扁平化管理。不设业务庭，而设置了四个内设部门，确保85%的司法资源向审判一线倾斜。

法官主体地位更加突出。建立健全法官大会制度，法官就审判管理、与法官权益密切相关的事项进行讨论和表决。

对司法辅助进行集约化、社会化管理。与深圳市司法局签订《公证参与司法辅助事务工作框架协议》，前海公证处派出专业人员进驻前海法院参与司法辅助事务，确保司法资源合理均衡配置。

实现诉讼服务融通共享。开展集约化诉讼服务，建设现代化一站式诉讼服务中心，为当事人提供诉讼指引、诉前调解、诉讼辅导、立案登记、法制宣传等服务。

整合诉讼服务网、移动终端等多种渠道，开设自助立案、网上立案、跨域立案等服务，为当事人提供智慧化诉服体验。2020年1月至2022年2月，前海法院网上立案35084件，占全部立案总数的88%；导入"深融多元化平台"调解案件19890件，均由调解员在线进行调解；线上庭审3857件，发出网上查询指令77215次，网上查封和冻结46329次，电子送达22164件80664次。

开展特色化专项服务，为域外当事人提供跨境纠纷调解、跨域立案、案件查询等服务，为港澳当事人提供跨域委托手续面签、立案、文书送达等服务。

实施智慧法院驱动升级，推进法院工作全流程"数字化＋网络化＋

智能化"办理，对应诉讼服务、案件送达、诉前调解、案件审理、案件执行、审判管理，打造智享、智达、智融、智审、智信、智管等六大智慧法院板块，全力构建智能化、一体化、实用化的"智慧云审"系统。

全面推进"互联网+"诉讼服务深度应用，拓展诉讼服务网、移动微法院等在线服务功能，实现诉讼服务全流程"一网通办"。完善司法智能辅助功能模块，驱动 E 网送达、海燕送达系统综合应用，夯实司法区块链平台基础存证验证在司法送达中的作用，确保在线司法文书送达的及时、精准和有效。深化"深融多元化平台"运用，拓展域内外调解资源的线上整合，实现在线调解、在线司法确认等多元化纠纷解决服务网上全覆盖。完善对接最高人民法院办案平台，打造全流程数字化、无纸化办案，优化 5G 数字法庭、要素式智能审判、类案智能推送等功能，提升办案平台智能化水平。围绕鹰眼系统、阳光执行、被执行人画像等一体化执行平台建设与运用，将人工智能、区块链技术与执行信息化体系融合，加强协同执行能力建设，向移动应用延伸执行业务。拓展法院司法大数据管理和知识服务平台资源范围，实现司法统计数据的自动生成、实时更新、动态分析，联动完善司法管理智能化，实现办公办案"一张网"。

可以说，互联网和高新科技的应用，为前海法院赋能良多，极大地提高了法院的工作效率，为前海经济和社会发展提供了可持续的强有力的法治保障。

让中国仲裁拥有"国际话语权"

2013 年，前海管理局正式进驻前海的时候，深圳国际仲裁院（以下简称"深国仲"）也同时进驻，并且在那个用集装箱改装成的办公楼前正式挂起了"深圳国际仲裁院"的牌子，在一楼分配有一个较小的办公区。因此，深国仲是和前海管理局同步前行的，也是为前海经济发展保驾护航的。这个中国最早成立的地方仲裁院曾经一直伴随着深圳经济特区的成长，如今又要伴随着前海的改革开放再立新功。

1980 年 8 月，深圳经济特区建立。1982 年春，为了适应中国改革开放和经济特区建设的需要，在港澳工商界、法律界的倡议和有关部门的支持下，广东省特区管委会和深圳市政府开始筹建特区仲裁机构。

曾参与深圳国际仲裁院筹建工作的黎学玲回忆说：深圳经济特区刚刚创办之时，各方面要求设立特区仲裁机构的呼声非常高。深圳经济特区从开始试办到 1982 年上半年，同外商签订的合同有 1066 份，尽管 65% 的合同都履行得很好，但也有 25% 的合同存在一般性的争议，而存在较大争议的则占了 10%。这些合同纠纷究竟应该如何处理？客商为了保护自身的信誉与商业秘密，一般都不愿意到法院去打官司，国际上通常的解决办法是仲裁。仲裁与诉讼相比具有许多优越性，因而更为广大客商接受。由于特区没有商事仲裁机构，当时订立的大多数合同对于纠纷的处理要么是没有仲裁条款，要么是选择在国外仲裁。这对深圳经济特区与保护各方投资者合法权益都很不利。就是在这样的背景下，各方面要求在深圳设立仲裁机构的呼声非常高。深圳市经过组织人马进行调研，和国家有关部门进行协商沟通，最终决定先行一步，率先设立仲裁机构。

1983 年 4 月 19 日，经报国务院批准，深圳市政府正式设立特区仲裁机构——华南国际经济贸易仲裁委员会（曾名中国国际经济贸易仲裁委员会华南分会、中国国际经济贸易仲裁委员会深圳分会），这便是深圳国际仲裁院的前身。它是中国各省市设立的第一家仲裁机构，也是粤港澳地区第一家仲裁机构，探索了内地与香港合作的新路径，开启了中国仲裁国际化、现代化的新征程，也开始了深圳经济特区国际化、法治化营商环境建设。

根据第五届全国人大常委会的授权，广东省人大常委会于 1984 年 1 月制定《深圳经济特区涉外经济合同规定》，对深圳特区仲裁机构的调解和仲裁做出专章规定。这是中国地方立法首次对商事仲裁和调解做出专章规定，适用于广东全省各经济特区。

彼时的深国仲，办公条件还十分简陋。当时，深国仲在罗湖区蛟湖路租了一幢农民的房子。一下雨，门口就被水淹了。大家就搬来大石头放在路边。如果要来开庭，就拿石头垫脚，踩着石头来开庭。这样简陋的条件也让外商心存疑虑。那时，深国仲曾被戏称为深圳市最小的一个局级事业单位，只有 7 个编制——后来，仲裁院被确定为法定机构，就无所谓编制一说了。而从 1996 年开始，深国仲就没有再拿过财政一分钱，2010 年之后，就完全实现了自收自支。

当时，曾在央行任职的徐建从北京来到了深圳，参与组建涉外律师事务所。那时，深圳全市的律师总数还不到 10 名。徐建接受的第一个客户是美孚石油公司在香港的总代理长河公司，因与深圳石油公司经营美港油站发生经济纠纷，聘请徐建代理其提起仲裁。

徐建进行了深入的调查举证，并起草了仲裁申请书。

1984 年 4 月 21 日，仲裁案件开庭审理。

那一天，天下着小雨，徐建带着长河公司的老板，打着雨伞，踏着泥泞的小路，来到蛟湖路的一幢民房前。只见门旁墙上挂有一块方形木牌，上面写着中英文对照的"中国国际贸易促进委员会对外经济贸易仲裁委员会深圳办事处"。

长河公司老板打量着这块简陋的牌子，疑惑地问徐建："这就是国际仲裁会吗？它的裁决会有法律效力吗？"

徐建肯定地回答："对，这就是中国的国际仲裁机构。您别看它简陋，但它做出的裁决，法院必须执行，您放心吧！"

这起纠纷源于 1981 年 11 月长河公司和深圳石油公司签订的《合资经营美港石油供应站合同书》，商定由深圳石油公司提供位于上海宾馆对面的土地，长河公司提供建设资金，并提供石油资源，双方按比例分成。但在合资经营期间，深圳石油公司人员违反规定，经常将加油的车辆引到附近的加油站去加油，损害了长河公司的利益。

走进仲裁室，只见大厅里摆放着一张八仙桌，周围已经坐上了三位仲裁员，分别是董有淦、周焕东和陈丽中。深圳石油公司总经理也入座。

大家各自作了介绍，仲裁员交代过仲裁纪律后便正式开庭。徐建按照要求出示了证据。

接着，双方进行了庭审辩论。徐建指出，深圳石油公司的违约行为证据确凿，违反《中华人民共和国中外合资经营企业法》，损害了长河公司的合法权益，给深圳引进外资带来了负面影响，要求其改正并赔偿。

深圳石油公司代理人否认了违约，同时还大声质问徐建："你是中国律师，为什么替外商讲话？"

徐建理直气壮地回答："维护外商的合法权益，就是维护中国的法律。"

随后，仲裁庭宣布休庭，然后背靠背地去做当事人双方的工作。

经过多次调解，最终，长河公司同意和解，前提是收回50万港元投资，美港油站归深圳石油公司所有。

1984年11月，深国仲发出正式调解书，特区首宗仲裁案以和解告终。

这，也是深国仲受理的第一宗仲裁案。

如果说，深国仲的设立是第一次组织创新的话，那么，在后来的三十余年里，深国仲先后又进行了三次组织创新。

1995年，《中华人民共和国仲裁法》颁布实施。深圳作为全国试点城市之一，按照仲裁法的要求，组建了符合现代商事仲裁发展趋势的深圳仲裁委员会，立足市场经济的需要，创新发展，丰富了特区商事争议解决体系，在国内新设仲裁机构中发挥了引领作用。

2012年11月，深圳经济特区制定了《深圳国际仲裁院管理规定（试行）》，在境内外率先针对特定仲裁机构进行专门立法。2019年4月，又颁布了新修订的《深圳国际仲裁院管理规定》。依照上述立法，深圳国际仲裁院创新国际仲裁治理模式，确立了以国际化、专业化的理事会为核心的法人治理机制。2020年8月26日，在深圳经济特区建立40周年纪念日当天，深圳市人大常委会审议通过了《深圳国际仲裁院条例》。这是国内首部以仲裁机构为特定对象的地方人大立法。《条例》的出台，进一步完善深圳国际仲裁院的法人治理结构，以特区法规的形式，将特区国际仲裁的改革成果进一步法定化，增强特区国际仲裁的独立性和公信力，增强境内外当事人对特区法治和中国仲裁的信心，为深圳经济特区建设稳定公平透明、可预期的国际一流法治化营商环境提供有力的制度保障。

深圳经济特区对特定仲裁机构进行法定化管理的创新模式，在国际上产生了示范和引领效应，肯尼亚、印度等国纷纷效仿。

2017年12月25日，为推动形成全面开放新格局，积极服务"一带一路"和"粤港澳大湾区世界级城市群"建设，打造国际一流营商环境、建设国际仲裁高地，经深圳市委市政府批准，华南国际经济贸易仲裁委员会（深圳国际仲裁院）与深圳仲裁委员会合并为深圳国际仲裁院（深圳仲裁委员会），开创了常设仲裁机构合并之先例，为国际商事争议解决"中国方案"提供了"深圳实践"，代表中国参与国际仲裁的竞争与合作。

在深国仲成立伊始，北大的芮沐教授就曾对深圳特区仲裁机构提出过一个发展愿景，希望其能够发展成为东亚和东南亚地区权威的国际仲裁中心。

多年来，深国仲都在致力于加强国际合作，建设国际仲裁高地。仲裁院的核心价值理念是：独立（Independence）、公正（Impartiality）、创新（Innovation），这三个理念的英文单词打头都有一个"I"，因此经常被简称为"三 I 理念"。这，实际上也是深圳国际仲裁院（Shenzhen Court of International Arbitration, 简称 SCIA）其中 International（国际性、国际化）这个词的一个延伸。

成立以来，深圳经济特区仲裁在国内实现了十个"率先"：

率先建立国际化的法人治理机制。根据经济特区立法的规定，深圳国际仲裁院于 2012 年确立以国际化、专业化的理事会为核心的法人治理结构。理事会行使对仲裁院重大问题的决策权和对执行管理层的监督权，且至少三分之一的理事应来自香港及海外。在制度上确立决策、执行和监督的有效制衡，强化仲裁的独立性。第二届理事会 13 名理事中有 7 名来自香港地区及海外。

率先聘请境外仲裁员。深圳国际仲裁院是我国第一个聘请境外仲裁员的仲裁机构。1984 年，深圳国际仲裁院首批聘请的 15 名仲裁员中，有 8 名来自香港地区。三十多年来，深圳国际仲裁院不断提升国际化水平，加大仲裁员结构的国际化力度。2022 年，深圳国际仲裁院共有

1548名仲裁员，覆盖全球114个国家和地区，其中，境外仲裁员385名，占比超过41%，仲裁员结构国际化程度为中国最高。

率先创造中国内地仲裁裁决在境外执行的先例。1986年，中国加入联合国《承认及执行外国仲裁裁决公约》（即《纽约公约》）。截至2020年底，《纽约公约》缔约国已达166个。1987年，广东粤海进出口公司与香港捷达公司发生跨境贸易合同纠纷。双方当事人约定由深圳国际仲裁院仲裁。该案于1988年2月开庭审理，仲裁庭由周焕东、董有淦、罗镇东组成。7月做出裁决。1989年6月，香港高等法院对该裁决予以执行，开创了香港法院按照《纽约公约》执行仲裁裁决的先例，也是中国内地仲裁裁决在境外获得承认和执行的先例。从此，中国仲裁裁决从深圳走出国门，走向世界，特区仲裁裁决在域外普遍得到承认和执行。根据香港司法机关2017年的统计，由深圳国际仲裁院做出的裁决在香港执行的数量是全国最高的。这一方面固然是因为深圳国际仲裁院的成立本身实际上就是深港两地合作的产物，同时是因为其审理的案件很多也是涉港的。

率先创设辐射全球的国际贸易和知识产权纠纷解决机制。作为商务部特别指定的唯一仲裁机构，深圳国际仲裁院与中国对外贸易中心于2007年共同创建国际贸易和知识产权纠纷解决机制，以"调解＋仲裁"的方式，在中国进出口商品交易会（即"广交会"）上现场解决国际贸易和知识产权纠纷。截至2020年，深圳国际仲裁院在广交会上的仲裁调解服务已辐射全球119个国家和地区。深圳国际仲裁院在广交会上实践的"中国模式"也被应用于中国高新技术成果交易会（即"高交会"）。2020年，深圳国际仲裁院与线上广交会同步推出了广交会云上远程调解平台，开启了云上受理、视频调解、一键对接仲裁、在线电子签名等创新功能，为国内外客商提供优质、高效、快捷的争端云解决服务。

率先创设粤港澳商事调解合作机制和中国自贸区仲裁合作机制。从2010年起，深圳国际仲裁院就积极支持前海合作区的开发开放，立足前海，深度开展粤港澳法律合作。2013年12月，深圳国际仲裁院调解中心在前海牵头发起设立粤港澳仲裁调解联盟（原名"粤港澳商事调解联盟"），在"一国两制三法域"的背景下，创设跨境商事纠纷解决合作机制。粤港澳三地的15家代表性调解机构作为联盟主席团成员机构，与特区仲裁有机结合，高效、和谐、低成本地化解跨境纠纷，共同提升大湾区的法治化营商环境。2015年4月，深圳国际仲裁院与上海国际仲裁中心在前海共同发起创设中国自由贸易试验区仲裁合作联盟，广东、上海、天津、福建自贸区仲裁机构为联盟成员。2019年12月，中国自贸区仲裁合作联盟成员机构增至31家，来自全国18个自贸区。

率先探索中国资本市场纠纷解决的"四位一体"新机制。2013年9月，深圳国际仲裁院与中国证监会深圳监管局共同发起，与深圳证券交易所和资本市场的主要行业协会共同创建深圳证券期货业纠纷调解中心。这是中国内地资本市场第一个紧密结合调解与仲裁功能的纠纷解决机构，创设了"专业调解＋商事仲裁＋行业自律＋行政监管"的"四位一体"争议解决机制，以和谐、高效、低成本的方式，化解了资本市场的大量纠纷。

率先引入投资仲裁及选择性复裁程序。2016年10月，深圳国际仲裁院发布2016版《深圳国际仲裁院仲裁规则》，在中国率先将东道国与外国投资者之间的投资纠纷案件列入受理范围。还发布了《深圳国际仲裁院关于适用〈联合国国际贸易法委员会仲裁规则〉的程序指引》，实现了三大突破：一是在中国内地首次通过特别程序，将《联合国国际贸易法委员会仲裁规则》进行本土化；二是该指引将香港视为默认仲裁地，实施深圳经济特区"联合香港、共同走向世界"的仲裁国际化策略；三是将国际通用的《联合国国际贸易法委员会仲裁规则》和该指引作为深圳国际仲裁院受理投资仲裁案件的规则，推动"一带一路"纠纷解决。2019 年 2 月，深圳国际仲裁院启用新版《深圳国际仲裁规则》，在中国首次探索"选择性复裁机制"，并制定《深圳国际仲裁院选择性复裁程序指引》。

率先设立中国第一个国际仲裁海外庭审中心。2017 年，深圳国际仲裁院北美庭审中心于美国洛杉矶创设。这是中国第一个国际仲裁海外庭审中心，迈出了深圳作为开放先锋城市探索打造国际一流营商环境的步伐。北美庭审中心主要有两大功能：一是方便北美地区相关国际商事仲裁案件在洛杉矶就近开庭审理，二是便于深圳国际仲裁院依托庭审中心，定期培训海外仲裁员。

率先设立中国第一个谈判促进中心。2016 年 12 月，为完善法定的"谈判促进"职能，深圳国际仲裁院创设谈判促进中心，成为契约性或非契约性纠纷解决机制的新选择，被国际知名仲裁杂志《环球仲裁评论》誉为中国深圳经济特区的最新制度创新。谈判促进类似于一种特殊的调解。譬如，棚户区改造和城市更新，如果由开发商直接去和拆迁户谈，有时对方可能会有一定的抵触。现在，改由谈判促进中心组织谈判促进专员，以一种居间的方式来进行，立场更为中立，就较易促进双方达成协议，并推动项目的顺利进行，其效果非常显著。谈判促进中心成立当月，即应邀进驻罗湖"二线插花地"（深圳经济特区建立之后，出于特区管理的需要，经国务院批准，深圳市从 1982 年开始历经数年，修建了以铁丝网为界的特区管理线，俗称"二线"。当时，因资金不足，"二线"并未完全与行政区划线相吻合，致使特区管理线与行政区划线不一致，形成了一些管理上的"真空地带"，即通常所说的"二线插花地"），开展"中国棚改第一难"项目的谈判促进工作。该项目占地约 60 万平方米，居民超过 8.6 万人，建筑面积约 130 万平方米，需拆除建筑约 1392 栋，规模居全国之首。深圳国际仲裁院安排了 90 余名谈判促进专员，高效和谐地促进谈判。不到 3 个月，居民签署《搬迁补偿安置前置协议》的比例就达 98%。

率先探索互联网仲裁。2007 年，深圳国际仲裁院开始与阿里巴巴合作，并于 2008 年 6 月 24 日共同推出网上交易纠纷仲裁平台。2016 年设立深圳网上仲裁中心（OAC），率先推出"云上仲裁"服务，提供"电子证据固化、在线公证、在线仲裁"一站式解决方案。2017 年设立中国首家大数据（深圳）仲裁中心，推进法律大数据智能化应用；2018年建成金融区块链，实现网络纠纷可信验证，促进网络空间诚信建设；2019 年推进远程庭审中心信息化建设，提升远程立案、调解、开庭服务；2020 年升级了微仲裁平台、云上仲裁平台、视频开庭平台三大平台，打造线上线下相互融合的多元方案，推动互联网仲裁和智慧仲裁发展。

在深圳国际仲裁院院长刘晓春看来，国际仲裁具有"四跨"，即"跨境管辖案件、跨境适用法律、跨境执行裁决、跨境共享资源"的特点，因此深圳国际仲裁院与港澳的制度衔接并不难，最难的是长期形成的公信力，而公信力的形成离不开港澳因素的持续注入。深国仲拥有六个港澳因素，即治理结构、仲裁员结构、仲裁裁决执行、法律适用、规则衔接、机制对接等。其中，治理结构的港澳因素最为基础、重要。根据深圳经济特区立法，深国仲的机构重大决策权由理事会行使，而来自香港、澳门和海外的理事不得少于三分之一。

据副院长安欣介绍，深国仲现有中国（深圳）证券仲裁中心、中国（深圳）知识产权仲裁中心和海事物流仲裁中心三个平台，还有调解中心、谈判促进中心、中非联合仲裁中心等，都是深国仲多元化纠纷解决机制的有机构成。

中非联合仲裁中心是深国仲和北京国际仲裁中心、上海国际仲裁中心三家仲裁机构以及南非、西非、东非三地的仲裁机构共同搭建的一个联合仲裁中心。它实际上是对中非合作论坛成果的落实，目的是支持中国企业更好地"走出去"，因为中国企业到非洲投资的非常多。这样，当事人争议的解决，就未必需要回到中国来仲裁，而可以直接提交给中非联合仲裁中心，因为在仲裁中心，各方都共用一个规则和业务标准，共用一个仲裁员名册。如果是深圳的企业首先提起仲裁，就可以选择在深圳；而如果是非洲的企业，则可以选择在非洲。因此，这是一种创新的做法。

1989年，美资高西洋行有限公司与中国南海石油联合服务总公司因为橡胶手套国际贸易产生合同纠纷，在境外的美方当事人对中国和深圳经济特区的投资及法治环境充满疑虑。深国仲受理该案后，尽心尽力。在俞大鑫、董有淦和李泽沛组成的仲裁庭主持下，当事双方于1990年5月成功调解，圆满结案。双方当事人对深国仲均十分满意。事后，美方当事人自掏腰包，在境外十多家媒体刊登启事，称"外商大受鼓舞"，因此"恢复和加强了今后在华投资的信心"。

1992年，香港某开发商与内地某市属国有企业合作开发楼盘，面向香港居民销售了约800个单位。后因楼盘"烂尾"，开发商无力应对而外逃。香港数百个家庭、数千居民的投资因此面临着血本无归的困境。于是，从1997年7月1日香港回归当日开始，投资该楼盘的香港居民便一直在内地和香港不断地通过信访、上访、游行、集会等方式表达不满。问题却一直无法妥善解决，在两地造成了巨大的负面影响。

为了解决这一"跨世纪"的涉港群体性纠纷，深圳国际仲裁院于2014年专门创设"集团仲裁"机制，依法受理了478宗关联案件，并在短短3个月内便做出了公正裁决，保障了香港投资者的合法权益，有力地维护了香港社会稳定，被称为涉港"跨世纪""集团仲裁"第一案。

2009年，两名香港居民在内地某省的投资合作产生纠纷，争议金额达5000万元，5年内双方历经协商、诉讼和行政方式都无法解决。

2013 年 12 月，深圳国际仲裁院牵头在前海创设了"粤港澳商事调解联盟"（现称"粤港澳仲裁调解联盟"）。2014 年初，当双方当事人得知此讯后，考虑到商业秘密、境外执行和长期合作关系等因素，共同向联盟提出了调解申请，同意联盟在 15 家成员机构中指定深圳国际仲裁院调解中心受理该案。该案由香港专业人士担任调解员。经过 7 个小时的调解，双方当事人在前海达成了和解协议，并按照联盟的业务流程指引，共同申请由深圳国际仲裁院做出仲裁裁决。这宗"港人港案港式调解案"，是粤港澳仲裁调解联盟受理的第一案，为粤港澳大湾区跨境商事争议解决机制的创新实践提供了探索经验。

2014 年，康佳集团与华侨城集团这两家知名上市公司，因土地使用权纠纷陷入僵局，引发投资者广泛的质疑。该纠纷不仅涉及当事人之间巨大的经济利益，也势必对两家上市公司广大投资者的利益造成影响，因此备受资本市场成千上万投资者瞩目。本案独任仲裁员王千华十分慎重，深入分析深圳三十多年来土地政策与制度的发展沿革，详细梳理双方多年来的往来文件，及时做出裁决，撰写了一份 100 多页的裁决书。

按照证券法的要求，当事人全文公开了该案裁决书。当天，两家公司的股票全都大涨，因为这实际上是一个十分利好的消息。在此之前，很多投资者不理解，纷纷要求旁听仲裁院的庭审。该案的成功裁决，彰显了深圳国际仲裁院解决疑难复杂纠纷的能力，为妥善解决上市公司治理僵局、保护投资者合法权益、营造良好的资本市场投资环境树立了典范。

2015 年，深圳国际仲裁院受理了一宗中美跨国投资纠纷仲裁案，争议金额达 130 多亿元，为中国仲裁史上迄今为止金额最大的案件。

当事三方发生争议，导致他们开发的楼盘建设停滞。涉案合同中并无仲裁条款，争议发生后，即形成了巨大僵局。项目停滞后，每天的滞纳金就达 500 多万元。如果这个案子要走法院诉讼程序，至少要上诉至省高院，甚至可能还要到最高院才能做出终审判决。那样的话，诉讼周期就会变得"旷日持久"，如此一来，势必造成极大的损失。而这，显然是各方当事人都不愿意看到的。因此，在没有仲裁条款的情况下，有一方当事人提议："我们能否不去法院，而是找一家独立的、公正的、中立的机构来对我们的这个纠纷先进行调解？"当时就提出了国内外的几家仲裁机构供大家选择。美国这一方当事人的代理律师来自5个国家和地区，他们进行了充分的调研，最终同意将此案提交给深圳国际仲裁院。三方当事人都共同选择刘晓春院长担任独任调解员和仲裁员。刘晓春1987年起就读于北大法律系，曾先后任职于广东省人大、深圳市总商会，2012年出任深国仲院长。

在调解过程中，深国仲成立了一支专家团队来提供专业上的支持，包括从北京请来的房地产建设工程方面的专家。

这个案子的调解进行了七天七夜，谈判的过程非常艰难。深国仲的工作人员都住在了单位，每日谈判到半夜。因为中美存在时差，外方还要随时去向总部汇报，汇报之后再反馈意见，然后第二天再接着谈。经过艰苦努力，这宗案件最终调解成功。随后又成功地对接仲裁，以仲裁裁决的方式将调解结果固定下来。此案从立案到结案，仅13天便高效、圆满地解决了这一复杂的巨额争议，促成了多赢局面。

现在，这个楼盘已开发完成，而且已发售完毕。三方的后续合作都非常愉快。当时代理这个案子是美国最大的律师事务所，他们对深圳乃至中国仲裁机构的独立、公正、高效、创新和专业高度赞赏并深表感谢。

深圳国际仲裁院入驻前海后，前海方面给予了极大的支持。香港特区政府对于香港国际仲裁中心的一项得力支持是：对香港国际仲裁中心在香港中环的办公场地，香港特区政府以每年一港元的租金与其签署合同。多年来，前海也采取了同样的做法支持深国仲，象征性地收取办公场地租金。

前海在桂湾听海大道 5033 号建成新的办公大楼卓越前海壹号 T1 栋后，将其中的 35—40 层共 6 层楼提供给深国仲使用，作为其新总部。该楼亦被命名为"国际仲裁大厦"。楼体外面的玻璃幕墙上贴上了醒目的银色字母"SCIA"，在很远的地方都能一眼望见。自 2022 年 1 月 1 日起，深国仲搬入了这个宽敞明亮、环境极佳的新办公场所，在此开展咨询、立案、开庭、文件接收等仲裁服务。

2021 年底 2022 年初，前海提出，要打造一个深港国际法务区。这个概念实现起来并非遥不可及，因为现在前海已有"一巡"（最高人民法院第一巡回法庭）落户于此，又有深圳国际仲裁院入驻，这实际上就已实现了"两终审"落地 ——"一巡"是有终审权的，而深圳国际仲裁院也是"一裁终局"，也有终审权。"两终审"落户前海，对于前海的法治化营商环境是一个非常大的利好。

2022 年 5 月 24 日，前海正式出台《深圳市前海深港现代服务业合作区管理局关于支持前海深港国际法务区高端法律服务业集聚的实施办法（试行）》，以促进高端法律服务业在前海集聚，高标准建设前海深港国际法务区。

前海管理局能够专门拿出这么几层高楼，甚至不只这一栋楼，还包括前海法院、"一巡"的独立大楼，来打造一个完整的法务区的概念，这些决策无疑极具远见和魄力。而且，随着"一巡"和深国仲的进驻、知识产权法庭的进驻、一些调解机构和律师事务所的陆续进驻，未来前海必将吸引更多一流的律师事务所和法律服务机构。如此一来，就能真正在前海形成一个良好的法律生态圈。

我们的征途是星辰大海

广东星辰（前海）律师事务所（以下简称"星辰前海律所"）很有故事。

走进弘毅大厦八层的星辰前海律所，我大吃了一惊。印象中的律师事务所，应该像法律一样，严肃、端庄，星辰前海律所，却于新潮中挟裹着务实的地气。

弘毅大厦位于前海桂湾。前湾和桂湾之间有一座大桥相通，弘毅大厦正好就在桥头堡的位置上。桂湾的这片区域被人们称为前海的金融中心，弘毅大厦则是前海的"金融街1号"。弘毅大厦的门口设有一个圆形的水池。按照广东人的说法，水池聚财，有水就有财。大堂内也有水从高墙处流下来，再注入下面的池子里，就像瀑布一样，却不会溅出，这亦有聚财之意。这片区域的高楼大厦之间的设计也是别具创意的，弘毅大厦旁边是前海控股大厦，这些大厦的地下都是联通的，人们通过地下通道可以从其中的任何一栋步行至另一栋，这样，无论是刮风下雨还是阳光炙热，人们都可以在地下穿行，避雨遮阳，甚是便捷。

星辰前海律所虽不是位于大厦的最高层，但这俨然是一个观光层，视野开阔，风光无限，面积500多平方米，不同功能区的划分是活动的、灵活的，可以任意组合。整个区域规划分成了会议区、会客区、咖啡区和开放式办公区，区域之间可用幕布或活动书柜隔开。将帷幕打开，就可以形成一个大的会议室。资深的律师被安排在边上的小玻璃格内，以幕布隔开，每个办公小格面积约5平方米。主任陈方与众人合署办公，只在办公区内占有一张办公桌而已。办公区还设有长形的吧台型高椅，就像在火锅店里吃火锅一样，座椅一字排开。这些办公座位是供那些非固定上班的律师使用的，他们到律所来的时候即可在此办公。整个办公区显得十分紧凑，使用效率很高。

更让我吃惊的是，在律所进门处，除了在狭窄的玄关处摆设有法槌、宪法、天平，寓示律所遵从正义、法治、公平的宗旨，还在石柱上雕刻祥云纹，在背景墙上使用半弧形瓦片制作成波浪的形状，寓意是浪浪向前，一浪更比一浪高，又有面朝前海之意。在玄关边上，专设了一个几十平方米的党建活动室。墙上用红色油漆装饰，装嵌有"不忘初心 牢记使命"几个发光的霓虹大字，天花板上用条形木板装饰成简易吊顶，装嵌着鲜艳的金色党徽。整个会场布置采用红色基调，包括隔开其他区域的帷幕，都用深红色的幕布。会议室前方有一块大型投影屏幕，供党员学习观摩使用。这个专门设立的党建活动室让人印象深刻，也使人一见之下便有了一种亲切感和信任感。

律所主任陈方是一位相貌普通的中年男子，个子中等，留着短发，上唇和下巴上都留着短短的黑色胡须。说起话来从容镇定，似乎整个世界都在他的掌握之中。看得出来，这是一个高度自信的人。

星辰前海律所是前海地区第一批注册成立的律所，而且是第一家正式入驻的律所。可以说，他们是前海法律界"第一个吃螃蟹的"，这种敢为人先的基因是由其母体——广东星辰律师事务所承袭而来的。

谈起广东星辰律师事务所，就不能不提到其创始人、首席合伙人、一级律师郭星亚。这是一位很有魄力的巾帼律师。

郭星亚，1943 年出生于陪都重庆。其时，正是抗战最激烈的非常时刻，日军飞机常常对重庆发起无差别地毯式轰炸。血与火的洗礼，造就了郭星亚的坚忍。1962 年，郭星亚以优异成绩考取西南政法学院保密专业。

那个年代，以郭星亚的出身，她本来没有报考大学的资格，侥幸通过政审，又在大学普遍压缩招生之时，于千军万马中脱颖而出，考上自己心仪的西政（1995 年更名为西南政法大学）。郭星亚来不及兴奋，就默默地一头扎进书海中。她不知道，未来的日子，命运会如何安排自己，但她很清楚，她不能改变命运，只有改变自己，把自己锻造成一块真正的金子，就不怕被尘土埋没，不怕被烈火焚烧。

1966 年，郭星亚大学毕业之时，恰逢"文革"，大学教育陷于瘫痪状态。郭星亚有几分迷茫，也有几分庆幸，自己总算是顺利完成了大学学业。

苦读四年，郭星亚成了精通法律的专家，她希望自己成为秉公执法的检察官，或者成为主持正义的法官，然而造化弄人，郭星亚被分配到江苏的一家工厂，成了一名磨床工人。

远离家乡，在陌生的人群中，做着陌生的工作，郭星亚感觉自己如浮萍一般在风雨中飘摇。但她不叹息，不抱怨，满面笑容，逢人就叫"师傅"，工人师傅很快接受了这个积极乐观的外地妹子，他们称呼她为"大学生"，一点儿也不带讽刺或戏谑的意味，是发自内心对知识的尊重，手把手教她磨床技艺，有好吃的总顺手给她带一份，逢年过节，争着邀请她到自己家里一起过，冬天还专门做了棉鞋给她穿……那些人世间最真诚、最单纯、最宝贵的情谊，陪伴郭星亚度过了生命中最幽暗的岁月。

大学毕业后，在时代大熔炉里，郭星亚又学到了最重要的一课：顺势而行，别和自己过不去，到哪山唱哪山的歌。

几年后，郭星亚结婚生子，同时从车间被调到了厂化验室工作。

为人之妻，为人之母，没完没了的工作，但人间烟火始终掩盖不了郭星亚身上的书生意气。养儿育女和工作之余，郭星亚挤出点点滴滴的时间，坚持学习，不断地完善自己的知识结构，她知道，作为西政的高才生，有一天，国家和人民一定会给她一方用武之地。

1966 年之后的几年，中国高校停止招生。至 1970 年，各地高校开始招收工农兵学员，群众推荐，免试入学。1973 年，进行了一次群众推荐与考试结合的尝试，结果，辽宁考生张铁生物理考试交白卷。"白卷事件"的出现，让有关部门认识到了基础教育的薄弱，这一年，郭星亚成了中学化学教师，她的人生角色由此开始转变。

1978 年，第五届全国人民代表大会第一次会议决定，重建一度撤销的检察院。此时，政法队伍因受到内乱冲击，专业人才严重凋零，西政毕业的郭星亚被发掘出来，调到了检察院。

与此同时，母校西南政法学院也向郭星亚伸出了橄榄枝，邀请她回校任教。

经过再三掂量和重新学习，郭星亚走上了大学讲台，教授经济法。

1986 年，一个偶然的机会，郭星亚到了深圳。其时，深圳还是一个大工地，刚刚耸立起来的国贸大厦，在此起彼伏的建筑粉尘中若隐若现。国内形势也不太明朗，有人不看好深圳的前景。郭星亚却对深圳一见钟情，凭直觉，她知道深圳正是理想的放飞自我之地。

这一年，郭星亚 43 岁，已进入不惑之年，她有令人羡慕的体面工作，有温暖的小康之家，她似乎应该收敛锋芒，理智地按照既定路线，顺利地抵达幸福的彼岸。但这种一眼看到底的生活，郭星亚突然觉得很没劲。一个人来到世上走一趟，总要轰轰烈烈干一番自己喜欢的事儿，否则，也太对不起自己了。

已经 43 岁，郭星亚没有多少时间观望了，回到重庆，她不顾亲朋好友的劝阻，毅然决然地辞掉了西南政法学院的工作，投奔深圳。

深圳喜欢郭星亚这样不顾一切、敢想敢干的人，深圳市司法局接收了郭星亚，任命她为深圳市经济贸易律师事务所主任。

1988 年，郭星亚改任深圳市司法局律师管理处副处长。

1991 年，郭星亚升任深圳市司法局律师管理处处长、局长助理。

但郭星亚不是来深圳当官的，是来大显身手打江山的。

1992 年，机会来了，时任深圳市司法局局长助理的郭星亚受命主持深圳市律师体制改革。

律师需要的是行会管理，要把律师变成社会法律工作者，这是郭星亚当时的想法。她经过充分的调研，带领团队制定了符合时代发展需要的《律师律所改革方案》，要将深圳律师事务所由国办所改革为合伙所。

只是，兹事体大，不是郭星亚说改就能改的，也不是深圳说改就可以改的，必须北京拍板，才能改。

为了尽快落实改革方案，郭星亚亲自带队进京，找专家站台，找领导沟通。

这一年春天，邓小平发表南方谈话，强调"胆子更大一点，步子更快一点"，再一次掀起改革开放的高潮。郭星亚却没能搭上南方谈话的顺风车，相关部门只是敷衍，没有人敢拍板，还有人说三道四，给她扣上了"自由化"的帽子，郭星亚铩羽而归。

郭星亚不甘心，时隔一年，1993 年 5 月，她再次上北京。

这一次，她的改革方案终于打动了司法部的领导。

6 月，时任司法部部长肖扬在全国司法厅（局）长会议上表示，司法体制改革，律师是重中之重，允许深圳市按照郭星亚等人提出的方案先行先试。

回到深圳后，郭星亚又同广东省司法厅和深圳市司法局反对改革的人进行了有理、有据、有节的"抗争"。经过几个回合的"拉锯战"，郭星亚大获全胜，揭开了中国律师界合伙制的新篇章。

这一年，郭星亚 50 岁。按照惯例，此时，她不再需要在第一线冲锋陷阵，完全可以悠悠闲闲，做一些可有可无的巡视工作，再过 5 年，她就可以平安抵达终点，退休颐养天年了。

郭星亚可不是来深圳享清闲的，若隐若现的"退休"二字，让她有一种紧迫感，人生能有几回搏，再不折腾就老了。

　　就像当年闯深圳一样，郭星亚再次做出惊人之举，辞职下海。

　　郭星亚捧的是国人艳羡的金饭碗，实惠的福利住房、便利的医疗保险、高额的退休工资，大多数人可望而不可即的这一切，她只需再等待5年，就全都有了。郭星亚不愿意，她连一年半年都不想再等了。

　　更重要的是，律师体制改革之路，是她蹚出来的，到底能不能行得通，她不能光说不练，必须亲身体验，无论等待她的是阳光大道还是独木桥，她都要走一走。

　　郭星亚辞职之后，与其他三名律师一道，创立了中国首批合伙制律师事务所——深圳星辰律师事务所，一脚迈进了律师业务市场经济的大海之中。

　　郭星亚率先提出，律师要为企业提供全方位的服务。她希望能够开展更深层的服务，一是进入领导层，帮助决策；二是参与具体经营，帮助把关公司和外商谈判等业务。

　　从此，星辰律所开始了自己星辰大海一般的旅程，参与了上市公司文件的审查，为即将上市的公司出具了第一份法律意见。

　　1993年起，星辰律所率先介入企业破产清算法律事务，承办了数十家各种类型企业的破产清算业务，探索出了一套破产清算业务操作程序和法律格式文书，为全国人人的企业破产立法提供了可靠的依据。

　　1994年，星辰律所率先介入楼宇按揭抵押贷款的银行业务，与多家银行建立了固定的业务协作关系，为大量楼盘的按揭贷款提供了良好的中介服务。自1998年起，星辰律所又协助中国银行推广三级市场（二手楼宇市场）的抵押贷款业务。

　　1996年以来，星辰律所更是将目光投向了土地使用权出让招投标、基本建设工程招投标的法律业务之中，参与了福田保税区、深圳机场等多项大型工程的招投标业务。

1997 年，在星辰律所的极力呼吁和努力下，建设部发文，明确规定国家基本建设大中型项目的招投标工作，必须有律师提供法律服务、出具法律意见，从而为律师业务的发展开拓了新领域。

2000 年 9 月，经司法部批准，深圳星辰律师事务所改名为"广东星辰律师事务所"。

2004 年 10 月，星辰律所吸收合并了成立于 1993 年的广东敏于行律师事务所，实力大增。

当国家提出"一带一路"倡议，开始兴建前海深港现代服务业合作示范区，年届古稀的郭星亚看到了广东律师业乃至中国律师业发展的崭新机遇，再一次带领她的团队进行了新的尝试和探索，并最早一批在前海设立了分所。

2014 年，星辰律所分别在前海和香港设立分支机构广东星辰（前海）律师事务所和星辰律师事务所香港分所，成为当时全国唯一同时在前海和香港设立分支机构的律所。

2016 年，星辰律所在贵州贵阳市设立分支机构广东星辰（贵安新区）律师事务所。

2020 年，星辰律所在深圳龙岗设立分支机构广东星辰（龙岗）律师事务所。

如今的广东星辰律师事务所已成长为深圳市规模最大、影响最深、实力最雄厚的律所之一。

二十几年来，星辰律所获得了从省市到全国的一系列重大荣誉：1996 年被司法部和人事部评为"全国司法行政系统先进集体"；2008 年被中华全国律师协会评为"全国优秀律师事务所"；2019 年被评为"全国律师行业先进党组织"，被中央组织部和司法部授予"全国先进集体"称号；星辰律所先后十余次获得省市的"优秀律师事务所""先进党组织"等称号。

星辰律所一直走在创新改革的路上。

2003 年前后，星辰律所人开始感受到律师行业发展的瓶颈，开始深入思考和酝酿如何实现中国律师行业的规模化、集团化，如何走向世界、走向全球。于是，他们提出了"两条腿走路"的思路。

首先是在国内，星辰律所联合各地大型律师事务所，包括北京、上海、天津、重庆、河南、山东、山西、江苏、浙江、辽宁、内蒙古、湖南等省区市或一线城市里数一数二的律师事务所，共同组建了第一家律所联盟——八方律师联盟，并希望把它发展成一个具有全国影响力的律师集团。目前，八方律师联盟在全国拥有 15 家成员所，4000 名律师，年创收逾 20 亿元。

与此同时，星辰律所在积极地思考如何"出海"，走出国门，参与国际法治建设。星辰律所除了在全国主要省区市及中国香港、澳门、台湾外，还在美国、英国、日本、新加坡、马来西亚、越南、泰国、哈萨克斯坦、塔吉克斯坦、乌克兰、俄罗斯等国家构建起了广阔的法律服务网络，致力于为客户提供国际化、规范化、专业化的一站式综合法律服务，打造中国高端专业法律服务的优越平台。

但是，刚开始时，这些超前的思路并不为人们所理解和接纳。"走出去"的道路崎岖艰难。

星辰律所人设想的第一个走出去的桥头堡就是香港，他们利用香港的律师资源，利用深圳和香港的合作，提出了一个"双城计"，推动香港回归以后双方的融合发展。第一步就是要推动深港两地律所的协议联营。后来，星辰律所也成为第一家由司法部批准的协议联营所。

那时，香港律师会会长名叫史密夫，是罗拔臣律师事务所负责人，也是香港回归后香港律师会唯一的外国人会长——此后香港律师会会长均由华人担任。史密夫虽然是外国人，但是他有中国血统，也热爱中国。罗拔臣律师事务所是一家国际化的律所，其律师以英国人为主，当年是一家纯粹由外国律师组成的律所。星辰律所与罗拔臣律师事务所协议联营的目的，就是希望借助香港这个桥头堡，推动中国律师和中国律所走向世界。

然而，实践证明协议联营的效果并不理想。

2007年，星辰律所人开始反思。因为协议联营只是"利合"，而没有"义合"，彼此只是在做业务时通过协议安排进行合作，并没有将彼此的理念统一起来，彼此的价值观也不一致。双方的核心利益、人才资源等都没有整合在一块，因此，这种协议联营只是个案合作，一个项目合作完了，彼此的利益分配完毕就结束了，这种联营必定无法持久。

经过反思，星辰律所主动提出倡议，要实行合伙联营。当时他们的想法是：能否将香港的律师邀请过来，加入内地律师事务所，成为合伙人，让他们将人、财、物都投入内地的律所。这样就可以在内地实现香港律师和内地律师合成一家，再通过整合内地的律师市场，做大以后一起"出海"。于是，从2007年开始，星辰律所就在各种场合推动协议联营向合伙联营转化。当时的香港律政司司长是梁爱诗，她也在香港积极奔走，推动合伙联营。

到了2013年，合伙联营的时机已经成熟——因为2012年星辰律所就拿出了深圳市和广东省的关于律所合伙联营的方案，并且上报了司法部。按照他们的预计，2013年应该可以在前海设立合伙联营所。

为了实现这个目标，2013年星辰律所还专门成立了一个研究小组，为将来合伙联营所的构建提供法律智库方面的准备。

然而，事情并未像人们设想的那么顺利。司法部迟迟没有发布合伙联营的政策，而当时粤港澳大湾区特别是前海的发展又日新月异，让人不能再继续等待下去。

于是，星辰律所决定率先在前海成立一个分所，为未来的合伙联营所打下基础。

就这样，从 2013 年下半年开始申报，2014 年 1 月 23 日广东省司法厅从提出申请的 300 多家律所中批准了 5 家，其中之一便是星辰律所的前海分所。这是前海设立的第一批法律服务机构。

从那时起到 2015 年，星辰律所一直准备着正式入驻前海。但是那时的前海区域还是一片滩涂，基本不具备办公条件，连前海管理局都是在集装箱里临时办公。星辰律所的负责人陈方就跟前海管理局提出："你们在集装箱里给我们一间房，如果不能给一间房就给我们一张办公桌，我们就把律所设在集装箱里。"

但是，前海管理局回复：确实没有空间，每个办公室都已经非常紧凑，让陈方他们再等一等，前海很快就会有一个较好的营商环境和场地，前海企业公馆的项目很快就会竣工。

陈方他们便继续等待着前海企业公馆的竣工。

他们是最早一批去企业公馆选址的机构，那时前海企业公馆还在打地基做钢结构。前海分所的团队过来挑选办公楼，每次离开的时候皮鞋上都沾满了泥土。

当万科企业公馆落成后，星辰律所立即成为第一家进驻前海的律师事务所。

虽然这时星辰律所的律师还没有全部搬到前海来，但是，他们率先和西南政法大学联手成立了前海法律研究院。这个名为"前海国合法律研究院"的机构，成立于 2013 年，是由西南政法大学、八方律师联盟包括京津沪豫粤等 15 家著名律师事务所 800 多名资深律师联合发起打造的超大型联盟体法律服务平台。2016 年 2 月，又由西南政法大学、星辰前海律所牵头，联合国家发改委国际合作中心、智库基金会、中科院东莞云计算中心、八方律师联盟及国内相关科研机构，在深圳市民政局正式登记注册，成为具有独立法人资格的非营利性社会组织。其业务主管单位是深圳市前海深港现代服务业合作区管理局。

自 2013 年至 2015 年，在正式进驻前海之前，前海国合法律研究院就一直在进行法律事务空间的研究、关注和聚焦，为前海提供法律智库服务。

2015 年，广东星辰（前海）律师事务所终于租下了一栋办公楼，这才得以把整个研究院和律师事务所全部搬进前海。从那时起，他们便与前海的发展同频共振，与前海的法治建设同步前行，见证了前海法治建设和营商环境的整体变革以及前海大湾区建设的历程。

同时，星辰律所一直在推动打造一个全国法治的示范律所。2015 年，他们率先提出，要狠抓党建促所建，前海的建设，离不开党建，法律服务业和中国未来律师业的发展，也离不开党建。

当他们提出这一理念的时候，许多人都表示不解。他们说："你们律师到前海来不赚钱，你们来搞党建，这是要干什么呀？"

陈方斩钉截铁地回答："我们不是要搞政治，我们是讲政治！我们来前海，要做的就是围绕中心，服务国家的中心和大局。如果你不能从政治的高度看问题，没有这种自觉的政治觉悟，你就无法发挥我们党员骨干的先锋引领作用。如果党员都不去干这件事，那还有谁愿意去为国家大局服务？"

在他看来，前海在初创时期尤其需要艰苦奋斗，经费不多，没有太多的效益和利润，只能依靠大家的辛勤付出，大家都应该主动担当，都要具备拓荒牛的奋斗精神和闯的精神。

当初，前海还是一片荒无人烟、"鸟不拉屎"的地方，不具备办公条件，也没有多少生意可做，如果纯粹为了赚钱，而不是受深圳拓荒牛精神的鼓舞，星辰律所压根就不会到这里来。况且，那时的成本又高，房租等各方面的资金投入很大，包括经营成本、人力成本、时间成本等沉没成本都很高，但是，星辰律所却毫不犹豫地不惜代价把人、财、物和资源统统投放进来，扎根在前海，并且推动前海的法律服务业一步步地发展起来。

几年时间里，星辰前海律所陆续投入四五千万元，几乎没有回报。然而，令他们无比欣慰的是，在 2020 年深圳经济特区建立 40 周年的献礼中，有七项是法治创新成果，而其中三项就来自前海的立法项目。在这三项立法项目中，星辰前海律所深度参与的有两项，另一个项目他们也做出了应有的贡献。"星辰前海律所的每一分子都为自己能够为深圳经济特区建立 40 周年奉献绵薄之力，做点贡献而感到特别开心。"陈方由衷地说。

2014 年底，司法部终于出台了关于深港合伙联营律师事务所的政策。当时，广东省司法厅和深圳市司法局都督促星辰律所抓紧申报，建议他们成立中国第一家合伙联营所。然而，当时星辰律所考虑时机不够成熟，暂时放弃了合伙联营的方式，选择了另外一条深港合作道路，这也就是《粤港澳大湾区规划纲要》和《前海管理条例》政策中提出的"探索其他的深港合作方式"。

2014 年，星辰律所在香港开设了分所，通过将深圳的人才派驻到香港去接受香港文化、香港模式，与香港的律师同台竞争，来培养一批通晓香港制度和规则的专业人才。与此同时，星辰律所在前海设立了分所，由陈方同时担任香港和前海所的负责人。这样，前海跟香港两个分所实际上就打通了深港合作的模式并和当地融合起来。前海就是星辰律所在深圳的桥头堡，而香港则作为前海分所的桥头堡。

陈方说："从当时整个的基建、人流、物流来看，你要让香港的律师、香港的人员到内地来很不容易也不现实，那么，我们就提出，既然他们来不现实，那么我们就过去。于是，我们当时就派了人去香港开分所，把人派到那边去。这样的话，香港律师有什么事务就可以找我们的香港分所，而香港分所就可以把相关的资源整合反馈到前海这边来，我们就可以在这些方面加强合作。相当于香港分所是我们的前店，前海分所是我们的后厂。后厂的职责就是研究，将研发作为第一要务。香港分所是我们的店面，就是要把我们的资源、我们的优势展示推广出去，同时负责收集各方面的资讯；然后再把香港方面好的信息、好的理念、好的做法，通过在前海进行研究，将其融入前海的实践，实现两地规则及时的对接和衔接。"

这两个分所当时都是完全按照国际上最先进的律师事务所的模式来运作的。

首先是混业经营。这也是星辰律所最早提出的，就是要将税务师、会计师，还有一些懂工商管理的非法律专业的人才一并纳入律师事务所，实现一站式的混业经营。也就是以法律为中心，以法律服务为主导，整合其他专业的服务，为企业提供一站式服务，帮助企业降低成本。前海分所一直在这些方面进行探索，推出了很多混业经营一体化的机制和理念，然后再继续推广。后来2016年中央司法改革包括律师制度改革，特别是后续的《海南经济特区律师条例》，也都将混业经营的理念吸纳进去。

其次是实行公司制。陈方他们提出，律师事务所不能走传统的合伙制，而应该走有限公司的形式、机制。要实现"资合"和"人合"相结合，搞一体化经营。律师在专业服务过程中得到的是一次分配；而在律师事务所作为有限公司开展经营中，律师又是股东，可以参与二次分配。大家都能从律师事务所的收益、从股权当中获取他的投资分配。这就把律师从原先的单打独斗的一个专业人员变成了公司真正的老板。换言之，律所的每个律师既是股东，又是员工，将两种身份很好地结合了起来。

以前，律师单打独斗，个人是个人，一人吃饱，全家不饿，他所有的收入都归他自己，因此律师事务所本身没有积累，无法继续向前发展。而如果建立有限公司，实行现代企业的最好管理模式和治理模式，那么就可以让很多律师解放出来，实现"资合"与"人合"的结合，同时也可以保证律师事务所快速较好地发展。

但是，律师事务所提出的这种公司化体制尚未得到有关方面的认可，还无法将其合法化。而前海是一个鼓励创新、允许创新的广阔天地，因此广东星辰（前海）律师事务所就在这些方面去不断努力，探索有限公司的体制，作为律师的一种组织形式。他们愿意做这样的示范，做这样的开路者，为律师服务业开拓出一条高质量发展的新路，构建起一个法律服务的高端平台。

一家律所的高端与先进，不是因为其办公场所的高大上，而是由于这家律所展示出的气派与气象，是这家律所的专业度和精品理念。前海分所就有这样的追求，也是这样做的。它的模式也得到了有关方面越来越多的认可。2019 年司法部门组织"一带一路"沿线的许多国家和地区来前海星辰律所交流考察，一共来了 40 多个非洲国家，那些国家和地区的大法官、检察官、律师公会的主席都到星辰前海律所来参观和交流。

在考察过后他们感到非常震撼，都说没有想到能够在前海看到这样一家拥有领先全球的理念和专业度的中国的律师事务所。斐济律师公会主席在考察过后半开玩笑半认真地说："你们这里还要不要招人？我就不回去了，我留下来在这里工作好了！"

新加坡、马来西亚等东南亚国家的许多律师同行，特别是律师协会的主席和律师在考察过星辰前海律所后都说："你们中国的律所如此高大上，如此先进，真让人没有想到！"言语之间，对深圳和前海的律师，对中国的未来发展都充满了敬佩和期待之情。

星辰律所一直致力于推动律师联盟的一体化。2020 年，八方律师联盟共有 15 家成员所。他们的计划是在未来的三五年内发展到 80 家，形成一个律师联盟体。到时，这80家律所不仅遍布全国，而且要包括澳大利亚、英国等国的律师事务所。

根据最初的设想，律师联盟希望能够实现律师事务所的完全的一体化，除了财务不实行一体化以外，其他全都实现一体化。这是最初预定的目标。但是在十年的推进过程中遇到了较多的问题，有关部门对这些问题比较谨慎。这种律所联盟原来的计划是走从"邦联"变成"联邦"，再从"联邦"变成"共和国"这样一条发展道路，预计在十年内完成。现在看来，这种发展模式是行不通的。于是他们考虑，要不直接从原来的"邦联"变成"联邦"，要不就直接变成"共和国"，这就是他们关于推进律所一体化的两大方案。他们希望能够借助粤港澳大湾区和前海的发展机遇，推动律师事务所的一体化，推动律师联盟的一体化。他们计划由星辰律所牵头拿出方案，集中每个成员的智慧，将全国各地的律所资源对接到前海，以全国律师行业之力来共同建设前海的法治，建立一个超级律师集团总部。不管是变成律所"联邦"还是"共和国"，其目的都是要把全国的资源都整合到前海来。这，既符合前海的发展要求，也符合国家对前海发展的规划。陈方他们正在大力地推动这个一体化方案的实施。

2021年，八方律师联盟共有律师4000名，加上律师助理、实习律师大概有上万人。而整个深圳市的律师行业从业者一共也就是15000名，前海的职业律师只有100多名，因此，如果一个万人体量的超级律师总部进驻前海，其影响力将绝不亚于任何一家世界500强企业在前海落地。

早在2013年，星辰律所就向前海和深圳方面建议，在前海建立一个律政产业园，也就是在前海专门划出一个片区，在其中建设法治大厦、律师大厦，将法院等机构都放在这里。这样就可以推动律师行业的聚集。前海本身就是要致力于打造一个现代服务业的聚集区，而除了金融业之外，法律服务、会计服务等专业服务也需要在这里聚集。但是直到 2021 年，其他的专业服务机构和服务市场均尚未在前海形成聚集之势。这是前海目前发展的一个弱项。照陈方的设想，如果能在前海筹建一个律政产业园，由政府出地，那么有关主体就可以按市场经济规律去进行低成本运作，这样就能够逐步做大做强。

目前，前海已经在建设法治大厦，让法院、仲裁院等进驻其中，但是有关的专业服务机构尚未包括在内。

万事开头难。创业维艰，筚路蓝缕。虽然目前前海创业环境并不完善，但是陈方他们预见到，这是一个改革开放的新空间，有着巨大的可能，前海就像 1980 年代的深圳一样充满了机遇和挑战，要在这里进行创业是非常艰难的，进行改革也会遇到很多的阻力和不理解不支持，但是，正像习近平总书记讲的那样，这里就是一张白纸，可以好好地画最新最美的图画。

陈方认为，前海的发展一定要多倾听市场主体和专业人士的意见，要多深入调研听取社会公众的意见。智慧来源于人民，来自民间，来源于社会。包括律师在内的每一位专业人士都是人民。这些人、这些群体好了，整个社会也就会很好。律师本身就是社会主义法治的规划者和建设者，都想把这个国家和这个社会治理好，也希望能争取、维护整个律师群体的利益。政府和管理部门可以为其画好底线和红线，做好风险管控，然后调动他们的积极性，充分挖掘香港的优势，充分发挥律师的价值。这样，也必将让前海受益匪浅。

党建是星辰律所建设的一条宝贵经验。全所共有党员 69 名，党员的先锋骨干作用发挥得特别突出。

党的十八大以来，陈方他们便意识到，我们党要全面从严治党，全面依法治国，因此律师队伍的政治建设和党建工作绝不能放任自流，要高度重视、抓紧抓好。于是，星辰前海律所从创立开始，便高度重视党建。当时有人提出反对意见，说："你那个律所里有很多香港人，还有外籍人员，在律所里讲政治、搞党建，不太合适吧？"

陈方斩钉截铁地回答："应该搞！我们共产党讲共产主义理想，共产主义就是人类大同、世界大同，这哪里还分什么国内国外、境内境外？在革命时期，中国的革命、中国共产党就是整个国际共产主义运动的一个组成部分，中国革命得到了全世界共产主义同志的支持。这种传统应该发扬。要团结带领各方面的力量参与国家的建设。今天我们讲中国的发展，中华民族伟大复兴，也离不开国际友人的支持。何况香港同胞原本就是中国人的一分子。因此，我们应该解放思想，把香港同胞纳入我们的发展对象。我们可以把中国共产党的故事讲给他们听，可以让他们感受到中国共产党的红色文化、红色精神，不让他们对共产党存在歪曲和误解，不断增进他们对党的了解，跨越彼此之间的代沟和距离。只有帮助这些香港人和外籍人员了解中国共产党，了解党所领导的事业，才能够更好地团结他们和发挥他们的优势。即便他们加入不了党组织，他们也可以成为我们团结的对象，成为我们的党外友军。如果能够激发起他们内心对共产主义的信仰和对中国共产党的热爱，从而全身心地投入中国的建设，那更是一件各美其美、美美与共的好事。"

陈方认为，搞党建，思想不能僵化，既要讲规矩，按规定动作，严格执行，同时方式方法一定要与时俱进。党建一定要考虑如何让港澳台同胞、外籍人士也能够喜闻乐见、愿意参加。

在陈方看来，星辰前海律所之所以能够在前海扎根，在艰辛中创业，就是因为有我们党的强大的精神力量做支撑，就是有从井冈山精神到长征精神到西柏坡精神等这些革命精神力量的支撑，使得他们不放弃，不舍弃，始终坚守在前海。虽然计算成本，在前海创设律所，目前确实还是一个亏本的生意，但是，陈方说："以前，毛主席打天下也是'亏本'的，当初谁想从中获益？中国共产党是最好的、最成功的创业团队。从党的历史中可以学习到很多成功的经验，可以让我们今天的律所建设受益无穷。"

经过持之以恒地抓党建，陈方有一个切身的体会，就是律所的许多港澳律师逐渐地改变了对中国共产党的看法，也改变了对国家的看法。有的香港人士主动提出：我能不能申请入党，甚至主动写了入党申请书。有一个哈萨克斯坦国籍的外国人同事也提出，他想要加入中国共产党。由此能看出这个外籍人士对中国共产党的高度认可和支持。虽然他们支部有涉外党建，但是外籍人士入党问题绝不是他们这样一个基层支部能够说了算的，这，可把陈方他们给难倒了！于是，陈方便如实地答复："外国籍的目前还不能入党。"

当时星辰律所也向律师行业组织提出了这个问题。有关负责人说，他们也没有搞过，不知道该怎么搞。组织上最终的意见是，港人还是在香港入，入党由香港中联办负责审批，我们内地就不搞了。

但是陈方他们又接着提出：那些在香港工作的香港人在那边申请入党，当然没有问题。问题是，这些香港人已经到内地来发展了，他们怎么回到香港去申请入党呢？他们人不在香港，有关方面对他们并不了解。——因此，此类党建问题还需要逐步探索。

在党建方面，还有一件令陈方引以为豪的事情，那就是他们很早便提出了"法治乡村"的概念。

习近平主政浙江时提出，要打造"千村示范、万村整治"工程，要把乡村建设成美丽乡村。2015 年前后，广东等地倡导"三师进村"建设社会主义新农村，也就是安排规划师、建筑师、工程师等专业志愿者下乡服务，为美丽乡村建设做贡献。广东省提出，要率先全面建成小康社会。

当时，陈方他们便想到了农村的治理、农村基层建设要走法治化道路。农村存在着一些违法乱纪的现象，存在着一些黑恶势力，这就说明农村的法治治理有待完善。基于这样的考虑，党的十八大后，他们提出了"新三师进村"，也就是教师、医师、律师要进乡村，参与建设社会主义新农村。教师进村，是为了加强基层基础教育；医师进村，是为了解决农民的看病难问题；而律师进村，则是为了推动乡村的法治建设和依法治理。

星辰律所便从农村扶贫开始，选取了两个村子开始推行法治乡村建设的试点。扶贫关键要扶智。不仅要鼓励农民创业，而且要增强干部群众的法治意识、法治观念，加强党建，通过"党建＋法治"把乡村建设好、治理好。

当时广东省提出，要在村（社区）设立法律顾问，提供法律服务，星辰律所进一步响应，提出要为社区、乡村提供法治治理服务。驻村律师作为法律服务工作者，不仅可以提供法律服务，而且可以参与党建和法治建设，维护基层法治氛围。律师的定位是社会主义法治工作者，他具有五重身份，除了维护当事人合法权益之外，还要参与维护社会公平正义，服务经济社会发展，促进改革开放，参与国家治理。农村治理当然也离不开律师的参与。在农村法治治理方面，党员律师必须走在前面。星辰律所通过与农村基层党组织搞廉洁共建，推动农村基层组织建设，把党员律师中通晓党内法规和通晓国家法律法规的优势转化为参与乡村支部治理、参与村务治理的优势。

有鉴于此，星辰律所提出，最好每个乡村都设立一名法治委员。这名法治委员可以是廉洁共建的律师。将党员律师设为乡村法治委员，参与支部的党建，可以监督指导支部和村委会合规合法开展工作，在乡村治理中从顶层设计的角度为支部把关。

目前，星辰律所已经在广州从化区和湛江坡头区设立了廉洁共建点，在村子里设立了法治委员，开始了法治乡村建设的探索。这，也是星辰律所党建的一大亮点。

陈方本人也是个传奇人物，其所作所为可圈可点。他1973年出生于湛江，1995年毕业于中南政法学院（今中南财经政法大学），在厦门大学和深圳大学读了在职研究生，接着又攻读了中国政法大学的博士。现在，他同时在多所高校担任兼职教授，也是西南政法大学博士后业务导师。

陈方大学毕业后分配到了深圳市司法局，是1993年8月《国家公务员暂行条例》和9月28日施行《深圳市国家公务员管理办法》颁布之后第一批真正意义上的深圳公务员，也可以说是中国公务员的"黄埔一期"。

当年，他是中南政法学院唯一入选的湖北省"十佳青年"，是各方关注的焦点人物。他毕业之时，学校有一个推荐到最高人民法院工作的名额，就推荐了他。

到最高人民法院任职，无疑是一条从政的阳光大道，但是陈方最终没有去北京，而选择了回广东。他本能地觉得，自己学的是经济学法，而广东有深圳、珠海、汕头三个经济特区，在这里，他更有用武之地。

陈方来到深圳市司法局之时，郭星亚已下海两年，他们没有交集，但陈方听说了郭星亚的故事，对前辈的胆识和魄力，敬佩不已。

工作三年之后，陈方抛开公务员的大好前程，投奔郭星亚，加入了深圳星辰律师事务所。

当时，星辰律所在福田区办公，是中国最早买下办公楼房的律所，买了两层楼。陈方是星辰律所最年轻的创始合伙人，拥有租金权益分红。如果2014年他没有再次选择入驻前海去开拓新天地，而是继续留在福田从事自己熟悉的业务，应该说，他"躺着就能赚钱"。

但是，面对前海改革开放的火热场景，陈方不可能不心动，他再次义不容辞、义无反顾地投入其中，参与推动前海的改革开放。这个"特区中的特区"的改革开放服务于国家发展大局，陈方为前海的发展提出了许多建设性的改革意见和建议。他是广东省政府立法咨询专家，也是许多政府机关的法律顾问，是最高人民检察院和广东省检察院的咨询专家。

在陈方看来，横琴的管理和治理是由澳门和珠海方面共管共享的，但是较大的主导权则交给了澳门方面去承担，而前海合作区相对而言主要是由深圳方面来主导，在这种情形之下，香港人参与前海改革开放的积极性可能会受到影响。尽管我们出台了很多政策，希望能够吸引更多的香港人参与前海的发展，但是实际上了解港情港意还不够深入。如果能够进一步了解香港人真实的利益和诉求，那么我们制定的政策可能就会更加精准，效果也会更好。为此，陈方建议前海管理局配置一定比例的港方政务委员。他甚至提出，前海管理局一把手可以由深圳方面委任，包括局长、处长都可以由深圳委派；而副局长和副处长等副职，则可以考虑聘请香港人担任，如此一来，香港人参与前海发展的意愿就会更加强烈，积极性也会更高，效果应该会更好。

为了支撑自己的论点，他特地举了两个粤港澳三方携手合作成功的例子。

第一个例子是港珠澳大桥的建设，这是一个非常成功的粤港澳合作的典范。建造一座堪称世界第一的跨海大桥，难度之大是可想而知的，但是它最终为何能够成功？原因首先就是粤港澳三方的精诚合作。

大桥前期规划标准的制定由香港方面主导，因为香港的桥梁标准采用的是国际化的标准，由其来确定港珠澳大桥的标准来进行设计是非常可靠的。

其次是发挥内地的优势。内地的优势是基建，中国建造被称为"基建狂魔"，成本低，效率高。事实上，在建造港珠澳大桥的过程中，工程建设者们实施轮班制，几乎维持着 7×24 小时作业，没日没夜，没有节假日，而且全部都是党员同志冲锋在前，因此很快就把这个工程建成了。而如果要由香港方面来承建，成本就会大大提高，是很难如此高效地建成的。

最后是由澳门方面来负责管理和运营，这是澳门方面的优势。因为港珠澳大桥实行分流，一条通到珠海，一条通到澳门，因此这座桥对于澳门方面非常重要，澳门也十分关注。这样，粤港澳三方分工合作，各自发挥各自的优势，就很好地完成了这项世纪工程。假若没有三方的合作共建，单独由内地方面主导，而港澳方面只是挂名参与设计和运营，那么港珠澳大桥就难以建成，也很难达到今天这样一个效果。同样地，如果港珠澳大桥单独由香港方面主导，由其设计、建造、运营，虽然香港肯定具备这样的能力和水平，但是，这样建成的桥成本就会居高不下。成本一高，那么运营就必然会遇到很多的困难，很可能就会存在较大的亏损。如此一来，这个项目在香港有可能根本就立不了项。因此可以说，港珠澳大桥的成功建设，充分体现了中国体制制度的优越性，体现了三地资源的优势互补。

第二个成功的例子是深圳国际仲裁院。虽然它是建在深圳的一个仲裁院，但是它的影响力丝毫不亚于香港、北京或上海的仲裁院。深国仲在国际仲裁界的影响力都是很大的。它之所以能够成功，同深国仲的制度和理念密切相关。从设立伊始，深国仲就配置了一个独立的理事会，由理事会来保证仲裁院的独立运营，以确保这个仲裁机构始终保持客观、公正、独立。而在理事会中，港方和外方的理事不得少于1/3，实际上深国仲的理事会里港方和外方人员将近一半。这是由其章程确定的。所以，这么多年来，深国仲运营的口碑得到了国内和国际各方面的认可，包括法律界的认可。这种公信力是如何来的？它又是怎么成功的？因为它一直坚持了自己的那一套顶层设计，不走歪、不走样。它的理事治理是由香港方、香港人士充分参与制度设计和运营管理，并作为最终的决策者和决定者，这是至关重要的。

因此，在陈方看来，如果能有越来越多的港方人士来担任前海管理局的政务专员或者担任政务副职，那么一定能够对香港的企业增强吸引力，也能更好地发挥前海作为深港合作桥头堡的作用。

2021年，星辰律所拥有执业律师约200名，其中，外籍和香港的律师（包括合作所的）一共有二三十名。还有20名左右的合作对象正在洽谈中。

此前，港澳律师要进入内地执业，可以采用加入粤港澳联营所的方式来参与内地的法律事务。现在，港澳律师要进入内地执业又增加了一条路径，那就是通过粤港澳大湾区的律师资格考试，通过以后就可以获得在粤港澳大湾区执业的执业证，也可以成为包括星辰律所在内的内地律所的合伙人。

陈方提出，下一步，可以考虑为港澳台的律师开辟绿色通道、中国澳门律师、中国台湾律师，只要其宣誓遵守中华人民共和国宪法和港澳基本法，那么，国家就可以给他们颁发执业证，亦即中国香港律师证、中国澳门律师证和中国台湾律师证。有了这个律师执业证，他们就可以在中国内地服务港澳台的居民、服务港澳台的企业，为他们提供在内地使用港澳台法律的服务。

这是陈方的一个设想，也是他正在着力推进的一项政策制度。他非常自信地说："未来五年，你一定能够看到这项制度的落地。"因为港澳人士十分看重宣誓。如果他宣誓效忠宪法，效忠基本法，那么，国家就可以给他颁授中国香港律师和中国澳门律师的牌照。台湾律师也一样。这些举措，势必都会极大地提升港澳台律师参与内地法治建设的积极性。

在前海建立分所，星辰律所负责人的战略考虑是要打造一个新时代律所的典范，包括律所的理念、党建、基础建设等。

星辰前海律所着力于借助互联网这样一个新基建的基础，构建"云智律所"。虽然星辰前海律所的物理空间并不大,大致只相当于一个中小律所的规模,但是,这个律所的建造却是按照示范型来打造的。比如,星辰前海律所虽然入驻弘毅大厦这样一座高大上的写字楼,但其办公区的装饰却走了一条朴实无华的道路,不是奢华高端的装饰装修,而是一切从简,用最朴素的方式来传递出整个律所的精致与卓越,传递出一个新时代律所的新的理念、新的风范。

这两年,疫情发生后,许多法律服务都通过网络进行,包括远程视频、远程会议、远程交易,等等。在陈方看来,这势必会形成一种大的趋势,而且可以大大地降低成本。随着互联网的发展,今后的法律服务走云端可能会更加常态化,也更容易跨越边界、跨越国界。各国、各地之间彼此的交流合作会更趋频繁和密切。与此同时,从中所产生的商机也会越来越多。这是互联网时代律所发展的美好前景。

目前,星辰律所已经拥有先进的计算机网络、信息和资料系统、完备的服务管理体系和健全的业务运行机制。星辰律师团队能够在资本市场、跨境投资、银行与保险、建筑与房地产、知识产权、公司治理、股权激励、政府和企业法律顾问、劳动人事、家事法律、争议解决、诉讼仲裁和破产重整等诸多领域提供高品质的专业法律服务。这家已届而立之年的律所,它的前程正如星辰大海!

到了前海我才知道,我国第一家粤港澳合伙联营的律所是华商林李黎(前海)联营律师事务所,位于前海企业公馆3栋。它也是广东省和深圳市司法改革先行一步的产物。

前海合作区是2010年8月26日获批成立的。当时,关于前海的批文中有两条涉及法律服务:一条是关于仲裁方面的,另一条则是关于法律服务业发展方面的。因为前海也是获批的中国唯一的社会主义法治先行示范区。所以,法治建设是前海肩负的一项重要的战略使命。

2012 年，华南地区最大的律所之一广东华商律师事务所（以下简称"华商所"）高级合伙人王寿群应邀担任深圳市律师协会前海发展战略工作委员会副主任。当时，她就看到了律所在前海发展的机会。更令她兴奋的是，前海合作区计划重点开展金融试点，而金融正是她的专业所长。前海未来要做跨境金融，这也是他们在前海要做试点的，因此，她当时就预料到，前海将是一个可以实现理想、可以展开法律服务创新的地方。

于是，在王寿群的提议下，华商所的三个高级合伙人便作为创始合伙人，一道参与，设立了华商所前海分所，由她出任执行合伙人。

那时，司法部关于合伙联营的法规尚未出台，还在政策研讨阶段。王寿群作为前海发展战略工作委员会副主任全程深度参与，因此她了解政策制定出台的进展情况。当时，她就请深圳市司法局领导帮助推荐了几位有意向来前海合作设立联营所的律师。就这样，王寿群找到了时任香港律师会会长的林新强律师，同他进行诚恳的商议。

结果，两人不谋而合。因为林律师也对成立联营所很感兴趣，正在大力推动此事。

就这样，华商所和林新强担任创始合伙人的香港林李黎所很快便达成了合作意向。

2014 年 8 月 4 日，司法部批准了广东省司法厅《关于香港特别行政区和澳门特别行政区律师事务所与内地律师事务所在广东省实行合伙联营的试行办法》。

11 月 7 日，华商林李黎（前海）联营律师事务所（以下简称"华商林黎所"）在前海合作区获批成立。王寿群告诉我，之所以选择在前海设立华商林李黎所，是因为前海既是"特区中的特区"，又是深港现代服务业合作区，法律服务业在这里会获得更多的政策扶持以及新的发展机遇。

华商所创立于 1993 年，是我国第一批获准设立的合伙制律师事务所，亦是国内最具规模的综合性律师事务所之一，共有执业律师 200 多人。华商所是"全国优秀律师事务所"，是深圳市唯一两度荣获"深圳知名品牌"的律师事务所，是证监会、全国律协评定的全国证券业务综合排名前 15 名的律师事务所，也是"亚太法律 500 强"榜单上的在公司法和商业法等领域领先的中国律师事务所之一。2013 年 11 月 26 日，华商所在前海率先设立分所——华商（前海）律师事务所，成为第一个落户前海的律师事务所。

华商所之所以首选香港的律所进行联营，则是因为香港的法律事务比较发达。相比较而言，澳门的律师界还是一个比较小的圈子，律师总数才 500 多人，而香港的律师则多达 15000 多人，且香港的法律服务是国际知名的。就这样，华商所选择了跟香港合资，而且拿到了联营所 001 号执业牌照。华商所占 70% 的股份，港方律所占 30% 的股份。

香港林李黎律师事务所创立于 1991 年 3 月，是一家综合性的律师事务所，执业范围涵盖诉讼和非诉讼多个法律服务领域。该所大部分合伙人均曾在海外留学，是中国香港及多个英联邦国家的律师，并拥有多项国际专业资格和二十年以上的执业经验。多年来，林李黎所及其律师担任了不同企业和专业团体的法律顾问，为各界客户提供全面、周详、优秀的专业法律服务。该所主管律师林新强时任香港律师协会会长、广东粤港澳合作促进会副会长和前海管理局第一届法律专业咨询委员会委员。此外，林律师还被委任为厦门仲裁委员会委员及华南国际经济贸易仲裁委员会（深圳国际仲裁院）的仲裁员，并曾担任国际律师协会事务委员会的政策委员。

华商所和林李黎所强强联合，实现了内地和香港的法律事务跨区域、跨法域合作，以更为便捷、高效的法律服务，为内地和香港客户创造法律价值。华商林李黎所秉持"法律创造价值"的理念，立足前海，充分发挥华商林李黎所在金融、证券、产业、知识产权、跨境投资等法律服务领域的综合优势，为客户提供高端、高度、高效的法律服务。联营之后，香港律师在前海可以拿到工作证，以为联营所效力的律师身份在前海执业。这，在机制体制上是一个非常大的创新。

从成立之日起，华商林李黎所就肩负起了推动中国法律"走出去"以及在"一国两制"下探索港澳法律服务业融合的使命，涉足金融证券及基金资本管理、新三板及 IPO、涉外涉港等跨境争端解决、房地产与工程建设、知识产权、政府法律顾问、财税法律事务等领域，为中外客户提供法律服务，探索创建国内法律服务业发展新模式、法律服务新领域和行业国际化新高度，奋力营造法治化、市场化、国际化的营商环境。

但是，刚开始联营时，律所就遇到了不少的难题。

首先，双方的律师都必须是由原先的律所委派而来，而且只允许从各自的律所派律师。譬如，王寿群律师就是入职于广东华商律师事务所亦即华商所的总所，然后再派驻到前海这边来任职。但是，这种委派方式却存在诸多不便。因为律师行业存在很多门槛，实行的是执业资格的考核制度，所以，一名律师要入职前海就涉及执业资格证的转移。这个过程非常复杂，显然不利于律所的发展。与此同时，华商林李黎所自身不能招收实习生，因此，所有的实习生也必须先由总所招录然后再派过来。这也给华商林李黎所的工作造成了很大的困扰。后来，随着改革的深化，相关规定不断地修订完善。现在，华商林李黎所已经可以直接聘请内地的律师、直接招用实习生；而在港澳方面的变化，则是华商林李黎所可以聘请其合伙的律师事务所之外的其他港澳律师。

其次，香港的法律服务规则跟内地迥然不同，这就涉及一个规则对接的问题。因为内地的规则跟香港的不一样，所以大家在合作时就会产生非常多的不理解，合作起来也就存在着诸多困难。譬如，香港的律师提供法律服务都是按小时收费的，而且他们不会因为案件的胜诉败诉而影响到自己的服务费收入。而内地的律师，基本上是按照一个项目、一个案件来确定法律服务费用的，在提供服务前期律所可能只收取一点儿基础费用，只有打赢了官司后才能拿到全部的费用，双方通常都要约定，官司胜诉败诉分别按照怎样的比例收费。这种收费方式对于内地的企业和政府部门而言都比较容易接受。政府部门、国企都不太接受按小时收费，因为政府部门和国企的经费都是有预算的，如果法律服务按小时收费，那么预算金额实际上是不可控的，这就存在着一个难以解决的矛盾。因此，在跟香港律师实际合作的过程中，容易产生冲突。有位熟悉香港制度的专家曾尖锐地提到，我们内地的制度和规则跟香港有时真的是水火不容的。而不同的规则又直接衍生出了不同的文化。香港人一直是生活在这样的一种规则下，他们便形成了自己的一种文化，如此一来，因为这种"文化的差异"，彼此"冲突"非常大。譬如，内地律师可能愿意参加有市场拓展意义或者可以履行社会责任的一些事情，从事一些社会性的工作，譬如成立法律联络会，大量的工作都是既花精力又花钱，而且短期内还不一定有效益，但是这些事情对我们国家有益，对律师行业也有益。长远来讲，既对社会有利也对个人有利，大家的理念是把个人的发展跟行业的发展以及国家的发展结合起来，而且要以国家和行业的发展作为主要目标。华商所和林李黎所刚开始合作的时候，也因为彼此的模式不同、规则不同、文化不同，合作起来难免存在着一些摩擦。当然，随着时间的流逝，双方也在不断地相互磨合靠拢，不断地解决这些问题。

再次，在华商林李黎所的管理上双方也存在一些分歧。香港律所的管理基本上采取公司这种模式；而内地律所则较多地采取合伙人的模式。因此，华商林李黎所具体的管理工作、日常工作基本上是由内地律所来做，从而让香港方面的律师尽量少地投入时间、精力和资金。内地方的律师都把执业证转到了华商林李黎所，他们所有的收入都放在了华商林李黎所。而香港律师则是两地执业，而且主要还是在香港执业，所以他们的收入都放在香港。如果双方产生了一些合作的收入，他们也要把它放在香港，因为香港税率比内地大概低了一半。然而，这样一来，实际上就发挥不了华商林李黎所的作用，因为华商林李黎所想要做大就得把双方的业务都放进来，放进来后才可能做得更大。但是，实际上，不管是在业务开拓还是在业务承办方面，双方都有各自的诉求，其间的磨合过程是非常艰难的。双方都在努力克服分歧，增进共识，推动联营所的发展。

至 2021 年，华商林李黎所从最初的 7 名合伙人、10 余名律师助理发展到了拥有各类专业人员近百人，拥有多名中国港澳地区和美国、英国、新加坡等国家的执业律师，其中内地律师 35 名，香港和澳门律师 14 名。律师中 90% 以上拥有研究生及以上学历，其中博士 4 人，1/3 以上拥有海外留学背景。2019 年 12 月，该所设立中国第一家联营律师事务所分所 —— 华商林李黎（前海·广州）联营律师事务所。2020 年 5 月设立深圳市坪山分所。2020 年 2 月，与香港黄得胜岑文光律师行及众成清泰（青岛）律师事务所共同设立山东省第一家合伙联营律师事务所 —— 泰华商恒（青岛）联营律师事务所。并与中国香港、中国澳门及海外多家律师事务所建立了战略合作伙伴关系，全力推动深港律师深度合作。华商林李黎所的发展历程印证了合伙联营律师事务所的道路是正确的，已经形成了可复制、可推广的创新模式。

2020 年初，新冠肺炎疫情暴发，冲在抗疫一线的医护人员遭遇了医疗物资紧缺等难题。这一状况牵动着海内外众多同胞的心。然而，境外防护物资捐赠到国内，通关等繁琐的手续难倒了不少人。

在抗疫期间的医疗物资通关、提供跨境法律服务等方面，华商林李黎所发挥了积极的作用，协助了数起跨境医疗物资采购的交易，在非常紧急的时限、不停更新的出入口限制和人员流动限制下，为有关交易主体提供了综合法律和商务资源配对服务。

深圳医效医生集团有限公司负责人丘女士是香港人。她看到抗疫前线医生一个口罩使用了12小时的情景，感到特别揪心，于是主动从印尼采购了10万多个医疗口罩，但却不知道该如何通过报关运回内地。

1月30日，丘女士联系上了王寿群律师，咨询报关事宜。

王寿群立即与华商海关法律专业委员会主任徐立新律师、实习律师谭永杰组成律师团队，发挥在海关、进出口贸易、商品关税等方面的法律服务优势，通过电话、邮件、微信等多种渠道，积极协助、指引丘女士做好报关手续。

经过律师团队的指导，这一批物资报关渠道很快得以打通，并于2月中旬运抵内地。

2020年下半年，随着内地和香港人员长时间不能通勤，一些原本只需一地律所处理的事务需要两地律所跨境同步协调，诸如跨境公证业务、跨境房地产买卖、跨境婚姻、跨境争议解决和跨境债务执行等。华商林李黎所积极联动各联营方和合作的港澳律所，设计各种摆脱传统地域限制的服务方案。联营律师事务所的优势在于跨法域的法律资源，因此客户只需要咨询联营律师事务所，便可一站式办妥跨法域、跨地域的复杂法律问题。这一模式是由供方主动对服务做出整合，为深港律师深度合作提供了一个现实可操作的平台。

华商林李黎所经过几年的发展和不断探索，逐步推动港澳律师在粤港澳大湾区执业，让港澳律师既可以在本土执业，亦可从事内地的部分民商事法律事务，进一步扩大了港澳律师的业务范围。而且，由于与内地大的律所联营，香港律师得以参与承接一些标的额很大的法律服务业务。

香港适用的是普通法系，历史更长，与国际接轨更紧密。通过与香港律所合作（其员工对涉外法律更为熟悉，同时英语表达也更好），内地律所就可以更好地承接涉外法律服务。同时，这种合作也为内地律师打开了一扇了解普通法系运行规则及其法治文化的窗口。香港律师和内地律师也可以联手，共同为企业"走出去"提供海外的法律服务。

2018年，深圳市最大的国企——深圳市投资控股有限公司（简称"深投控"）委托华商林李黎所就收购合和实业有限公司持有的香港上市公司合和公路基建有限公司（简称"合和基建"）66.69%的控股权提供法律服务，项目金额高达155亿港元。华商林李黎所协助深投控设计交易方案、融资方案，并协助公司完成国资委审批，国家发改委、经信委、商务部及国家外汇管理局备案及审批。

这次交易时间紧迫，交易方案复杂，融资方案创新，收购方为深圳市国企，涉及境内多重审批。华商林李黎所内地与香港律师团队联动，凭借双方多年来探索出的合作服务路径、快速响应制度、定期工作报告制度、疑难事项专题会议制度等机制保障，全力配合、合理分工、顺畅沟通，快速推进项目。9月，深投控完成收购合和基建控股权的全部工作，实际持有合和基建71.83%股权，取得了粤港澳大湾区核心交通要道广深高速公路和广珠西线高速公路的相关权益。

此次收购是深圳市国资委成立以来市属国企收购境外上市公司第一单，通过境内外资本联动，为利用境外资本市场服务粤港澳大湾区建设创造了良好条件。这次收购顺利完成交割，赢得了客户的高度认可。

2020年，华商林李黎所通过竞标，接受了深圳市某大型企业委托，就其与债务人之间的债务执行纠纷在香港的诉讼程序提供全程法律服务。因为与内地律师沟通更为便利，同时，华商林李黎所提出的服务报价也比企业预估的低了一半左右。这些都是企业所能够承受的。华商林李黎所由该所在香港的律师与大律师正式接管有关诉讼工作。其内地律师负责内地法律事务并负责统筹、协调、与客户沟通等工作，香港律师以及香港大律师则在香港法律领域上提供专业服务。经过该所内地律师、香港律师、香港大律师与客户几轮沟通，最终确定了诉讼方案。

在诉讼过程中，律所各方律师对案件做出了大量书面法律分析，协助客户了解香港诉讼规定、程序以及案件进程。凭借华商林李黎所粤港律师深度融合服务，充分发挥内地律师了解内地企业、熟悉国际环境以及香港律师在香港专业法律服务的优势，高效完成了客户的委托，大幅降低了客户委托香港律师的成本，并集中两地律师力量优势，为客户提供优质的跨法域专业法律服务，赢得了客户的高度评价。

华商林李黎所成立以来，还在多个法治领域进行了深耕运作。

2016年，华商林李黎所推动成立了深圳市前海"一带一路"法律服务联合会。

这是一次社会组织的创新。作为一名律师，王寿群切身感受到，如果只依靠一家律所，其实很难把香港和海外的资源整合起来。然而，中国企业在海外发展，很需要所在国家、地区的法律服务。而之前存在的一个痛点就是，中国企业很难找得到这样的服务，因为我们国内还不具备这样的服务网络，也不具备这样的服务人才。所以，之前中国企业的海外法律服务大多都是聘请国际律所。而国际律所收费昂贵，加上文化理念跟中国存在差异，彼此的沟通交流存在不少问题。往往是中国企业在海外花了很多钱去请律师，最终还是可能败诉。

正是因为看到了中国的现实需求，看到了企业的真正痛点——如果我国企业到海外投资发展得不到最基本的法律保障，那么，即便生意做得再大，也可能是竹篮打水一场空。而国家又正在倡导"一带一路"建设，于是，王寿群当时便萌发了一个想法：能不能建设一个组织，以港澳律师为基础——港澳律师中有许多涉外人才，而且港澳律师国际化程度很高，他们参加了很多国际组织，了解国际上四大法系是怎么运营的——通过他们，把全世界各地的华语律师联合起来，为中国企业在海外的发展提供服务。

当王寿群提出这个想法后，深圳市及广东省方面都高度支持。于是，王寿群他们就去向全国人大宪法和法律委员会主任李飞汇报。李飞同香港法律界接触甚多，也很关心华商林李黎所的成长，他觉得这是一个非常好的创意。

后来，经全国人大和司法部同意，由深圳市司法局、前海管理局和深圳市贸促委联合主管，成立了深圳市前海"一带一路"法律服务联合会。联合会以深港合作为基础，整合全球华语律师资源，并联合仲裁、公证等法律服务机构，践行"一带一路"倡议，为中国企业和公民"走出去"提供法律支持，也为海外华语律师参与"一带一路"提供合作平台。联合会在会员合作、项目对接、法律咨询等方面提供服务，将逐步建成全球华语律师资源库、项目资源库、企业资源库，打造真正的联通国内国际的全球性法律服务网络。

前海"一带一路"法律服务联合会的成立，获评深圳市 2018 年度"十大法治事件"、法制日报社举办的 2018 年度"一带一路"法律服务"十佳法律合作机构"奖，入选前海蛇口自贸片区 2018 年 15 项标志性制度创新成果，也入选了深圳改革开放 40 周年 40 个案例。

联合会也承载了国家的一些期望。现在，联合会已相继搭建起了四个平台。

第一个平台是深港法律服务深度合作区，可以同香港的律师组织通过机构对机构的方式开展合作。

2018 年 12 月 4 日上午，"深港法律服务深度合作区"共建启动签约仪式暨第一次联席会议在深圳前海企业公馆国际会议中心举行。来自港澳与内地的 40 家律师、公证、仲裁、调解、知识产权、会计服务、公司法务等法律服务行业组织机构积极响应倡议。"深港法律服务深度合作区"共建，由参与各方秉持共商共建共享理念，发动汇集深港法律专业服务各方面资源，联手搭建开放包容、资源共享、优势互补、互惠共赢的合作平台，创新合作机制模式，打造法律服务高地，务实推进协作型、互补型、配套化、一站式的业务合作和服务联动，共建两地法律服务专业交流互鉴、人才培养和能力建设机制，联手拓展"一带一路"华语律师合作网络，共同提升处理跨境、跨行业、跨法域法律事务和国际法律事务的能力。

目前，这个平台已经发挥了很大的作用。一方面，为许多司法行政机关提供了合作交流和对接推荐工作的机会；另一方面，促进了律所之间的合作，比如很多内地的律所需要找香港的律师，这个平台就能帮助提供那些爱国、爱港的律师人选。与此同时，香港的法律服务组织或者香港的律师要到内地开展合作交流，也可以通过这个平台去对接司法行政机关，对接律师事务所，甚至对接律师。

第二个平台是全球华语律师联盟。

这也是华商林李黎所推动成立"一带一路"法律联合会的初衷，即依托海内外各界律师，对中国资本的境外投融资活动和外国资本对中国的投融资活动等市场经济活动提供专业的法律服务支持，帮助中国企业寻找和聘请投资目的国的以汉语为工作语言的律师。在目的国执业的华语律师既可以与中国企业良好沟通，又可以与外国交易方顺利对接，能够极大地促进交易的成功完成，满足"走出去"企业等市场主体的需求，有效地加强与"一带一路"沿线国家的商业贸易沟通、基础设施连通以及资金资本融通。

全球华语律师联盟 2016 年 12 月在深圳成立。现在，这个律师联盟已有 60 多个国家和地区的 200 多个华语律所加入。深圳的包括前海的企业在海外所有的收购都是交由华语律师负责，效果又好又快捷，而且还节省成本。

这个平台正在发挥越来越大的作用。这个平台，也对海外华语律师产生了很大的凝聚力。因为有了这样一个平台，他们可以比较容易地接到很多业务，而不用再像以前那样需要到茫茫人海里去寻找。现在企业有需求，就去找这个平台，通过这个平台去对接，而不再是单个地对接。如果没有这样一个机构在中间撮合的话，彼此之间可能做完了这一单业务从此就一拍两散。而有了这个平台，因为海外律所都是长期跟平台合作，平台也会根据它的执业完成情况进行新一轮的评价，以便开展后续的合作，所以，相互之间也更容易沟通协调。换言之，全球华语律师联盟其实是发挥了一个很好的合作平台的作用。

平台可以请海外律所来内地做宣传，介绍当地对投资的一些法律要求，帮助中国律师和中国企业了解当地相应的法律制度。王寿群认为，包括"前海法治大讲堂"，不能只在内地讲，还要到港澳去讲。其实我们的法治建设已经有了很好的基础和很好的自信，像诉讼我们一般一年左右能结案，而在其他地方，一年能开庭就不错了，一个官司打五六年是很正常的；还有我们法院的信息化建设其实做得非常好，为人民服务做得也很好，因此，我们完全可以到国际上去多宣讲我们的法治建设成就。

第三个平台是前海国际商事调解中心。

这个平台是 2020 年 8 月由华商林李黎所推动成立的，重点解决粤港澳大湾区和"一带一路"建设在各领域的跨境及国际商事争议，探索促进商事调解与商事仲裁、商事诉讼、公证对接协作机制，提升商事调解可执行效力的渠道和做法，推动调解中心与内地、港澳台及国际商事调解机构发展交流合作关系，促进调解中心与企业及行会商会建立调解服务对接合作机制，打造多元化的国际争议解决机制。

企业在海外投资遇到问题时，调解最高效、便捷，而且收费低。因为如果是调解，只要是双方自己真实的意思即可达成，最容易突破规则；而法律审判的话，不同国家有不同的法律规则，都必须严格遵守。

调解纠纷，只要不违法，只要双方意见一致，就能达成解决问题的协议。设置国际商事调解中心的目的，就是希望在海外的纠纷能够通过这个平台来进行高效率的调解。

第四个平台是前海国际法律服务中心。

国际上的一些法律运营专业机构要到深圳来为城市建设营商环境的发展服务，实际上是很困难的。这个困难主要是因为我们国家政策本身的限制。另一方面，许多国际法律专业机构还没有到中国发展这些服务的迫切需求，考虑到扩张市场的成本它们也不愿意来。搭建这个平台，就是为了服务这些国际机构，让这些机构先在中国进行宣传，再引导其逐步地通过合作进入中国。因此，这也是为了打造前海国际化法治化的营商环境。截至 2019 年，深圳的外贸出口额已经连续 27 年居内地城市首位，客观上已经有这种发展需求。比如香港，有很多国际的律所都在香港联营，那么，深圳要用什么样的方式来更好地吸引国际的律所？王寿群他们就提出了打造国际法律服务中心、前海"一带一路"法律服务联合会这样一些方法和理念。

华商林李黎（前海）联营律师事务所还负责组织运营深圳创客法律中心。这个中心是深圳市司法局主管设立的公共法律服务平台，由前海管理局、深圳国际仲裁院牵头成立，致力于为粤港澳青年创客提供专业的公益性法律服务。中心率先在前海进行试点，通过线下服务中心和线上互联网服务平台两种路径为创客服务，是国内首家针对创客群体提供全生命周期、一站式法律服务的平台，为粤港澳的创客提供跨境法律服务支持。

创新创业型的企业通常规模都很小，而他们又特别需要法律服务，但是刚开始他们要聘请律师通常是请不起的，即便请律师，也有可能其专业能力、综合素质都很有限。为此，华商林李黎所便策划了这样一个创客法律中心。由深圳市司法局委托，政府给一部分资金采购律所的服务，然后由联营所来运营这个中心，为那些创业企业提供公益性的服务。而且，这种服务是综合性的，整合了许多资源，包括专门从事产权支持、资本运作，还包括从事合同管理、劳动用工、股权激励、合伙人制等。企业既可以到线下的服务中心来咨询，也可以在线上服务平台咨询了解。待到企业做大以后，律所就可以为其提供专项的收费的支持。

在创客创业前期，深圳创客法律中心还可以为其提供专业的指导。譬如编写《深圳创客法务指引》，这也是全国第一本此类图书。它可以引导企业通过阅读案例了解创业过程中存在的风险。创客中心平时还通过举办培训、讲座、交流等，为创业企业提供很好的法律支撑。比如，许多创业企业拥有很好的创意，但在创业过程中由于管理不善或合伙人之间的矛盾，或者与投资人之间的矛盾，或者与供应商之间的纠纷，而导致了这个企业最终成长不下去，因此，法律也是创业企业十分重要的、不可或缺的一个支撑。在这方面，华商林李黎所做了大量的工作。深圳创客法律中心也成为深圳法治创新的案例之一。这个服务中心自2017年12月18日成立，至今已经服务了很多小型企业，也孵化了一些大型企业。就在我采访王寿群的那天上午，她刚好就接到了一个做智能服务机器人企业董事长的电话。

她告诉我："这家叫坎德拉的高新科技企业从规模很小的时候就请我们为其提供法律服务。现在这家独角兽企业估值已达20多亿元，而且拥有了两层办公楼。"

华商林李黎所还推动成立粤港澳大湾区企业家联盟，创立华商合规法律服务中心、华商数字经济研究院和华商生物医药产业研究院、华商法治营商环境研究院，在法治探索上不断进行创新，取得突破。

2020年9月，《深圳经济特区前海蛇口自由贸易试验片区条例》经深圳市第六届人民代表大会常务委员会会议通过，赋予了香港执业律师参与前海法院开庭出庭的权利。华商林李黎所通过研究港澳律师来大湾区执业的实施路径，让港澳律师通过考试取得粤港澳大湾区律师执业资格，进入内地执业和出庭，也帮助内地法官进一步学习到国际先进的庭审经验。

2021年7月31日，粤港澳大湾区律师执业资格第一次考试在深圳、珠海和香港特别行政区同时开考。港澳律师执业满5年，即可报名参加这项考试。通过后就可以取得在大湾区范围内从事内地法律业务的资格。这，对比自2004年起开放的港澳居民通过全国司法考试即后来的"法考"（国家统一法律职业资格考试）进入内地执业，粤港澳大湾区律师执业资格考试对于全职的港澳律师而言，无疑是增加了一条选择的路径。

通过大湾区的这样一个资格考试后，港澳律师就可以"摇身一变"，成为大湾区律师。虽然第一步只允许他在大湾区9个城市内执业，但是，他的身份却发生了非常大的转变，可以直接从事内地法律业务。这是吸引港澳律师参与内地的法治建设、法律服务的一个重要手段。

对于法律和律师，我是个门外汉，基本上一窍不通。我一直以为律师就是打官司的，因为在此之前，我也曾常跟律师打交道，都是为了替当时所在单位打官司而去找他们的。我把这个疑问当面向王寿群律师提了出来。

她非常肯定地回答："诉讼只是我们最简单、最基础的业务，而且不是我们的业务主体。"因为法律是整个国家的管理规则，而律师是懂这个规则的，所以，他们可以服务于整个社会经济发展的方方面面。

第一种是担任法律顾问。华商所的服务主体包括政府部门，是深圳市商务局、发改委，深圳市各个区的法律顾问。担任政府的法律顾问，就是为政府在整个的行政过程中提供合规的法律服务。法治社会，法治政府，不仅要求政府的一切举措和决定不违法，而且还要合法、合规。这个"规"既包括了国际规则，也包括了政府的社会责任。

美国制裁中国通信巨头华为，借口就是运用其所谓的"长臂管辖"——只要你用美金交易或者跟美国的企业有交易，它都可以管辖你——认定华为在国际"合规"上存在问题。在全球化时代，我们谈到的"合规"不仅要合国内的"规"，还要合国际的"规"，所以，为政府行为、政府运营合规性提供服务是律所很重要的一个领域。比如前海管理局，其下有许多国有企业，这些国有企业投资方面的一些重大决策都要上报到管理局。但是管理局的人员很多是行政官员出身的，不一定懂各方面的法律，包括基金、金融等领域都需要专业的律师来帮他做法律风险管理和重大决策顾问。我们大力提倡建设法治政府，现在政府部门的法律意识都大大增强了。政府在做任何一个决策时，都需要法律顾问提前介入进行审查。这样才能更好地保证项目的合规性，同时确保内容的合规和程序的合规。所以，专业人士的介入能使政府更高效也更安全地去推进项目。这，业已成为律所为政府提供法律服务的重要领域。

律师还可以担任企业的法律顾问，包括帮助企业去开展一些重大项目的谈判。而要跟很多外国的机构合作，实际上就不能只按中国的规则去跟他们谈判，就需要非常专业的律师来协助。从项目立项开始，到谈判，直至合同的起草、签订，到后续合同的履行，这些实际上都是律师可以承担的工作。

王寿群介绍说，律师是懂社会经济的，而且学习能力也很强，因此在国外他们有一条发展路径是通往政界的。像美国的总统，很多都是律师出身，都有法学院的背景。现在我们国内也在逐步地开放，当然目前律师从政的例子还比较少，但这已经是一个发展的趋势。

第二种是担任商业律师。有些律师可能学过管理学、经济学，所以他们能做很好的企业。商业律师可以帮助企业做规划、资本运作、风险管理等。蔡崇信是一名出生于中国台湾的律师，他在阿里巴巴刚成立时即加入进去，就任首席财务官。蔡崇信的到来，才使这家公司真正规范化运作。当时他主动放弃在德国一家投资公司年薪70万美元的工作，不远万里来加入阿里，每月只拿500元的薪水，帮马云去注册公司。他主要是做投资的，帮助马云谋划融资和商业模式。蔡崇信参与了阿里巴巴集团许多里程碑式的事件，包括于1999年领导成立阿里巴巴集团香港总部，2005年主导收购中国雅虎及雅虎对阿里巴巴集团的投资谈判，帮助阿里巴巴拿到了第一笔国际投资，最后在美国上市。如果马云没有遇到蔡崇信，阿里巴巴就不可能有今天。因此，商业律师实际上对企业很有帮助。

第三种是担任产业律师。因为现在有更多的新兴行业在快速发展，我们的法律反而跟不上，在许多产业领域都还没有立法。但是，法律是规范企业和政府以及老百姓的行为很重要的一种规则，而法律又具有滞后性。所以，客观现实很需要一批懂产业的律师。这些律师一般都有产业背景，譬如学习过相关的专业课程等，很了解这个产业，知道这个产业在国外的发展状况，然后针对国内的立法现状，研究这个产业会遇到什么样的问题，从而在资本运作、海外合规等方面给企业做一些指导，提供服务，帮助企业更规范地发展。

产业律师为政府服务，首先是可以帮助政府制定企业海外投资贸易等合规的地方性标准。其次是可以帮助政府开展一些新兴产业发展的法律风险调研，并提出相应的司法建议。让法院和司法部门能够充分了解企业的需求，通过研究案例、审判指引等方式，引导企业创新，帮助其了解自身的发展方向是否符合社会需要。因为企业本身是无法依靠一己之力来研究如何规避风险的，这就特别需要像华商林李黎所这样一个具有专业背景的机构去做研究，从而保障这些新兴产业更好地发展。

正是基于这样的考虑，华商林李黎所倡议成立了中国第一个生物医药产业研究院，后来又创立了区块链数字经济研究院、互联网产业研究院、合规法律研究院。目的就是通过成立这样一些研究院，通过与国际顶尖的研究机构合作，帮助企业对标国际的合规标准，帮助企业了解如何合规，并推动其合规。而企业如果坚持合规经营，它的成本实际上是最低的，效益也是最大的。

法治先行，深圳示范。

2021 年 5 月，中央全面依法治国委员会印发《关于支持深圳建设中国特色社会主义法治先行示范城市的意见》，提出：深圳应经过五到十年不懈努力，率先基本建成法治城市、法治政府、法治社会，努力打造成为新时代中国特色社会主义法治城市典范。

——这，成为 30 年前深圳取得特区立法权后，法治建设史上又一具有里程碑意义的大事。而在建设中国特色社会主义法治先行示范城市的进程中，前海无疑是深圳市的排头兵和探路者。十余年来，前海法治探索和创新业已取得了令人刮目相看的成就。

2021 年 9 月，深圳制定《深圳市建设中国特色社会主义法治先行示范城市的实施方案（2021—2025 年）》，提出"七个率先"的重点任务：

——用足用好经济特区立法权，率先形成中国特色社会主义法治城市制度体系。

——坚持将政府行为全面纳入法治轨道，率先基本建成法治政府。

——深化司法机制制度改革、诉讼制度改革，强化司法制约监督，率先形成全面彰显公平正义的社会主义司法文明环境。

——健全基层社会治理机制，探索推进超大型城市风险治理体系，完善社会矛盾纠纷多元预防调处化解综合机制，加强生态环境法治保障，率先构建市域社会治理新格局。

——深化"放管服"改革，加强知识产权保护，率先形成国际一流市场化、法治化、国际化营商环境。

　　——完善人民群众参与法治建设机制制度，加快公共法律服务体系建设，加强法治建设社会监督，率先健全增强人民群众法治获得感、幸福感和满意度的机制制度。

　　——坚持面向港澳、面向世界，率先健全涉外涉港澳法治交流合作机制。

　　面向未来，深圳已然确定了探索具有中国特色的法治建设模式和路径，先行先试、示范引领的目标。到 2025 年，率先基本建成法治城市、法治政府、法治社会，基本实现城市治理体系和治理能力现代化。到 2030 年，基本形成体现深圳特色、辐射全国、具有卓著影响力的国际一流法治环境，成为新时代中国特色社会主义法治城市典范。

　　在深圳加快打造法治城市典范的进程中，前海必将继续发挥其举足轻重的作用。

第五章

绿色金融之翼

金融行业是前海的支柱产业，占据前海财政收入近半壁江山。金融服务、金融创新，是前海体制机制创新的重要组成部分。近年来，前海充分发挥制度创新优势和金融业态优势，深化粤港澳绿色金融合作，绿色金融发展正驶入快车道，为实体经济高质量发展插上了金融之翼。

深港基金小镇

前海深港基金小镇（以下简称"基金小镇"）是一个独特的所在。

基金小镇位于广东自贸区的核心位置，是一个国际化、市场化、专业化的金融产业特色小镇，是前海标志性的产业项目，也是深圳金融服务实体经济的一张新名片。

基金小镇坐落于前海桂湾金融核心片区鲤鱼门地铁上盖物业区内，毗邻港澳，背靠深圳、香港两个金融中心，深交所、港交所近在咫尺。处于珠三角一小时交通圈和香港半小时交通圈内，具备"海、陆、空、轨"综合交通优势。

"海"，由妈湾港、赤湾港、蛇口港和大铲湾港组成的深圳西部港区，是世界第四大港；"陆"，沿江高速、南坪快速、西部通道等主干路网，港珠澳大桥，方便前海与港珠澳无缝衔接；"空"，深港机场专线能快速到达深圳宝安国际机场（20分钟）与香港国际机场（30分钟）；"轨"，地铁1、5、11号线三线交会，最近的地铁口距离小镇约700米，惠莞深城际线与广深港客运专线汇聚于此。

基金小镇作为前海标志性产业项目，对标美国基金集聚区格林尼治以及风投圣地沙丘路，构建国内外的基金产业集聚区和跨境财富管理中心，打造产业链完整、业态鲜明、模式创新、环境一流、服务精准的深港基金生态圈，为深圳金融和科技创新提供服务和支撑；加速全球资本在前海集聚，成为前海金融产业发展的"引爆点"、深圳创新金融的"新名片"，以及内地与香港财富聚集的"旋涡"中心。

基金小镇项目于 2016 年 10 月正式发布，2018 年 11 月建成开园。一期占地面积 9.5 万平方米，办公面积 6.2 万平方米，由 28 栋低密度的企业别墅组成，还有 2 万平方米的商业配套，整个项目的办公容积率是 0.68%。这是整个前海地区最低密度的办公空间。

小镇项目分大型资产管理中心 A 区和 B 区、创投基金中心、对冲基金中心等。资管 A 区和 B 区都是大型的办公别墅，A 区每栋楼的面积为 2000 至 3000 平方米，B 区每栋楼的面积为 1500 平方米左右，适合一些大型的公募基金、私募基金、银行等在此办公。创投基金中心和对冲基金中心每栋楼的面积为 200 平方米、400 平方米左右，比较适合一些小规模的企业入驻。同时还建有一个高端的基金路演中心，主要包括三个较大的会议室，一个为 400 平方米左右，一个为 200 平方米左右，一个为 100 平方米左右，可以用来举办沙龙、路演、会议，等等。基金小镇还有一个商业区，商业区内有超市、餐饮、茶餐厅、健身房等配套设施。

目前，整个园区注册的企业有 200 家左右，其中 150 家是私募机构。还有银行、券商、金融服务机构、猎头公司、培训机构、律所、金融科技类公司等。与基金小镇签约的主体客户有 62 家，其中私募基金大约有 30 家。

在政策方面，基金小镇同时享受前海蛇口自贸片区、前海深港合作区、前海湾保税港区、粤港澳大湾区四区政策。前海深港基金小镇是中国自贸区内的第一个基金小镇、深港金融中心的第一个基金小镇、中国综合交通运力第一的基金小镇。基金小镇执行前海先行先试金融创新政策和现行各级政府有关鼓励基金业发展的政策，协助入驻机构申请享受政府相关扶持政策。前海管理局将陆续出台扶持政策，包括财税、人才、住房、服务等方面，将其打造成前海财富管理中心先导区。

基金小镇董事长蔡杰告诉我，基金小镇其实没有统一的定义，目前全国大概有 100 个基金小镇，但是，它并没有行业定位或职能定位，虽然大家都在用这个名称，但是其实际却是千差万别的。从 2015 年开始，我国在政策层面开始逐渐加大对特色小镇的关注及扶持力度。基金小镇作为特色小镇的一个分支，在全国"双创"持续发展和政策利好的形势下，在全国范围内得到了快速的发展。基金小镇遍地开花，几乎全国各地都在搞。其中像北京的房山、杭州的玉皇山南、成都天府新区的麓山、嘉兴的南湖等基金小镇是规模较大或名气较大的。

但是，各地的基金小镇性质并不相同。第一种基金小镇是前些年在房地产热的时候，由房地产商主导来开发的，目的是向政府拿地，以产业用地的名义拍卖土地，同时配比一定数量的住宅，通过住宅销售来维持基金小镇的建设和运转。第二种是由政府主导打造的。虽然从事金融的人员无需太多，但是基金小镇所能够带动的投资、招商效应却可能较大，政府打造基金小镇，可以将一些投资机构引进来。换言之，政府打造基金小镇的目的是配合政策招商引资。

深圳市地铁集团有限公司在鲤鱼门车辆段上盖有一块地铁物业，但在最早的时候，深圳地铁对这块物业的定位并不明确。由于这里建的是一栋栋低密度的别墅，因此最初也曾想打造一个类似于成都太古里的商业区。

深圳市地铁集团和前海金控的负责人很有预见性，他们认为，前海商业区很快便会兴盛起来，做商业 MALL（购物中心）可能比建独栋的商业市场会好一些。于是，当时双方沟通能否将产业内容嵌在其中。前海金控已在金融创新方面进行了很多的尝试，包括深港合作方面的跨境业务，对中国整个金融市场的情况比较了解，而 2015—2016 年正好是私募基金行业大发展的年头，因此，当时前海金控的负责人就提出，可否考虑做一个产业聚集的项目，或者称为产业园，或者称为金融产业区，因此有了成立基金小镇的想法。

2016年基金小镇的项目构想提出之后，对基金业态服务进行了研究，对基金小镇园区里的产业管理、商业运营等做了规划。2018年双方联合出资成立了合资公司，基金小镇正式交付使用。

基金小镇从创立伊始便明确了以产业聚集、产业服务和产业投资作为自己的主打内容。这些内容也是基金小镇"三步走"的发展战略。

第一步，将基金、证券、银行等金融机构引进园区。要求实际落地，实体结合，也就是金融机构的从业人员也要聚集在这里，而不是一种虚拟注册。现在全国很多地方的基金小镇里的金融机构是以虚拟注册为主：把公司注册在基金小镇，但是公司的人员都不在这里，却可以享受本地的政策优惠、税收优惠。而前海深港基金小镇则不然，基金小镇的房屋出租率达到91%，入驻率达到80%，其引进的这些金融机构都在前海办公。基金小镇所在的前海桂湾片区本身就是一个大的财务管理聚集区，以金融企业为主，将来也必是前海的一个金融核心区。

在基金行业中，香港是亚洲对冲基金中心，吸收了大批业界知名的对冲机构。服务对冲基金的券商、银行等亦应运而生，形成了金融生态链，这是香港的优势。而作为中国的"硅谷"，深圳是科技创新的高地，聚集了大批成长型企业。不少企业从小微企业开始发展，通过创投、孵化、培育一直到上市。围绕这些创新企业，聚集了大量优质的创投基金和创投机构，例如天图、松禾、达晨、创东方、东方富海等，这是深圳的优势。如何将深港两地在基金、产业领域的优势结合起来，是基金小镇推动深港合作的重要任务。

为此，基金小镇在项目规划定位中便紧密聚焦深港合作这一重要方向，吸引海内外大型对冲基金及外资财富管理机构落户前海。以VC

（风险投资）、PE（私募股权投资）、天使投资为龙头，引入各类投资机构入驻，为创业提供资金支持，并打造资金融通、支付和金融信息中介等新兴金融企业集群。目前，基金小镇的金融"朋友圈"包括中国华南区首家外商独资私募证券投资基金管理人——东亚联丰、中国首家外资控股合资公募基金——恒生前海基金、国家级知识产权保护中心——中国（深圳）知识产权保护中心、全球知名私人财富管理公司——UBS瑞银、中银香港资产管理有限公司的境内全资附属公司——盈进股权投资、国内排名领先的私募证券投资基金——高毅资产，以及数十家境内知名股权及证券投资基金、公募基金、金融服务商等。

有了金融企业的聚集之后，基金小镇管理方就可以为这些金融机构开展产业服务，包括生活配套服务，园区内建有商业配套设施。同时园区可以为金融机构提供基本的工商服务、企业注册、基金公司的注册备案。此外，在基金小镇设有前海金融监管局、深圳私募基金协会等监管机构，以及与基金相配套的产业，券商、银行、律所、会计师事务所等。当然，所有这些服务都是运用商业模式运营，是纯市场化的。

基金小镇园区管理公司的物业地产是从深圳地铁和前海金控整批租赁而来的，它再以市场价格分租给各个金融机构。园区同时通过自己的产业服务来创造收益，包括替客户做税筹、注册备案、跨境咨询服务、推介项目、帮助筹资、担任居间的财务顾问，等等。金融服务是园区的一个主要的业务方向。整个园区按企业运营，是一个市场化的企业运营主体。

在基金小镇，有20%左右的港资企业或涉港企业在从事跨境金融业务，这是前海金融管理局的定位。作为深港合作的成功案例，基金小镇在东亚联丰的申请及其设立过程中发挥了重要作用。这使得前海成为全国第二个海外资管机构在境内设立全资子公司的自贸片区，在香港知名证券投资基金管理人中产生了很好的示范效应。此举势必吸引更多国外以及港澳地区的知名基金管理人到前海聚集，进一步提升深圳金融的国际化水平。

"在深港合作方面，从物理硬件到机构设立及资金配套，基金小镇都在解决打通资金整体流向的问题。未来随着金融市场开放程度进一步提升，一定还会有更多金融创新举措。"蔡杰说。

除此之外，基金小镇还开展各种金融活动。譬如同上海财经大学、厦门大学等院校合作，举办金融培训、各类沙龙、基金路演等活动；和"新财富"合作举办评选活动；同粤港澳大湾区企业家联盟合作开展三地"杰出青年企业家"的颁奖等。这些，都是园区产业服务的组成部分。

与此同时，基金小镇也在着力打造一个全新的模式，并将这个模式推广复制服务于全国各地。

当然，在进行产业聚集和产业服务的同时，待到资源聚集足够多时，基金小镇也计划向投资转型，做产业投资服务。在股东同意的情况下，对一些较好的项目进行投资，以服务于实体经济。

作为深港合作的桥头堡，前海在推动资金的跨境流动投资和理财方面也在不断地进行尝试，在全国率先开展跨境理财投资业务，努力做到让各种闲置资金有效结合用于投资。一方面，将内地的资金吸收过来投向港澳市场；另一方面，将港澳及海外的资金吸纳进来，投向内地。在这些方面，前文提到的中国首家外资控股合资公募基金——恒生前海基金管理有限公司正是其中的探路者之一。

刘宇是恒生前海基金的总经理、法人代表。他向我详细介绍了这家公司创立的来龙去脉。

早在 2003 年，CEPA 框架出台，内地与香港特区政府、澳门特区政府分别签署了《内地与香港关于建立更紧密经贸关系的安排》《内地与澳门关于建立更紧密经贸关系的安排》。这是内地与港澳制度性合作的新路径，是内地与港澳经贸交流合作的重要里程碑。随后，每年又对此协议进行了补充修订。2013年，签署了《补充协议十》，简称CEPA10。根据这个补充协议，允许港资机构在内地的几个试验区设立全资控股的公募基金。这，在当时是一个较大的突破。因为在此之前，内地还从未有一家基金公司港资持股比例可以超过49%。

恒生银行是香港的一家较大的商业银行，也是一家上市公司。它的业务主要在香港，但对于内地业务也非常重视，因此，当时恒生银行下属的投资管理公司管理层就开始探讨，能否利用CEPA10的框架，在内地设立一家公募基金。

在商议过程中，恒生方面接触了内地的多家机构，包括当时刚刚创立不久的前海管理局。前海也是CEPA10框架内的一个试验区。恒生与前海管理局有关部门接触，特别是同前海金控董事长李强等进行了接触谈判。

前海金控设立于2013年，并于2015年11月增资至60亿元，是前海管理局唯一的战略引导型金融投资控股平台，肩负着"政策输出、产业引导、金融创新"的使命。由于双方愿景和理想相近，都致力于推动深港合作和促进前海的发展，因此谈得非常投机。

前海具有离香港近的地理优势。同时，前海的政策也致力于吸引港人港企在这里开展深港合作。因此，恒生银行领导层十分看好这片投资热土。

就这样，从2014年开始谈判，恒生和前海金控双方深入协商了合作的框架。

2015年7月24日，双方签署了合资建立恒生前海基金管理有限公司的协议。根据这份协议，恒生银行持股70%，前海金控持股30%。9

月，双方在前海管理局的支持下，特别是在深圳市的支持下，向中国证监会提交了合作建立公募基金公司的申请。

2016 年 6 月，证监会予以核准。7 月 1 日，在香港回归祖国 19 周年之际，恒生前海基金管理有限公司正式成立，注册资本金 5 亿元，经营范围包括基金募集、基金销售、特定客户资产管理、资产管理和中国证监会许可的其他业务。

恒生前海基金具有几大特点。首先是具有港资的背景，很多员工来自香港，也带来了香港的管理文化。过去，因为外资在合资公司中不能处于控股主导地位，故而外资公司的经营理念、管理模式、产品设计及风险管控等方面的经验不能被充分地运用起来。而恒生前海基金是港资控股，就可以尽情发挥香港的管理经验和优势。恒生前海基金在前海落地，对于引进恒生银行在资产管理领域的丰富经验，吸引香港金融领域的专业人才，促进前海金融机构聚集都具有重要意义。

恒生前海基金整个管理都是采用香港的管理方法及框架，包括借鉴境外比较成熟的制度，与恒生银行进行对接，将香港方面的一些成功的经验和管理框架、制度框架都移植到前海，并且不断结合前海的发展情况来进行实际的落地。

在业务上，恒生前海基金可以充分发挥自身港资背景的优势，较多地开展投资港股或是其他一些跨境业务。2021 年推出的大湾区"跨境理财通"等一些新的金融政策的出台，都给予了恒生前海基金开展深港两地跨境理财通之类的跨境业务更多的发展机会。

作为一家公募基金公司，目前恒生前海基金主要开展两类业务：一类是公募基金；一类是专户，给一些高净值客户或机构提供定制服务。恒生的优势是较多的基金可以去投资香港市场，投资港股。通过跨境业务，与自己的产品线相结合，做一些具有恒生特色的业务。比如，可以用部分资产去购买恒生股东的资产，或者做投资组合；通过跨境理财通，将恒生前海基金的产品放到银行，在香港进行销售。

2021 年 9 月 10 日，《粤港澳大湾区"跨境理财通"业务试点实施细则》正式发布，明确"跨境理财通"业务是指粤港澳大湾区内地和港澳投资者通过区内银行体系建立的闭环式资金管道，跨境投资对方银行销售的合资格投资产品或理财产品。"跨境理财通"分为"北向通"和"南向通"。其中，"北向通"指港澳投资者在粤港澳大湾区内地代销银行开立个人投资账户，通过闭环式资金管道汇入资金，购买内地代销银行销售的投资产品；"南向通"指粤港澳大湾区内地投资者在港澳代销银行开立个人投资账户，通过闭环式资金管道汇出资金，购买港澳代销银行销售的投资产品。

截至 2021 年 9 月，恒生前海基金管理的基金总体规模超过了 60 亿元。

恒生前海基金稳步发展的同时，它的股东前海金控也在不断地发展壮大，更加有力地发挥着自己的重要作用。

作为前海管理局的金融平台，前海金控瞄准国际化金融控股集团的目标，努力拓展保险、证券和资产管理三大支柱业务。自其成立以来，围绕前海"国家金融业对外开放试验示范窗口"和"跨境人民币业务创新试验区"的战略定位，在诸多领域实现了"零"的突破。比如，前海金控成功赴港发行了规模为 10 亿元的离岸人民币债券，认购规模 131 亿元，以 12 倍的超购创下了近年来离岸人民币债券市场超额认购倍数最高纪录；完成了首单跨境人民币银团贷款，贷款规模为 5 亿元；牵头设计前海企业公馆 REITs（公开募集基础设施证券投资基金）项目，成为国内首只在交易所挂牌交易的公募 REITs 产品。

在产业引导方面，前海金控牵头发起成立前海再保险公司，获银保监会批准，成为国内第一家由社会资本主导的中资再保险公司。前海金控与安信证券等 25 家证券、保险、互联网公司共同出资设立的中证信用增进投资股份有限公司，是唯一一家经中国证监会批准设立的为资本市场提供增信服务的专业机构。

对恒生前海基金这个深港金融合作的新"产儿"，前海管理局等也给予了很多政策上的扶持，包括增资补贴、财政补贴、税收优惠、港人实施港税、房租补贴等。

刘宇就亲身体会到了前海优惠政策对自己的有力帮助。

他1980年出生，老家在江苏泰州。本科在北京大学光华管理学院就读，硕士则是在上海读的，之后去香港科技大学攻读博士，获得会计学博士学位。2008年毕业后进入恒生银行，先后在恒生银行和恒生投资股份有限公司不同的岗位上工作。曾担任恒生投资管理有限公司投资产品助理经理、副总裁、机构业务执行副总裁等职。2013年参与推进恒生前海基金的创立，并出任董事、总经理兼法人代表。

开始那几年，他一直都是深港两地跑。后来他感觉香港是很不错的工作和生活地点，便申请成为香港永久居民。

2019年他搬到深圳居住。随后，他的太太也在南方科技大学找到了工作，一家人便正式从香港搬到深圳定居。

刘宇在北京、上海等地都曾生活过，相比较而言，他觉得定居深圳可能是一个最好的选择。

从2008年到2015年，他一直在香港工作，从事各种不同的工作，而且经常在内地和香港两地跑，也极大地扩展了自己的朋友圈和人脉等资源。譬如银行的业务合作，他对两边的市场都比较熟悉，对银行、资管（资产管理）、政府的一些部门、商业界等都有比较深入的了解。这些对于他而言都是一种独特的优势。而恒生前海基金更重视从国际化的角度来搭建公司的架构，包括人员结构、制度设计、跨境投资等，因此，刘宇在这个岗位上堪称如鱼得水，可以更好地开展一些管理合规的项目、符合市场需要的项目。

创新是深圳的基因，也是前海的动力。在前海的每一天，我都能感受到，到处都是全新的创造，到处都是令人振奋和惊奇的新鲜点子、新颖理念和思路，从深港基金小镇的模式创新，到恒生前海基金的制度创新，无不打破了先前的固定思维，开拓了新的路径。与前面所讲到的诸多创新相比，小镇入驻企业靠谱保是一个让我颇感"意外"的创业项目，它不仅仅拓展了传统保险的范围，更是对保险观念的一种颠覆，对金融乃至其他行业的创业者都极具启发意义。下面我们先从靠谱保一则策划案开始，领略他们的创意。

日前，又一个理财平台被曝陷入 19 亿兑付危机，其代言人张铁林顿时再度大热，民众要求"皇阿玛"承担责任。

按照新《广告法》，明星要被没收广告代言所得，以及处以广告代言所得一至两倍罚款。要是真的追究起来……

作为专注于保险行业创新的行业自媒体《保煎烩》，当然必不可少地咸吃萝卜淡操心。本着治病救人的原则，考虑到必须得有正能量，我们既不打算去骂街，也没打算去追责，只是在非常认真地思考：能不能有这样一款保险，在明星代言之前应该先煎饼馃子来一套，再去哟哟哟切克闹？

别笑，这不是腹黑，认真点儿！

【保险责任】

被保险人在保险期间内，因代言商业广告产生负面后果，导致被保险人形象受损，以至于无法获得后续商业广告收入，由保险人负责赔偿。

【保险期】

一年，三年，五年，十年，终身。

【保险金额】

投保前最后三次代言费平均值。

【费率】

代言费的 5%—15%。

【投保人】

明星个人或其经纪公司、传媒公司。

【免赔】

代言费的 30%。

【渠道费用】

30%。

如何运营？

以后凡是投保的广告，允许明星头像旁边加一行字：该广告和明星由××保险公司承保。

这样做有什么好处？

对保险公司而言，可以名正言顺地进入不同的产业链，比如理财、食品、医药领域，可以赚取大笔保险费；

对明星而言，不懂行业、专业带来的损失可以弥补；

对广告行业而言，可以借助保险公司的核保能力，来甄别谁好谁坏，以免被钱蒙蔽了眼睛；

对广告主而言，可以通过保险公司的核保能力，来帮助自己规避经营风险；

对老百姓而言，如果没有那行字，咱就不信 TA！

对电台电视台网站报纸等媒体而言，没有投保的广告咱就不给它上……

这是 2016 年 2 月登在深圳市靠谱保科技发展有限公司"靠谱保黑

板报"上的一个金融（保险）策划案。

这家成立于2006年的创新型公司，是集企业风控服务咨询、金融创新定制、金融风险解决方案为一体的Fintech（金融科技）服务运营商。核心团队来自深圳、香港、北京金融科技领域，通过"金融＋科技"手段，为多个行业企业提供风险控制、"金融＋科技"产品和服务。

2016年，靠谱保进行改建，并正式入驻前海深港青年梦工场，开始了在梦的港湾的起航。

靠谱保CEO吴军说："作为一种金融工具，保险能发挥对市场的调节作用。如果一个企业购买了食品安全责任保险、产品质量保证保险，保险公司由于不希望企业发生意外而导致赔偿，就会介入企业的采购、生产等环节，对其进行监督。运用好保险这个工具，可以解决企业的一些痛点。比如我们在做的混凝土质量保障风控解决方案，可以帮助企业提高销量。卖方可以向买方说明，已经给混凝土购买了产品质量保险，如果发生意外，保险公司会承担风险，从而让买方放心。而为了减少赔偿，靠谱保就要对混凝土质量定检定查，要确保原材料（沙子、石子颗粒物的质量）、工艺和运输过程的全程监控。混凝土加水就会降低硬度，因此当遇到降水天气时，就会要求施工方在混凝土上及时覆盖草帘子，加强养护。"

"保险之上，万物生长"，生活中各种情形都可能涉及保险。但在现实中，很多情形传统的保险公司是不会承保的，而靠谱保团队所要考虑的则是如何通过"金融＋科技"，让这些不可控制的风险变成有效可控。如果风险没有发生，那就根本不用担心损失。

1970年出生于沈阳的吴军，毕业于燕山大学，1994年来到深圳发展。

吴军以前在中国平安深圳总部担任高管，对于传统保险业相当熟悉，对于保险业的空白和个人、企业各方面的保险痛点也都了然于胸。

体制内的保险业务基本上是规划好的，而对于靠谱保这样的团队，他们要做的，就是把人家不规划的业务变成自己规划的业务，运用大数据和互联网技术，用"科技＋保险"和"互联网＋保险"的方式，开拓新兴的保险领域。

以慢病风险控制为例。慢病管理，关键在于对过程的控制。在医疗服务领域，靠谱保与健康管理公司、大数据公司、智能硬件公司等机构，针对糖尿病的控制，合作推出了糖尿病健康管理保障方案。以往保险公司只卖保险，不能解决控糖问题；健康管理公司只提供健康管理方案，但缺乏金融工具的支持；智能硬件厂商只负责提供数据，而制定个性化的健康管理方案，又需要大数据的支持。靠谱保所要做的事情，就是通过设计风险控制模型，把这几方整合到一起，满足 C 端（消费方）用户的需求。

对于用户而言，健康保险"防患于未然"的意义显然大于"减损于已然"，保险在其中的作用可以看作"定心丸"。针对慢性病患者，靠谱保提供了智能硬件监控慢病，主动干预式医疗服务，定制专项慢病保险，为最需要的病患群体提供一揽子控病方案。

2017 年 10 月 13 日，音乐笔记 2017 秋季产品发布会在上海召开。音乐笔记隆重发布了全新子品牌——大眼睛钢琴陪练及相关服务，同时宣布与靠谱保科技、中国人民财产保险股份有限公司共同携手，推出首款获得保险公司承保的教学服务产品——音乐笔记钢琴考级培训费用损失保险。

全国有几千万的练琴儿童，练琴效果如何量化是所有琴童、家长最为关注的问题。靠谱保联手中国人民财产保险公司，第一次推出了钢琴考级险。当"智能硬件＋教育服务＋互联网"出现后，通过多种技术手段协同作用，使远程教育考试通过率及授课质量得到有效提升，从而也促使其中的"金融保险"环节得以施展。这是"技术＋金融"落实到民生层面的典型案例，也是靠谱保科技的又一杰作。

靠谱保凭借互联网保险创新与行业应用经验，近年来，通过创新风控核心技术，以"科技＋保险"赋能行业，在健康、文体、教育、零售、制造业这些传统保险很少触及的领域频频发力，成为业界的一座风向标。

"我们银行"（WeBank）的价值链

与靠谱保"科技＋保险"开拓行业细分市场相似，作为中国第一家民营银行，微众银行也以"科技＋银行"的发展策略，聚焦普惠金融，通过差异化、特色化经营，服务大众和小微企业，不仅为商业银行提供了新的发展思路，还为中国金融改革提供了参考蓝本。

微众银行成立于 2014 年 12 月 16 日，是第一批获批的 5 家民营银行之一。微众银行的英文名称叫 WeBank，直译就是"我们银行"。这家银行创立的初心就是要让金融普惠大众，秉持"科技、普惠、连接"的愿景，坚守依法合规经营、严控风险的底线，专注为普罗大众和小微企业提供更为优质便捷的金融服务，同时不断拓展服务的广度、深度，形成可持续的数字普惠金融发展模式。

截至 2021 年 9 月 28 日，微众银行服务个人客户突破 2.9 亿，服务小微企业法人客户达 227 万家，客户增长速度在国内外商业银行发展史上前所未有。在民营银行中首屈一指，已跻身中国银行业百强，并被国际知名独立研究公司 Forrester（弗雷斯特）定义为"世界领先的数字银行"；分别获得穆迪和标普"A3"和"BBB+"的评级。

2015 年 1 月 4 日，新年元旦假期后的上班第一天，李克强总理来到深圳前海微众银行考察。这家刚刚由银保监会正式批复筹建的民营银行，是国内第一家开业的互联网民营银行，刚开业 20 天。相较于传统银行，微众银行没有柜台、没有信用审核，更无需抵押贷款，而是"以信用作担保，用数据防风险"。

"我们今天刚好准备放出第一笔贷款，不知道能不能请总理做一个见证？"银行负责人郑重其事地问道。

李克强微笑着接受了邀请。

银行负责人在电脑键盘上敲击了一下回车键，很快，终端机就吐出了一张小小的"借据"。

这是微众银行的第一笔放贷业务，货车司机徐军足不出户，就获得了 3.5 万元的贷款。

"这是微众银行的一小步，却是金融改革的一大步！"李克强欣喜地说。

现场响起了一阵热烈的掌声。

"我做了见证，可不代表政府为这笔贷款担保啊！"李克强幽默地强调。

"我们的软件都有安全控制，银行也会自己注意防控风险！"银行负责人立刻回答。

李克强又郑重地指出，互联网金融一定要适度发展。"政府要为互联网金融企业创造良好的发展环境，让你们有'舒适度'，不再被绑住手脚。同时，你们也要有一道防控风险的'防火墙'。"

银行负责人向总理模拟演示了一位个体创业者的在线放款流程。他拿起手机，将摄像头对准自己。很快，软件系统便识别出他的身份，并与公安部门的身份数据匹配成功。而在"刷脸"认证的同时，通过社交媒体等大数据分析，软件自动将他的信用评定为 83 分，同意授予贷款 3.5 万元。

"这么快啊！"总理感叹道。

"是的。我们的大数据系统汇集了40万亿条数据信息，因此我们不需要调查信用、上门担保，整个服务完全依托于互联网，省下的人力成本又全部返还给这些小微企业。"这位负责人回答。

"你们的利率是多少？"李克强问道。

"7.5%。"

"还可以进一步努力降低利率，让大众创业的成本大幅度降低，让小微企业有更大的发展，"李克强鼓励道，"你们是第一家互联网金融银行，第一个吃螃蟹，同时，你们也是在倒逼传统金融行业改革。"

"我们一定继续努力！我们的理念就是要服务小微企业和普罗大众。"银行负责人肯定地回答。

李克强称赞："微众银行'服务小微企业和普罗大众'的理念非常可贵。金融行业要致力于普惠，要让普罗大众都念你们的好！"停顿了一下，他又接着强调："互联网金融不仅要倒逼传统金融改革，也要与传统金融融为一体，开展同业合作，共同实现普惠金融。"

总理临行前，银行一位员工送给他一个企鹅玩偶。"这是微众银行的标志，也有'冰天雪地抱团取暖'的含义。"

总理握着手中的企鹅说："企鹅'抗冻'的精神值得肯定，但作为政府，要为互联网金融提供便利的环境和温暖的春天！"

从创立伊始，微众银行就将自己定位为服务小微企业和普罗人众的互联网银行，"微众"这一名称就代表了银行的愿景与使命。银行坚持差异化市场定位和服务小微的业务特色，瞄定了小微企业和普罗大众，解决传统金融不太好解决的一些问题。在个人领域注重关注"二八结构"中80%的"长尾"人群、社会金字塔的基座即中下层的人群；在企业端则侧重关注小微企业和个体工商户。

在微众银行负责人看来，微众创立的目的就是对中国银行业的一个有力的补充，探索采用科技手段来解决小微企业的融资痛点，推动解决传统金融业不太好解决的难题，从诞生伊始就被定位为中国银行业改革的产物。

创立 7 年多来，微众银行一直坚持着自己的"四项基本原则"：一是坚持服务大众、服务小微企业的定位。二是坚持差异化、特色化经营，也就是别的银行已经在做的微众可能就不去碰，别的银行做得好的微众不和它有正面冲突，微众要做别的银行做不了或者不愿意做，同时又是特别需要去解决的迫切的金融难题，在银行产品、金融产品和业务模式方面实现差异化、特色化经营。三是坚持合规经营，严守风险底线。微众银行是一家持牌银行，与传统银行在本质上并无区别，只不过是采用了互联网的形式去开展业务，因此它要像传统银行一样，合规经营，严守风险，全面接受中国银保监会和中国人民银行的监管。四是坚持人才创新驱动。银行的发展依靠的是科技创新，微众银行半数以上的职员是科技人员。历年来科技研发经费投入占营业收入的比重均超过了10%，居全球银行业前列。2020 年微众银行的研发费用为 19.44 亿元，比 2019 年同比增长 41.72%；科技人员占比 56%，其中本科及以上学历占比 98%，硕士及以上学历占比 38%，人员组成既有金融科技特色，也与微众银行自身的发展需求相匹配。

微众银行也常常被人们视为一家金融科技公司，但是与其他金融科技公司不同的是，微众银行是一家持牌机构，接受全面监管，接受各种各样的资本约束和杠杆约束，并且全部被纳入宏观管理体系。譬如，腾讯是微众银行最大的股东，但是它的持股上限一直不高于30%，这是因为按照国家监管机构的要求，不允许在一家民营银行中一股独大，担心一股独大后，这个大股东存在"掏空"民营银行的风险或者利用银行融资造成金融风险。因为银行的属性是大众的，具有社会的公共属性，所以监管机构要求第一大股东持股的最大限度为30%。这也说明了腾讯和微众银行的关系：腾讯是微众银行的第一大股东，但并不是控股股东；微众银行和腾讯是两家独立的机构，包括微众银行的科技研发也是自成一体的，与腾讯科技平行，双方是平等合作的关系，微众银行的经营管理也是独立的，符合监管要求。

微众银行在科技上的创新和应用可以用"ABCD"来概括，在人工智能（AI）、区块链（Blockchain）、云计算（Cloud）和大数据（Data）等关键核心技术的底层算法研究和应用方面，微众银行都已走在行业前列。

人工智能方面，微众银行发布了全球首个工业级人工智能联邦学习开源框架 FATE；建立了自研的人工智能客服系统；采用业内领先的人脸识别与活体检测技术，推出金融级远程身份认证产品；构建了开放的人工智能营销解决方案，实现高价值产品的精准获客与用户价值提升。广泛应用机器人客服，微众银行的接听电话、催收款电话客服等 98%是由智能机器人来完成的，这就可以确保微众银行只需几百名的人工客服就能完成别的银行一两万人的工作。

区块链方面，微众银行联合国内多家金融机构和科技企业共同发起成立了深圳市金融区块链发展促进会（简称"金链盟"），并搭建了金融级的区块链底层平台 FISCO BCOS。作为最早开源的国产联盟链底层平台之一，FISCO BCOS 开源社区现已汇聚超过 2000 家企业及机构、逾4 万名社区成员，社区内超 120 个项目在生产环境中稳定运行，现已是最大、最活跃的国产开源联盟链生态圈。区块链的应用还有一个重要的方面就是区块链存证。银行放贷难免会遇到一些不按期还款或者逾期不还的情况，这就需要进行催收，甚至打官司、走仲裁等，这样成本势必很高。而成本太高的话，作为一种微利的银行业务，可能就开展不下去。想要解决这样一对矛盾，就需要想方设法降低整套体系的成本。催收成本高的一个重要原因是，每次银行和客户发生纠纷时，银行都需要提供包括借据、合同、历史资料等材料，而所有这些材料在法院质证时都需要打印成纸质版并盖章送上法庭。微众银行每天处理的业务都有好几万笔，如果要逐一盖章、存放纸质的材料，那么，就很快会堆满整个屋子，既繁琐费力费钱，又不方便查询。于是，微众银行便采用了区块链技术。全都采用电子合同、电子文本，通过数字加密技术处理后，在区块链上打上一个数字戳进行存证。而且现在，法院也认可数字化的证明材料，无需专门提供纸质盖章的材料。通过区块链存证，极大地提高了银行诉讼的效率，原先可能需要几周时间才能提交上去的资料，现在几乎是分分钟便可解决，效率提高了数十倍，成本也就极大地降低了。

云计算方面，微众银行构建了国内首个基于安全可控技术的全分布式银行系统架构，成功建立同城多中心化架构，并把 ARM 服务器部署使用在自身核心的金融业务场景中，从而真正实现了关键核心技术 100% 自主研发和银行核心系统软硬件的全面自主可控。该项目荣获中国人民银行"2019 年度银行科技发展奖"一等奖。国产鲲鹏芯片在银行落地应用试点项目，是微众银行在底层硬件资源进行鲲鹏芯片技术（简称"ARM 架构"）应用突破的关键项目，同时也是微众银行科技规划的一项重要内容。从资源使用场景出发进行深度分析，从核心基础组件、核心业务应用系统、银行交易系统等方面全路径持续推动银行系统硬件国产化，从而真正实现银行核心系统软硬件的全面自主可控，为落实安全可控的国家战略和掌握核心技术能力奠定了坚实的基础。

自主可控是我国科技领域的一大痛点，也是银行业的一个短板和弱项。目前，我国 90% 的银行采用的是美式设备，存在着严峻的潜在风险。微众银行率先采用了分布式系统，很好地解决了传统 IT 中不容易完成的大容量、低成本、高可用的效果难题。这套分布式系统采用的设备都是中国造，因此能够有效抵御风险，具备独立性，安全可靠。

银行实际上就是一本账。客户的存款，银行要记一笔账，贷款再记一笔账，因此说到底，银行不是工厂，没有生产线，不生产产品，账本就是银行的一切，账本就是银行的核心。微众银行采用的是分布式系统来管理这一本"大账本"。目前微众银行系统的主要架构是"三地八中心"：上海有 2 个数据中心，东莞有 1 个数据中心，深圳有 5 个数据中心。应用大量包片式的服务器来取代一台超大型的核心机器，一共使用了 10900 多台机器，分布在 8 个数据中心。

分布式技术就是没有中心化的一台大服务器来支持所有的银行客户，将用户存放在一个集群（私有云）里，这个集群由几百台服务器构成。这些服务器都可以采用国产品牌。这个集群就相当于一项私有云的技术，可以支持几百万的客户。许多个集群串联起来，就可以支撑微众银行所有的客户，也就是可以将全部的客户分散到不同的集群中。这样，就极大地降低了服务器的成本。而且，这种系统拥有很强的容错性，即便个别服务器出现问题，也还有位于三个不同数据中心的其他服务器可以支撑来为客户提供服务。因此，这就相当于每一个客户都有三套系统同时在支撑他、服务他。就像一个人拥有三颗心脏一样，即便一颗心脏坏了，还有另外两颗心脏依旧能够跳动和运转。因为这三套系统又分属于三个不同的数据中心，所以数据中心的安全等级很高，不会轻易出错，即便是遭受像 2018 年"山竹"那么强烈的台风也没有破坏到深圳的数据中心。每个数据中心除了有两套室内供电外，还有不间断的UPS 电源和柴油发电机等，可以确保数据中心不间断地提供服务。

这种分布式系统还有一个好处是具有弹性，可以不断地扩大和增长，可以随时扩容，按照需求去扩展。通常，系统只需 30 多个小时就能完成一次扩容。

分布式系统还具有高可用性。因为它具有很好的容错性，不会轻易宕机，现在能够实现 99.99935%——"5 个 9"的可用性。平均下来，一年里大约只有 5 分钟的时间系统有可能会受到影响。这比一般银行要求的 4 个 9——一年有半个多小时不可用着实提高了不少，因此在可用性方面，微众银行达到的是电信级的水平，这在银行业中是很高的。与此同时，微众银行的分布式系统还可以支持随时上新的版本和进行产品变更。传统银行的变更通常需要选在夜里 12 点左右进行，因为怕影响到客户的使用；微众银行的变更和版本上新却可以在白天进行，这被称为"灰度发布"。一般是用两天的时间把新版本部署上去，试运行正常后，再把它正式部署进去。

目前，我国大多数的银行采用的是核心式系统，就是把银行的全部账目都存放在一台超大型的核心机器中，这台机器通常是由 IBM 公司生产的。现在，也有一些大银行想努力地推出、重装分布式系统，但是核心系统体系就是银行的一切，要换掉，就相当于人的换心手术。因此，大银行要改用分布式新技术，一是需要有技术，二是需要下大决心，需要承担很大的责任。核心系统必须确保主机始终可用，不能宕机。有的银行便改用两地三中心：在本地建两个数据中心，一个数据中心保持运行，另一个数据中心则处于休眠状态——叫作冷备。万一前面的这个数据中心坏了就切换到冷备；本地的数据中心坏了，则切换到异地去。但是，这种设备投入十分昂贵，而且只能采用国外的设备。这些必然都存在着技术"卡脖子"的问题。同时，这种采用昂贵的核心系统的方式，也导致了银行的账户管理成本居高不下。大银行每个账户每年的管理成本需要几十块钱；规模小一些的银行，则可能需要上百元到几百元。而微众银行，2020 年营收近 200 亿元，服务客户 2.7 亿。一年下来，一个客户平均只为微众银行带来了 70 元的收入。这点钱对于传统银行而言，还不够其管理账户的成本。这也是促使微众银行采用分布式技术来管理账户的一大原因。采用这种方式管理账户，可以将每个账户的管理成本降低到 2.7 元，这样就能从根本上保证微众银行的基本盈利面。这就意味着，一个客户即便只在微众银行存款 100 元钱，按照存贷款之间两三元的利差，那么，微众银行一年就能够将成本覆盖。而如果客户在大银行里存款 100 元，那么大银行肯定是要赔钱的。这，也是微众银行之所以能够做到普惠金融往下沉的一个重要原因。

分布式系统还有一些优点，包括可以进行 AB 测试。譬如可以同时设计两种方案，同时上互联网进行 AB 测试，也就是通过并联的方式测试哪个版本更优化，这样就能够实现更快地上版，研发新产品的效率也就得到了很大的提高。通常，银行业几个月才能够上一个新产品，而微众银行通过这种分布式系统就能够实现平均十天上一个新产品。

这套分布式系统还更敏捷、更快速。市场上要推出新产品，要进行产品迭代，就需要快速占领市场，这是互联网时代非常重要的一项核心竞争力。因为分布式系统的硬件都很便宜，又没有对外依赖性，不存在"卡脖子"问题，使用的芯片、服务器都是国产的，从硬件到软件，从顶端上的自主可控都已完全实现。这些都极大地降低了银行管理账户的成本。更为难能可贵的是，因为其系统架构都是按需使用，算力的使用效率比较高，碳排放量相对就比较低，所以整个模式都比较绿色。全程电子化、网络化，客户不用跑路，全程只需在线上、在手机上就可以完成所有的业务，因此这种互联网的经营方式、数字金融的模式本身包括技术都是绿色的，高科技推动了低碳排放。因而分布式系统具有行业代表意义。

大数据方面，微众银行主要应用丁精准营销和风险管控。针对传统风控方式存在的信息不对称、数据获取维度窄、人工采集成本高、效率低等缺点，微众银行选择以大数据为核心，构建与完善风控规则，运用逻辑回归、机器学习方法，建立了一系列的数字普惠金融业务风控模型及反欺诈能力，微粒贷、微业贷等核心产品亦基于此严控风险。通过运用大数据和前沿科技手段，微众银行成功地实现了在业务稳健快速增长的同时，有效地管控风险，不良贷款率始终保持在 1% 左右，处于同行业较低水平。与此同时，微众银行将主要技术成果在国内外全面开源，逐步从开源技术的受益者转变为贡献者，并积极为若干行业及其主管部门提供基础设施、协助创造科技生态和建立行业标准。

正是由于充分利用了这些高科技的 ABCD，微众银行真正做到了能够 7×24 小时不间断地为客户提供服务，金融交易每日的峰值笔数达到 7.5 亿笔。这一数据同工行、中行、农行基本上处于同一水平线，但是，微众银行的职员总数却只有这些大银行的十几分之一甚至几十分之一。现在，微众银行的有效客户已达到 3.2 亿。2020 年，微众银行生成的贷款总额为 5800 多亿元，2021 年达到 7800 多亿元。管理的资产包括存款和代销理财等，总额已达到万亿级水平，营业收入和利润增长率都非常高，2020 年尽管受到疫情影响仍旧获得了 25.5% 的增长。这，在同行业中是位于前列的。2020 年纳税 25.5 亿元，不良贷款率控制在 1.2%，而 2020 年中国银行业的平均不良贷款率是 1.86%。

在民营银行创立之初，国家发布了《关于促进民营银行发展的指导意见》，明确提到，在坚持特色经营、创新模式方面，民营银行要与现有商业银行实现互补发展，错位竞争，特别是为中小微企业、"三农"和社区提供更有针对性、更加便利的金融服务。作为首家开业的民营银行，微众银行始终将目光聚焦于整个银行业的创新和差异化发展。在其之前没有任何成功的经验和个案可供借鉴，这就注定了他们要步入一个充满挑战和难度的"无人区"，去探索全新的业务模式。

2015 年 5 月，微众银行首款产品"微粒贷"上线。与传统金融产品不同，微粒贷面向城市中低收入人群和偏远欠发达地区的广大民众，并且实现了全线上、纯信用、随借随用的目标。

这项产品一经推出即引起巨大反响。使用这个产品的大多是受教育程度不高的蓝领，大都是以往银行服务不到"被遗忘的人群"。以往这些人群因为缺乏信用记录，缺乏借贷记录，因此很难申请到贷款。而现在，他们依据个人信用，微众银行就可以实现全程在线审批，给出贷款额度并且在一分钟之内完成放贷过程。这样一来，这些少有贷款记录的人就可以开始有自己的贷款和征信记录。因此，这也是对国家基础设施建设的一个很大的帮助。

到 2018 年 9 月，微粒贷的有效客户突破了 1 亿人。目前，微粒贷客户已突破 2.9 亿人，覆盖全国 31 个省（区、市）逾 560 座城市。约 80% 的贷款客户为大专及以下学历，约 78% 从事非白领服务业或制造业。微粒贷成本较低，笔均贷款仅 8000 元，且因按日计息、期限较短、随借随还，今天在线提交申请明天即可还款，十分便捷，所以约 70% 的贷款总成本低于 100 元。

微众银行还在服务特殊人群特别是残障人士方面下功夫，将"阳光雨露"洒遍那些易被忽视的人群。

早在 2016 年，微众银行微粒贷就成立了专门的手语客服团队。在金融服务中，微粒贷是全国范围内第一家增设手语视频客服的银行借款产品，利用远程视频的方式提供手语服务。此外还通过人工 +AI 智能系统提供 7×24 小时的客户服务。

为了给听障用户提供无障碍的服务，微粒贷聘请资深手语老师担当手语客服领头人，逐步形成了专门的手语客服团队，并为视频手语服务搭建了专门的网络设备。微粒贷视频手语客服可以用于确认听障用户的身份信息，核实用户借款意愿，并协助用户完成借款流程以及借款前后的咨询等服务。

这些聋哑人以前几乎贷不了款，也贷不到款。他们通常从事按摩、擦鞋、洗脚等服务性工作，若想开个小店什么的，创业过程中也特别需要贷款。但是，如果要找银行贷款，单是在沟通上就会存在很大的困难。微众银行采用的是全数字化的线上申贷方式，当聋哑人在线上首次申请贷款时，微众银行会在网络上给出贷款额度。当他们要具体提款时，微众银行客服会专门给贷款者打电话或通过视频方式来进行核实。核实无误后，就会第一时间放款。

这些聋哑人在不到一分钟之后就拿到了自己人生中的第一笔贷款时，几乎无一例外都会手舞足蹈，兴奋万分。

家住上海的聋哑人张瑛是一名建筑师，因为某些缘故，张瑛准备购买新款手机时手头缺钱。

但张瑛不愿意向家人朋友借钱，怕给他们添麻烦。这时，他想起了通过手机 QQ 了解并使用过的微粒贷。于是便在手机上操作申请贷款。几分钟后，贷款就到账了。微粒贷给他的感觉是非常人性化，贷款简单方便，又快又好。

在他看来，微粒贷对于像他一样的聋哑人来说的确是一件好事，既可以缓解经济压力，而且借款还款也很简单。因此，他对微粒贷充满了感激："微粒贷满足了大家周转等需求，也帮助我体面地生活。将来如果我创业需要资金的话，我还会继续使用微粒贷。"

我国的视障群体约有 1700 万人，为满足视障群体迫切的金融需求，2019 年年底，微众银行联合深圳市信息无障碍研究会，通过一系列调研、需求诊断、研发及无障碍测试，正式发布了微众银行 APP 4.0 版本。

该版本正式支持信息无障碍化服务，让视障人士可以在开启手机系统读屏功能后（iOS 系统可以开启"旁白"功能，Android 系统可以开启"屏幕朗读"功能），通过触摸、滑动、双击等操作，结合系统读屏功能的语音提示，在听到自己所需要的功能时，通过双击来"进入"功能，这样即可顺利使用 APP 无障碍地完成开户、转账、购买理财等服务。

经过本次无障碍技术升级后，视障人士的手指在摸索屏幕过程中，遇到按钮时读屏功能便会自动进行语音提示，再次双击即可进行确定，进入对应页面或流程。依据语音提示，视障人士就可以依次完成"转出—输入金额—确认转出信息—输入密码—完成转出"等操作。

微众银行对残障人士贷款客户的表现进行了持续的跟踪，结果令他们十分感动。由于残障人士原本就很难获得金融服务，而从微众银行，他们获得的竟是一种纯信用的贷款，而且在一分钟之内就能拿到贷款，因此这些残障人士都特别珍惜，每次还贷都相当准时，整体的贷款表现和健全人群基本差不多，甚至还要略好一些。

微众还积极发挥"联合贷款"模式的引导作用。早在2017年，微众银行就通过微粒贷产品与中小银行合作，开展联合贷款，定向为贫困县贡献税收，形成了"微粒贷金融扶贫"项目。这样，那些地区的政府在拿到这笔资金后就可以用于补助支持"长尾"人群，帮助其脱贫。截至2020年12月底，微粒贷金融扶贫项目相继落地全国42个贫困县（其中国家级贫困县32个），累计贡献增值税约14.53亿元，为当地政府提供了源源不断的扶贫开发资金来源，有效助力当地脱贫攻坚。

在成功推出服务大众的微粒贷之后，微众银行瞄准了一个更为广阔的市场——小微企业的融资。这些企业以前亦很难贷到款，同时又特别需要银行的贷款支持。

2017年11月，微众银行推出了"微业贷"。这是国内首个线上无抵押企业流动资金贷款产品。微业贷以互联网和大数据为基础，以企业法人为贷款主体，让小微企业的流动资金贷款同个人互联网贷款一样便捷。这项普惠型小微企业服务，覆盖的正是传统银行业关照不到的企业"长尾"客群。

小微企业贷款难是一个长期存在、亟须破解的难题，主要是因为小微企业缺乏抵押物，风险较高，且单笔贷款金额较小，在线下开展这种业务既费时费力，绩效又低。小微企业要到传统银行去申请贷款，要么可能贷不到款，要么手续特别繁琐，周期需要两三个星期甚至一个月。

在此之前，银行业也曾对小微企业融资难、融资贵的问题不断地开展各种尝试，试图予以破解，包括采用"信贷工厂"和"IPC 微贷"。信贷工厂意指银行像工厂标准化制造产品一样对信贷进行批量处理。具体而言，就是银行对中小企业贷款的设计、申报、审批、发放、风控等业务按照"流水线"作业方式进行批量操作。但是，信贷工厂模式通常以抵押类的个人经营贷为主，要求必须有抵押品，因此贷款门槛较高。IPC 微贷技术核心是评估客户偿还贷款的能力。这种模式特别依赖银行客户经理对贷款客户的资质的评判，受客户经理个人素质高低影响较大。因此，这两种贷款模式都难以大范围地进行复制和推广。

在考量了已有的这些小微企业贷款的模式之后，针对小微企业的实际需求，微众银行在确保风险可控的前提下，尽可能地简化贷款流程，提高贷款效率，以更好地服务更多更广的小微企业，实现完全的线上化，开辟了一条完全不同的借贷路径。

微业贷主要服务三大行业客户：批发业、零售业、制造业。企业主登录微众银行 APP 或者企业微信公众号后，只需输入几个字段完成两重身份认证，一是企业的身份认证，二是企业主的身份认证，除此之外，无需提交任何材料，也无需任何抵押品。微众银行在客户授权的前提下，在后台将客户提交的数据资料拿去同政府的数据，包括税务、工商、征信等数据进行比对，通过一种模型运作，整个流程平均用时 54 秒，就能完成一次信贷的审批过程。即便是用户三更半夜急需用钱，也可以在线进行申请授信审批，因此用户的体验非常好。这项贷款的上限是 300 万元，一般授信是 40 万—50 万元，平均每笔贷款额约为 20 万元，每家企业平均借款 1.5 笔。这些企业的规模都不大，人员数量平均为 10 个人，60% 的客户贷款需要支付的利息总额不足 1000 元。

微业贷的实施战术路径是围绕着小微企业融资"短、小、频、急"的特点，借鉴微粒贷积累起来的互联网产品设计、大数据风控、数字化营销等普惠金融实践经验，专门针对小微企业法人而打造的一整套完备的、全新的贷款解决方案。微业贷无需抵押担保，无需线下开户，无需提供纸质材料。所有的客户信息均可通过手机授权之后由微众系统从后台自动获取，包括贷款企业的纳税信息、经营信息等，并且由系统自动进行审核评估，基本上无需人工参与。在风险管控上，微业贷通过线上打通，获取企业和企业主的各种相关数据来实现有效可控。微业贷的对象企业一定是有经营活动的，微众银行会收集企业的税务数据，只有那些有交税记录的企业才会获批贷款，而没有交过税则意味着这家企业可能没有经营活动，很可能是一个空壳公司。这样，利用数字技术，微众银行就可以确保企业是有税收、有实体经营的，而不是空壳公司，可以较好地规避欺诈贷款的风险。而由于所有的审核手续都是"让数据跑路"、让网络运作，因此微业贷的审批可以做到在一分钟内完成，真正实现了低成本、高效率、风险可控的目的。

只用了 3 年多时间，微业贷就已辐射到全国 29 个省（区、市），累计触达小微企业超过 240 万家，累计授信客户 81 万家，累计发放贷款总额超过 8700 亿元。其中，年营业收入在 1000 万元以下的企业占到贷款客户总数的约 80%，客户中有 60% 的企业是首次获得银行贷款。2021 年新增信贷户超过 7 万户，户均贷款约 66 万元，笔均约 26 万元，这些款项都不大，而且全都可以随借随还。有些企业主更是擅长精打细算，通常是周一借钱，周五还钱，这样就可以省掉周末两天的银行利息，真正做到"即借即用，即收即还"，资金周转速度特别快，这完全符合小微企业的经营规律。微众银行的微业贷从零起步，用了 3 年多的时间，便在全国企业型贷款中占比接近 6%，对首贷户的贡献率接近7%，并且继续保持着高速的增长势头，创造了行业内的一个惊人成绩。

在新冠肺炎疫情期间，微众银行也为小微企业开展了许多优化服务，包括响应国家的纾困政策，延迟小微企业还本付息、无本金续贷、降低利率、增加信贷投放等。2020 年，小微企业的贷款利率下降了 135

个基点，也就是 1.35%。如果按照投放 1000 多亿元的贷款资金算，利率下调 1.35% 就意味着将十几亿元的利润拱手让出。这，对于小微企业是很大的一个支持力度。

微众银行针对原先没有被传统金融机构、传统银行服务好的客户和领域进行了多方面的拓展，更多地关照"长尾"大众。他们还推出了微车贷、微众银行 APP、小鹅花钱等一系列的普惠金融产品，用户可以通过 QQ 和微信登录。

微众银行 APP 的优势，一是信息披露做得好，里面有各种产品的全部信息；二是客户体验做得好，提供的产品流动性好，收益也不错。微众银行不追求最高收益，而致力于实现更好的流动性。客户在 APP 上购买微众银行的产品，体验便捷，信息准确。譬如，微众银行 APP 可以直白地告诉用户，现在赎回某个产品什么时间可以到账，现在买某个产品什么时间开始生息，这些信息都可以清晰地告知客户，使其有一个更好的体验。目前，微众银行 APP 的用户已超过 2000 万。

小鹅花钱也是服务于"长尾"大众的。之所以称为"小鹅"，一是因为微众银行的 LOGO 是一只企鹅，二是因为"小鹅"又与"小额"谐音。微粒贷的额度是 500 元至 20 万元，而小鹅花钱的贷款额度则更低，通常就几千元。因此，这项服务更加下沉，能够关照到的人群更大，百分之八九十的用户是普通打工者。

姚辉亚是微众银行科技创新部门的负责人。有一回，他到一家饭店去吃饭，提前预订了一个包间，但是没能找到，结果走到后厨里去了。到了后厨，他向一个戴着白帽子的厨师打听某个包间怎么走。

那个厨师拿出自己的手机，在微信里问店里的同事：客人订了个包间，在什么位置，请帮助查一下。这时，姚辉亚一眼就看见他的微信里关注了小鹅花钱的公众号。他便问那个厨师："你也用小鹅花钱？那你也是我们微众银行的客户啊。"

厨师回答："是。"

姚辉亚又问："你是怎么知道小鹅花钱的？"

厨师回答："我们后厨的朋友都在用这个。"原来，这些小饭店的厨师收入都不高，一个月也就几千元。他们用小鹅花钱贷少量的资金，目的就是用于日常的生活周转。

由此可见，小鹅花钱的用户更为下沉。这也是微众银行差异化战略定位的一种具体体现，就是要充分利用自身的科技优势，去服务"长尾"客户和小微客户，服务那些过去未被银行服务好的对象。

这次的经历，让姚辉亚直观地感受到了自己工作的意义。

2017 年，微众银行首次获得国家高新技术企业认证，因为微众银行的科研人员占比高，科技投入占总营收的比例高，自主专利申请等各个方面的数据都达到了相当高的水平。这对于那些采用自研技术的银行而言是很难做到的，而微众银行整栋办公楼基本上就是一家科技公司，主要的员工都是程序员。从某种意义上说，微众银行的技术绝大部分是自研的，拥有专利。因此它在申请高新技术企业认证时，拥有得天独厚的优势。继 2017 年首次获得国家高新技术企业认证之后，2020 年又再次获得认证（该认证每三年进行一次）。

微众银行还将自己处理数据和 AI 的科技能力，赋能给其他的合作伙伴及平台，将自己的产品嵌入人们的日常生活之中。譬如，微众银行在京东到家、达达送、多点等平台上线了"微常准"。用户在购物结账时，在结算的界面上就可以选择"微常准超时赔付"。这样，假使这份订单送达有延误，那么，选择了"微常准"这项服务的客户，就可以根据订单具体的延误时间来获得相应的赔付金额。这是平台给予客户的一种保障、一项权益，也是一种合规的优质服务。

对于那些科创型企业，微众银行提供的贷款上限可达 1000 万元。深圳市对于科创企业的支持力度很大，政府有一份专门的白名单。微众银行在深圳已经给 300 多家科创企业提供了贷款，占深圳市科创企业白名单的一半以上。对于白名单上的科创企业，政府有一项特别的优惠政策，那就是给予其贴息贷款。譬如，如果贷款利息是 8%，政府给补贴 6%，企业只需付 2% 的利息。在过去，企业要申请贷款和补贴，流程无比复杂，需要提交一大摞的纸质材料，而且要到处跑动，跟多个部门打交道。现今微众银行和深圳市政府建立专门的合作，将自己的数据同政府的进行了对接。这样，科创企业用户在申请补贴时，只需在政府的网站上点击"我要申请补贴"，随后，微众银行就可以帮助他们将这一整套复杂的流程在网上完成，将数据同政府的进行交互比对，很快企业主就能拿到补贴。由于同政府拥有这种良好的合作，微众银行就能从客户的角度出发，竭尽全力去把这些科创中小企业服务好。

科技领域和数据分析领域是微众银行引以为傲的两大竞争优势。作为一家接受严格监管的持牌银行、互联网银行，他们一方面需要运用科技和数据分析能力为自身做好风险防护，把控系统风险；另一方面可以帮助其他机构包括政府部门做好系统风险的把控，譬如 2018 年出现的"P2P 事件"。

据统计，从 2018 年 6 月 19 日至 26 日，仅一周时间全国共有 42 家网贷平台出现问题。7 月，共有 183 家平台出现问题，其中 73 家平台提现困难，79 家平台失联，多家平台终止运营、跑路或者由警方介入，甚至存在平台诈骗。P2P 网贷行业爆雷潮在年中大规模爆发，由此带来了不计其数的信访投诉，问题成堆，一团乱麻，深圳市便是其中一个重灾区。原先主要依靠金融监管局的公务员加班加点不停地处理，微众银行及时伸出援手，提供了智能客服机器人。这样，用户遇到的大部分问题可以由机器人帮助回答，工作人员就可以专注于其他方面。P2P 平台出现问题以后，需要债委会举行会议做出决议，原来每一次决议投票都需要采用纸质投票的方式，微众银行帮助他们基于区块链搭建了一个网络决策平台。这样，债委会每一轮投票可以在线上进行。因而，无论是清退追偿还是决议等，效率都得到了很大的提高，用户的利益也都得到了最大限度的保障。

微众银行还将自己的科技能力赋能政府监管部门。以前，银行之间要进行"反洗钱"工作，大多是基于本银行的数据。但是，那些洗钱的人的账款都是在银行间转来转去的，因此单独依靠一行一监是很难发现的。微众银行便与商业银行合作，通过"联邦学习"的形式来进行反洗钱。联邦学习本质上是一种分布式机器学习技术或者机器学习框架。联邦学习的目标是在保证数据隐私安全及合法合规的基础上，实现共同建模，提升 AI 模型的效果。联邦学习这一理念的优势在于银行之间联合建模，彼此数据不交换，其背后是交换模型而不交换数据。这样，就能在尊重隐私的情况下实现联合建模。这个数据运行起来后，便可较好地实现反洗钱的目标。

微众银行还帮助银保监会开发大数据平台，监测整个城市众多机构的风险，帮助他们更好地发现风险、防范风险。微众银行将这些科技都赋能给政府部门，使他们能更好地监管整个行业。这种赋能，一方面是微众银行为政府的监管做出了贡献，另一方面也间接地增强了政府监管部门对微众银行的信任，增进了互信，创造了一种新型的监管与被监管的关系。这，都是史无前例的。

作为第一家互联网银行，微众银行始终敢于先行先试，做"第一个吃螃蟹的人"。

2017 年起，微众银行主动面向全球开源区块链技术，围绕 FISCO BCOS 共建国产开源联盟链生态圈，促进区块链技术和应用生态蓬勃发展。FISCO BCOS 已汇聚 4 万余名社区成员，并成功帮助合作伙伴在生产环境落地百余个应用案例，成为最大、最活跃的联盟链生态圈。

2019 年 12 月，微众银行牵头打造的 FISCO BCOS 入驻国家信息中心顶层设计的区块链服务网络 BSN，成为 BSN 中首个国产联盟链底层框架。

2020 年 4 月至 5 月，微众银行与中国进出口银行深圳分行和国家开发银行深圳分行达成了共计 50 亿元的"转贷款"合作，用于微众银行向符合条件的小微、外贸、"三农"企业提供融资，发放的贷款覆盖了近万家小微企业。

2020 年 5 月 10 日，"粤康码"与"澳门健康码"互认系统正式启用。微众银行提供区块链开源技术支持，促进粤港澳地区健康码互扫互认项目落地。

2022 年 1 月 6 日，微众银行（微信支付）数字人民币钱包上线，腾讯接入数字人民币开始提供服务。

……　……

微众银行登台亮相已经 7 年多了，它的探索前行给中国金融业带来了许多深刻的影响和变革：其首创的分布式银行系统解决了传统银行产品更新换代慢、产品选择少的问题；其在高新技术领域的重点投入，如发布全球首个工业级人工智能联邦学习开源框架 FATE，运用人脸识别与活体检测技术，推出金融级远程身份认证产品，建立自研的人工智能客服系统，并将人工智能用于营销解决方案，一方面降低了金融活动中的人工成本，另一方面也提高了小微企业等普惠金融主体的贷款效率；而来自微信支付等平台的海量消费数据，又为微众银行搭建、更新风控模型提供了强大的数据支撑，使其有底气飞速扩张。微众银行对数字科技的运用，不仅为商业银行打开了新的发展思路，也在业务层面不断倒逼传统银行进行产品创新和转型。

会计师事务所的低碳

会计是金融不可或缺的组成部分。毕马威智能创新空间、普华永道中国创智中心扎根前海，不仅扩展了前海的金融版图，更是对前海金融业务走上国际的一种力量加持，通过它们的业务以及管理模式，我们看到了前海创新与开放的另一面。

毕马威（KPMG）是国际四大会计师事务所之一。这是一家成立了100多年，网络遍布全球的国际化专业服务机构，专门提供审计、税务和咨询等服务。1983年，毕马威在中国设立了首家办事处，1992年毕马威成为首家获批在国内合资开业的国际会计师事务所。

毕马威的优长是审计，能够在查核企业财务数据的基础上，进一步了解企业的实质问题，同时可以为客户进行风险管理和内控审阅，提供信息安全、安全电子商务、业务持续经营管理、项目风险管理和信息技术战略等，以及个税和企业所得税、关税等相关事项的建议，帮助企业充分享受国家和地方当局的税务减免政策，为客户提供财务咨询等业务，协助实施务实有效的战略。

2021年3月，毕马威智能创新空间大湾区中心落户前海。目的在于结合毕马威在审计、税务和咨询领域多年的专业经验及能力，基于人工智能、区块链、云计算、大数据等数字化技术，研发行业解决方案及产品，助力客户进行数字化转型，深度参与粤港澳大湾区建设。

毕马威智能创新空间大湾区中心合伙人孙乐成介绍，香港本地和跨国企业数字化转型的需求强劲，毕马威在香港设有咨询团队以拓展当地的客户，并与深圳团队一起沟通合作交流，在香港接单，在深圳研发，共同为客户提供满意的服务。

在服务香港客户时，他们发现，香港金融和专业服务人才丰富，但科技人才不足，包括技术开发管理不及深圳。为此，毕马威智能创新空间大湾区中心决定采取大湾区跨区域解决和协作机制，选择落户前海，充分利用深港两地组成合作团队，由香港团队负责开拓业务，深圳团队负责技术研发，以共同满足香港客户需求。现在，由于受疫情的影响，香港等地企业科技咨询和数字化转型的业务需求特别多，此类业务迅速攀升，商机巨大。

早在 2017 年 10 月，毕马威智能创新空间就已在南京成立。作为一个技术研发和交付中心，经过两年多的发展，智能创新空间已经达到了预期的规模。这时，毕马威就想在深圳再建一个中心。一个考虑是因为深圳的经济活力非常强，本地业务需求旺盛。另一个考虑，就是要靠近自己需要的人才，深圳汇聚了全国的 IT、数字化技术等各方面的人才。综合考量各种因素，2021 年 3 月毕马威智能创新空间大湾区中心在前海正式落地。

当然，毕马威在决策过程中也考虑到了前海的政策、环境和技术条件，包括企业所得税和经营管理者、海外回国工作人才个人所得税的税收优惠，以及入驻企业的租金优惠等。

落户前海后，毕马威智能创新空间大湾区中心的业务重点还是放在香港，因为香港的金融机构非常多，并且在云转型、区块链应用、AI 应用、大数据等数字化转型方面需求旺盛。

2021 年毕马威智能创新空间规模已近 400 人，2022 年将发展到 600 人。毕马威智能创新空间的规划是要在全国东西南北每个区域都设立一个中心。目前南京中心已接近 300 人，大连中心正在紧锣密鼓地筹建，下一步在西部也将设立一个中心。

近年来，国内在数字化技术方面的业务也得到了飞速增长。会计审计是毕马威的传统业务，其初进入内地时，也主要是经营这方面的业务。经过这些年迅速的发展，毕马威中国的员工总数已达到 14000 多人，业务涵盖了会计审计和税务咨询、风险交易管理咨询两大方面。在成立智能创新空间之前，毕马威在中国开展数字化 IP 方面的实践主要是依托外部的一些供应商。随着数字化转型的发展，毕马威内部也需要拥有自己的数字化技术团队，而在对外提供风险咨询、风险管理等领域同样需要一些数字化的技术，于是便设立了自己的数字化转型的平台 —— 毕马威智能创新空间。毕马威智能创新空间将结合毕马威自身的业务和数字化技术，陆续向市场推出产品。

结合新型技术，AI 无疑是个热门领域。比如计算机视觉在企业机构中的应用，首先是将文件图片及其中的文字转换成机器可以识别的语言，其次是对自然语言的处理，要理解语言文字的语义，并由此生发出相应的结构化与非结构化的信息。在这方面，智能创新空间专门打造了一个 AI 平台，为企业生成 AI 解决方案。

大数据平台既是毕马威内部数据处理方面的需要，也是帮助客户群体做数据处理和分析的需要。以 AI、大数据和区块链技术为基础，结合对企业业务需求的认知，为企业提供一系列的解决方案。

在前海注册成立的同时，毕马威智能创新空间大湾区中心也在陆续地开展业务，与咨询团队合作参与了多家大湾区头部企业的数字化转型项目。除此之外，政府机关需要规划一些经营运营模式，有些企业入驻前海后有一些相应的业务需求，所有这些都是毕马威智能创新空间大湾区中心的合作机会。

孙乐成是黑龙江人，1972 年出生。大学本科毕业于中国科学技术大学自动化自动控制专业。1996 年毕业后进入中石化大庆石化总厂，从事自动化控制工作。1997 年南下深圳，曾先后供职于 IBM、华为、顺丰等企业，随后进入毕马威，负责智能创新空间项目。

毕马威中国华南区市场副总监刘伟衡是一名 80 后的香港青年，2010 年从香港大学毕业。刘伟衡的工作时间虽然不算长，但是工作经历却相当丰富。大学毕业后，他先去了一家银行工作。随后，就被一家新加坡的上市公司"挖"去负责开拓东南亚市场，回到香港后，他参与了安防方面的工作。2016 年，他又到北京创业，开展在线英语教育。

2018 年，刘伟衡应聘到前海管理局驻港办，从事政策分析和产业引导相关工作，发挥港人"中西合璧"的桥梁作用。在此期间，他经常在香港和深圳两地奔走。

2019 年他进入毕马威，主要处理涉及政府的业务，包括政府延伸的行业企业，帮助地方政府对标香港的一些制度，提升营商环境。他的求学和工作经历，让他可以很好地发挥连接深港两地的桥梁作用，帮助更多的香港资金和企业投资内地。

与毕马威同样闻名的普华永道，是具有全球影响力的会计师事务所。自 2003 年中国注册会计师协会首次发布行业百强排名以来，普华永道已连续 18 年位居第一。以"解决重要问题，营造社会诚信"为企业使命，普华永道注重高品质的专业服务，赢得了市场和客户的认可。

早在 2017 年 3 月，普华永道中国创智中心总部便落户前海，成为在前海办公的第一批港资企业。之所以选择前海，是因为普华永道领导层预见到前海营商环境必将不断优化和前海作为深港合作区桥梁的重要地位。

"从一开始，我们就有个前海梦。之所以选择在前海落地，是因为这里的营商环境适合我们发展壮大，"普华永道中国创智中心总监许维钰说，"前海在法治环境、创新环境、税收营商环境等方面都具有独特优势，而且作为深港现代服务业合作区，前海一直在不断地为港人港企拓展空间，真正做到让港澳人才充分享受在内地发展的红利。"

普华永道希望立足前海蛇口自贸片区的战略发展前沿，建立创智中心平台，用创新的解决方案、尖端的科技和富于洞见的商知，服务于深港企业乃至整个中国市场。

普华永道各成员机构组成的网络遍及 156 个国家和地区，有超过 29.5 万名员工为审计、咨询及税务提供高质量的服务。其在中国内地、香港及澳门的成员机构员工约 2 万人。中国创智中心是普华永道的中国变革之旅的重要一步，除了在深圳设立总部，普华永道还在上海黄浦区和北京海淀区设有创新中心，通过整体布局全方位地服务中国市场。普华永道大中华区主席兼首席执行官赵柏基表示，希望通过创智中心，协助完善自贸片区内的创新生态系统，助力深圳前海建设具有国际影响力的产业创新枢纽。中国企业在全球经贸中扮演重要角色，而要保持其创意及竞争力，离不开专业服务机构提供的全方位支持。普华永道中国创智中心旨在以科技助成长，以创新促转型，帮助企业与时俱进，不断创造更大价值。

2017 年以来，前海合作区的营商环境日益优化。普华永道每年都发布《前海蛇口自贸片区税收营商环境报告》等专业评估报告。2019 年，前海蛇口自贸片区营商环境便利度得分 79.8 分，在全球 190 个经济体中排名第 22 位，比 2018 年的第 31 位提升了 9 位。其中在 10 个评估领域中，执行合同领域、获得电力领域跻身全球前 10 名，开办企业和办理施工许可两个领域进入全球前 20 名。

前海营商环境不断优化的同时，普华永道在前海的业务发展亦蒸蒸日上，员工人数从最初的不足 10 人发展到 200 多人，服务上万家港资背景的企业，并且将公司在前海的创新项目不断地向全国辐射。

早在 2000 年，普华永道就在罗湖设立了深圳办事处，从 2012 年起搬到了京基 100。从 2009 年开始，许维钰就一直在研究政策，关注前海的政策规划和发展。后来，普华永道总部经过研究，决定将其专业服务的创智中心设立在深港合作的前海基地。创智中心是最早一批入驻前海的企业，也是前海第一批招商引资的合作伙伴。普华永道进入中国内地伊始就明确了将审计的业务放在上海，将咨询的业务放在深圳的业务规划。

普华永道中国创智中心共有 200 多名员工，其中港澳人士占 60%。创智中心的目标是：面向国际，依托前海，服务内地。通过普华永道设在全国各地的办事处，将各地的经验进行总结，并将各地不同的政策和发展机遇同大家一起分享。

在内地，普华永道的布局是：北区以北京为主，中区以上海为主，南区以粤港澳大湾区为核心。中国创智中心以创新科技为主，与产业进行对接，推动实现深度的创新融合，共建共融一个生态圈。

在业务开展方面，除了传统的审计、税务筹划及财务顾问，还包括财务并购咨询、产业定位、产业战略研究，以及资金安排、投融资管理。

随着国际化进程的深入和"双碳"战略的实施，当前，普华永道创智中心更关注绿色经济、绿色金融和数字化经济的发展趋势，着力于为企业制定 ESG 报告。ESG 是英文 Environmental（环境）、Social（社会）和 Governance（公司治理）的缩写，是一种关注企业环境、社会治理绩效而非财务绩效的投资理念和企业评价标准。投资者可以通过观测企业 ESG 绩效、评估其投资行为和企业（投资对象）在促进经济可持续发展、履行社会责任等方面的贡献。在港交所，从 2020 年开始，2000 多家上市公司都被要求披露 ESG 报告，包括企业承担的社会责任、对劳动法的执行情况、对环境保护采取的措施等。相较于发达国家，我国 ESG 投资起步较晚，规模较低，但近年来增长趋势明显。据中国责任投资论坛披露，截至 2020 年 10 月，中国 ESG 市场规模约为 13.71 万亿元，比 2019 年增长约 22.9%，其中绿色贷款规模占比超过 80%。现阶段，我国内地还没有统一且明确的 ESG 标准或相关制度，较发达的资本市场有着一定差距。不过，在"双碳"目标驱动之下，国内资本市场对 ESG 投资有着相当程度的需求，在与生态保护、低碳转型相关的领域必将迎来一定的融资需求与投资机会。

创智中心正在着力研究关于 ESG 各方面的问题，为新兴产业的发展提供绿色环保解决方案。由普华永道对企业的环保、"双碳"情况做出一个总体的评估，然后再从金融方面予以对接，帮助企业实现绿色金融、绿色融资。普华永道建议，企业考虑将气候变化纳入企业管理和战略框架，制定适宜的减碳目标，提升气候变化风险管理，探索有效的减碳措施，并加强对气候变化相关信息绩效的核查与披露，及时检讨气候战略的有效性及减碳目标的达成情况。

基于这种远见，普华永道开始着手构建第一个绿色资产交易平台，探索哪些东西能够构成绿色资产，怎样对其进行评估，如何借助市场的力量或投资行业认定这些绿色资产，并进行交易，从而赋予绿色资产以生命力。比如，一些高污染的企业，如果想要拿到更高指标的碳排放量，就需要去跟那些创造碳资产的企业购买以达到碳平衡。如果是一家绿色森林企业，碳排放量的指标就会比较多，环保做得比较好，它就可以形成一种绿色资产，而且这个资产可以拿来交易。一旦绿色资产成为一种可以进行交易的金融资产标的物，那么它就真正成了一种资产。创智中心已经设立了一个绿色金融研究院，探索·些可实施的路径和发展方向，这是一个新领域。

绿色资产作为一种新的模式、新的方向，可以摆脱传统的土地财政、土地经济的桎梏，为社会发展拓出一条新路。

其次是用数字化来赋能企业。普华永道借助 5G 传输技术以及区块链等形成可靠的、不可篡改的、可溯源的大数据，再运用云计算来分析这些数据，实现人工智能化。所有的这些场景，包括智慧交通、智慧社区、智慧安防、智慧社网等都可以以数字化呈现，所有的数据都可以存储在电脑里，这样，几十年前的资料就可以通过电脑搜索马上追溯到，再也无需翻箱倒柜地寻找。同时，这种数字化还可以应用于法律建设方面，包括将诉讼案件的所有资料放在一个公链上传输、储存，这样就可以实现智慧法庭智慧审理案件，可以在网上进行审理，完全做到数字化。因此，创智中心正在推动人工智能的场景，构建一个开放式的数字化应用平台。

用科技赋能，税务、审计、财务分析等都可以用人工智能分析，包括将科技应用于更高端的咨询领域。依靠数字化这种高科技实现产业化转型、市场化发展，推动企业的高增长。

除此之外，创智中心还致力于专业化的服务，提供高智能的咨询服务，譬如战略咨询、高端客户顾问，包括其管理体系、风控体系和如何以国际的视野走出去，探索利用深港合作实现人民币国际化等。

许维钰，1971年出生。他的父亲原先在驻珠海的边防部队工作，后来轮换驻守在深圳盐田一带。

许维钰长大后正好赶上了"出国热"。他是在澳大利亚读的大学和研究生。毕业后一直在做涉外工作，对接海外企业的管理层。因为他了解两地的文化和语言，因此便充当起了一个"超级联系人"的角色。

2008年，许维钰进入普华永道工作。这时他的父母都在广州，他的本意当然是希望能够进入普华永道广州办事处工作，但是当时的公司领导对他说："广州没有位置了，深圳有一个位置，你去吧！"

就这样，许维钰来到了深圳，并且扎根在了这里。现在他发现当初的选择太对了！深圳和香港两地通了高铁以后交通十分便利，完全实现了同城一体化的生活。而从深圳回广州亦十分便捷，乘高铁只需半个小时。

许维钰有一女一儿。女儿在澳大利亚墨尔本大学读大二，学艺术专业，儿子还在上初中，他们也都很喜欢深圳，觉得深圳很舒适。许维钰希望孩子们将来能在国内工作、创业和发展。他自己也在考虑有朝一日放弃澳大利亚的国籍，回到中国。

这十年，诸多顶尖金融机构纷纷抢滩前海，落户前海，正是因为看到了前海所蕴藏着的巨大的财富潜力和机会。这些高端金融机构的聚集，使前海金融服务业迅速跻身全国前列，走向全球。

金融竞争的一个核心是金融的风险监控。前海积极通过科技赋能金融监管，不断探索"科技＋监管"的金融风险防控新模式。前海联合国家互联网应急中心，打造国家互联网金融风险分析技术平台——前海鹰眼系统。运用大数据、云计算、人工智能等技术手段，实现前海金融风险全方位监测、及时准确预警、区域金融形势分析研判客观到位，实现对金融风险"尽早发现、及时预警、有效处置"。前海鹰眼系统目前已监测覆盖 5 万余家各类金融企业，累计预警高风险企业 803 家，持续定位 3651 家平台服务器地址。排查涉嫌非法从事外汇交易业务的平台39 家、涉嫌非法开展黄金业务的公司 79 家，为公安、金融监管等部门及时提供了有效线索。

据前海管理局有关负责人介绍，前海将金融创新作为金融开放的核心竞争力，不断发挥中央赋予前海"国家金融业对外开放试验示范窗口"和"跨境人民币业务创新试验区"的示范效应，自 2016 年以来，已连续发布四批共 87 个金融创新案例，打造了六个跨境金融特色品牌，在资本项目开放、人民币国际化等诸多方面形成了全国领先的创新成果。

第六章

汇通天下

现代物流业是前海重点发展的四大产业之一。而便捷的海陆空交通、开放的仓储用地、得天独厚的保税港区、简化的进出口手续等，都成为前海物流服务业的优势。十多年来，前海对标国际大湾区，努力打造开放新引擎，现已形成包括供应链管理、第三方物流、航运服务等现代物流业的体系。现代物流业在这片沃土上融合发展，跨界创新。

跨越山海

越海全球供应链有限公司（以下简称"越海公司"），于2012年3月在前海注册成立，是前海管理局成立后首家入驻的智慧型物流供应链协同企业。根据 CB Insights 及科技部火炬中心数据显示，2017年9月21日，越海公司完成 A 轮融资，融资金额高达12亿元。在2019年的胡润全球独角兽榜上，越海公司以70亿元的估值上榜。

越海公司的成长经历富于传奇性。

越海公司的创始人，名叫张泉，出生于福建省漳州市。1997年10月，在香港回归祖国后不久，"敢于第一个吃螃蟹"的张泉在香港注册成立了越海国际船务有限公司（以下简称"越海船务公司"），主要从事当时流行的国际货运代理业务。这时的越海，要资金没有资金，要车船没有车船，要名气没有名气，张泉完全凭借着机敏睿智，大胆闯荡，想方设法争取客户。

一个巧合的机会，越海船务公司这家名不见经传的民营货代公司"攀上"了飞利浦这个大客户，成为它的合作伙伴。有国际知名公司的加持，加上货运代理业务运作起来相对简单，越海船务公司逐渐地建立起了自身的客户群。

但是，正是因为国际货运代理的业务门槛低，许多企业纷纷涌入，市场竞争日趋激烈。货运代理业务的利润被不断挤压，变得越来越小。

这时，张泉已经敏锐地看到了越海公司的危机。他意识到，中国的物流行业还没有摆脱传统的运营模式，很多企业常年如一日地从事仓储加配运的苦力活，这种单一的经营模式必然会加大企业的风险经营。

2000年以后，货代行业的形势更加严峻。那些只从事简单的国际货运代理业务的企业，几乎没有竞争力。如果无法在经营上实现突破，那么，大多数货代企业要么关门，要么转型另找新路。这时的越海船务公司也面临着生存与发展的严峻挑战。公司几乎所有的客户只是委托运输和进口报关服务，就连最大的合作伙伴飞利浦也顶多要求其提供临时的货物周转服务。张泉意识到，如果公司不能在业务和经营上有新的突破，越海船务公司注定走不远。

这时，一个契机出现了。

张泉发现，当时国内兴起的保税物流园区享有许多优惠政策。为了实现国际中转、国际配送、国际采购和国际转口贸易四大功能，保税园区允许实行入区退税，区内企业则享受统一的税费政策和市场准入待遇。而且，在保税物流园区内，原先针对国内企业的许多监管费用和限制也都被取消了。张泉敏锐地看到了保税园区"一日游"的重要商机。在国内保税物流园区，可以让内地出口加工企业通过将出口货物进行园区"一日游"的方式来获得不菲的出口退税，从而减少巨大的资金占压，同时避开海关繁琐的程序。

说干就干，越海船务公司在国内率先开展了保税物流园区"一日游"业务。这是一片市场空白。很快，这项业务便出现了井喷式增长，使得越海船务公司异军突起，并为其后来业务的拓展奠定了基础。

随后，更多的企业也发现了这一商机。大批企业纷纷开始涉足"一日游"业务。这项业务技术含量并不高，企业只要能够拿到银行贷款，找到客户，就能从中挣钱。因为利润丰厚，许多企业甚至采取了垫资的模式，加入"一日游"的大军。这样一来，原先很好赚的钱就变得没那么好赚了。

越海船务公司必须做出新的改变。

经过 5 年的打拼，2002 年，张泉在深圳福田区登记成立了深圳越海全球物流有限公司，他在这家公司中持股 96%。那时，张泉盯上了制造企业的供应链。

张泉想到，当时越海做的只是制造企业供应链的一个环节，公司的业务能不能向原材料端和消费端两端延伸，甚至为客户提供整个供应链的服务？如果能够这样做，那么好处是显而易见的。对于越海公司而言，可以根据客户的需求提供几个环节甚至整条供应链的服务，这就能从根本上提升越海在行业内的竞争力，使自己脱颖而出，从而跳出低端价格竞争的泥潭；而对于客户而言，原先需要分包给不同公司去完成的环节，现在全都交由越海一家公司去整合，这样就能节约资金，同时大大提高效率。

正是因为在行业内还没有先例，张泉意识到，这可能是一个巨大的转机。想到就做，他们找到了多年的合作伙伴飞利浦商议，希望可以为其提供全链条的服务。因为越海和飞利浦合作多年，对飞利浦的各个业务环节都相当熟悉，同时，几年的合作过程中，越海也陆陆续续地为飞利浦公司提供了一些个性化的定制服务，积累了一些经验。

对越海公司主动提出愿意提供更为方便快捷而且能够有效地降低成本的物流服务，飞利浦公司自然非常欢迎。双方很快便达成协议，由越海公司为飞利浦公司提供从原材料进口、报关、产品生产、产品出口报关、运输和代垫资金等的供应链服务。这样，就将越海公司原先有限的物流服务环节，有力地向两端进行了拓展。由此，张泉在国内率先提出了供应链一体化解决方案，并在同飞利浦的合作中取得了成功。

随后，明基公司、LG 公司等一批大型制造企业也陆续成为越海的客户。越海公司专门为明基公司设计了一整套远程 VMI 服务（供应商管理库存服务），为其提供海外代购原材料，存储管理，并交付给生产工厂，产品下线后进口报关和运输服务。在此之前，明基公司都是将以上这些流程分别交给几个不同的服务商去完成，现在，越海公司提供的一体化供应链解决方案，无疑帮助其切实降低了成本，提高了效率，优势得到了充分的彰显。在张泉看来，单去完成供应链上一个或两个环节的服务，几乎没有技术含量，只有将各个环节串联起来，提供完整的服务才是最难的，只有这样的企业才最有竞争力。

实践证明，越海公司的此次创新实践取得了双赢的结果。越海公司也得到了飞利浦公司的高度信任。2017 年，在深圳物博会上，越海公司获得了飞利浦公司 30 亿元的物流大单。

在张泉提出的供应链一体化解决方案中，最特别的是越海公司提供的供应链上的融资服务，主要包括两块——采购执行和分销执行。这，也是张泉最为看重的一项变革。

他说："客户看中哪个东西，谈好了以后，我们接下来会帮他处理好所有的事情，包括找厂商、下订单、跟踪订单、付款、报关、仓储、运输等，这个过程我们叫'采购执行'。其中最重要的就是我们需要为客户垫付采购费用。我们垫付采购费用，就解决了生产厂商希望尽早拿到钱而客户则希望付款越晚越好的时间信用问题。"

对于垫资，张泉心里有底，因为委托越海采购的都是与其有着密切业务往来的跨国公司，基本上不用担心信用问题。

越海公司做分销也需要垫资，因为经销商通常会面临较大的资金压力。比如，飞利浦要求总经销商一个月必须卖出去价值 2000 万元的货，而且还得将货款一次性先付给飞利浦。经销商倘若货卖不出去就会变成库存，就会有资金压力。现在，经销商只需付给越海一笔服务费，越海便可以帮他采购，并且代垫上 2000 万元的货款。以后分销商就可以分批取货分批付款，取 200 万元的货就付 200 万元给越海。这样一来，便基本上解除了分销商的资金和库存压力。这，就是张泉所谓的"分销执行"。其实，越海早在几年前就开始了分销执行的尝试，2005 年越海就已成为飞利浦深圳地区的总代理，而且做得很成功。

从本质上看，采购执行和分销执行其实都是供应链上的一种"融资"行为。作为物流服务商的越海，实质上起到了银行融资的作用。再加上提供物流服务，使整条供应链的效率更高，成本更低。而大多数厂商资金都是很紧张的，因此，物流公司能够提供这样的服务，必然会大受厂商欢迎。从表面上看，越海不过是替客户垫付了资金，提供了资金流的服务，然而，实质上，这是一种重大创新，它有力地推动了供应链价值的实现，提升了物流服务商在供应链中的角色和话语权，也为物流服务商开拓了新的收入模式。

张泉说："通过采购执行和分销执行，我们为客户解决了资金问题，从而在供应链上承担了更多的责任。这是银行做不到的，也是传统的物流公司做不到的。"

将融资服务引入供应链中的创新行为，原本应该是银行的供应链金融服务，但由于国内银行过于担心风险，因此很少涉足。作为物流公司，承担着货物的仓储和运输，这些货物自然而然便成为其提供垫资服务的抵押品，从而大大降低了风险。如果在多方合同中对购货商稍加制约，就可以有效地规避客户违约的资金风险。这，也是物流公司相对于银行的先天优势。

越海公司首创的这种一体化供应链模式又被称为"越海模式"。国家发改委认为，这种模式代表了中国现代物流产业的发展方向。2006 年，长江商学院也将"越海模式"列为教学案例。2007 年，越海提出的"一体化供应链模式"被深圳市政府授予了"创新奖"。

张泉说："电商上半场，是要解决送货到家；电商下半场，是供应链的竞争。"物流行业尤其是快递行业已经变成一片"红海"，传统运营模式内卷严重，快递企业利润增长严重承压。在此背景下，一体化供应链无疑就是新的"蓝海"。

在掌舵者张泉眼里，越海并不是从一家单纯的物流商转型为单纯的分销商，而是在做好物流服务的同时，把手沿着供应链伸得更长一些，这是他作为一个行业格局改变者和探索者对越海公司所做出的定位。

2012年，《中国海关》杂志在《2012新端倪已现》一文中指出，加工贸易内迁、进口增多以及服务贸易增长是未来中国外贸的趋势，服务型企业将会是外贸榜单的大势所趋。

2012年3月5日，深圳越海全球供应链有限公司在前海合作区注册成立。此时，供应链已从最初的一个构想发展为整个物流行业未来的发展方向。越海公司的主体业务开始逐渐转移到前海。

在张泉看来，办企业眼光要看得远，脚步要稳。作为越海公司的创始人，张泉将一家原本小小的民营货运代理公司发展成了在物流行业具有相当影响力的供应链企业。

创新是他的座右铭，为了解决生存与发展的难题，唯有依靠创新。正如张泉所言："为了生存，肯定要尽力去做一些改变，这是企业发展最基本的东西。"在越海的发展历程中，革新与变化正是其成长的重要动能。

在一面追求锐意进取的同时，张泉也注重稳扎稳打。在越海公司的发展之路上，每一个脚印都是踏实的：

2006年，越海布局"八大基地，32个运营中心"的智慧仓网；

2015年，越海进入B2C物流，运营阿里巴巴首个日订单超百万的仓库；

2017年，越海与菜鸟共同创办北领科技物流公司，在"双十一"单日处理了3300万张订单，雄踞行业第一；

2020 年，越海进出口额突破 127 亿美元，位列中国进口百强前十名；

2021 年，越海在全国布局了 150 多个运营中心……

2016 年，越海首创"C2B+DIY"模式，以需求驱动供应链，将制造与物流环节合为一体，助力产业向工业 4.0 时代转型升级，被商务部定义为"流通制造业"模式，成为供给侧改革的一个典型案例。

所谓的"C2B+DIY"，其中的 C2B（Customer to Business，即消费者到企业），是互联网经济时代新的商业模式。DIY 就是 Do It Yourself 的英文缩写，意思是"自己动手制作"，指私人定制表达自我的"产品"。因此，"C2B+DIY"模式就是先销售后生产，以需求驱动供给。在这个模式下，越海公司承担了传统模式下工厂与物流的双重角色，直接对接品牌与电商。同时还可以根据客户的特殊需求，打造小规模的 DIY 产线。这种模式其实就是以供应链协同制造业。张泉这样解释道："'以供应链协同制造'思考的是，怎么帮助客户实现全局最优，而不是局部最优。全局最优，是指物流公司参与到客户的整个决策，用供应链的视角对各个环节进行审视，目的是改善效率和减少不必要的成本。"

依托在国内外广布的分仓，越海公司可以帮助品牌商先接受消费者订单，然后迅速展开产品组装、生产、配送服务。通过提供原材料采购、生产制造、分销、仓配、金融、信息交互，实现了物流与制造一体化。

譬如，越海公司与海尔旗下的雷霆世纪电脑的合作，就采用了"C2B+DIY"模式。雷霆世纪电脑方面只需要把主要精力放在品牌运营推广和销售上。而越海公司则能够提供包括原料采购、生产制造、产品分销在内的一体化供应链解决方案。在这个合作项目中，有一部分需求来自高端游戏玩家，他们对电脑主机的配置需求更高、更为个性化。但是，这一类的订单数并不大，通常只有三五百台，因此并不适合流水线式的大规模生产。越海公司利用自身在采购、仓储、配送方面的成熟体系，自主打造 DIY 产线。DIY 产线一改传统的大批量生产流水线为 Cell 生产线。Cell 生产线的优点是工艺过程封闭，以单人或小组为单位组装整台机器，按需生产，即产即销，生产没有明显的节奏性，可以间断，可以连续。因此，DIY 生产线面对小规模、特异化的订单时更为灵活，效率更高，质量有保障，成本也更低。

2017 年 9 月，越海公司完成 A 轮融资，融资金额达 12 亿元，成为前海第一家"独角兽"企业，也是当年国内物流供应链行业首家 A 轮融资就达到"独角兽"级别的企业。

2017 年，国务院办公厅印发《关于积极推进供应链创新与应用的指导意见》，大量借鉴和吸纳了越海公司提出的供应链协同概念和越海对供应链行业发展的新思路、新看法及创新理念。

2018 年，根据意见部署，商务部等 8 单位在全国 55 个城市、269 家企业开展供应链创新与应用试点，取得显著效果，涌现了一批供应链新技术、新业态、新模式，培育了一批行业带动能力强的供应链核心企业，构建了一批整合能力强、协同效率高的供应链平台，现代供应链成为各地推动经济高质量发展的重要抓手。越海公司成功入选试点企业名单。

8 月，深圳 9 家知名供应链企业顺丰、东方嘉盛、飞马国际、华南城投资、朗华投控、普路通、腾邦、怡亚通、越海公司等联合发起，成立了"超级大数据公司"广东数程科技有限公司，构建国内有影响力的供应链大数据平台，发挥数据价值，提升物流效率，降低成本。

2020 年 4 月，《中国海关》杂志发布"2019 年中国外贸企业 200 强榜单"。越海以 594.3 亿元的成绩位列 2019 年全国进口企业 200 强第 13 位、深圳物流与供应链行业第 1 位。而就在一年之前，在同样的榜单中，越海公司的进口额仅为 178.7 亿元，位列全国第 81 位。如果不是刻意去查找，在长长的榜单中人们根本难以注意到这只小"独角兽"。

2020年年初，新冠肺炎疫情袭来，越海公司积极响应党和政府号召，迎难而上、积极作为，充分发挥供应链资源整合和高效协同优势，全力支持疫情防控。

疫情期间，越海公司协助深圳、上海、苏州等多个城市在全球各地采购物资。从普通的商品到紧缺的医疗用品，包括生产口罩最需要也最紧缺的熔喷布，越海公司依靠经营多年的供应链体系都能较好地完成订单。例如，越海公司从韩国进口7.5万件杜邦防护服，2月3日签订合同付款，2月6日货品就被送到政府指定的仓库签收完毕，用时仅4天。越海公司协助商务部、武汉市等，在全球采购防护物资近4000万件，货值2亿元。根据商务部3月13日简报，越海公司进口的抗疫物资位列全国阶段性首位，在抗击疫情中充分展示了现代供应链的力量。

在此期间，越海公司为保障客户的全球供应链安全运营，积极推进复工复产，相继采取了一系列举措，有力地发挥了供应链企业的整合、协同能力和智慧仓网的作用，保障了华为、小米、飞利浦医疗等全球两百多个客户的业务运营。

2020年7月，商务部公布了第一批全国供应链创新与应用示范企业名单。经过商务部、工业和信息化部、生态环境部、农业农村部、人民银行、市场监管总局、银保监会、中国物流与采购联合会8单位共同组织专家进行评审，越海公司从全国第一批269家试点企业中脱颖而出，成功入选首批全国供应链创新与应用示范企业。即使在疫情的不利环境下，2020年越海公司进出口额仍然达到了126.9亿美元，同比增长97%，成为继富士康、华为之后深圳市的第三家进出口额超百亿美元的企业。2021年1月至10月，越海进出口额达到116亿美元，实现了逆市上扬。

2021年，越海公司又有了新的创新，应用"B2B+B2C+运营执行"

一体化供应链管理服务模式，通过遍布海内外的智慧仓网、先进的物流科技和强大的整合能力，从原材料采购执行、运输配送、国际货代、供应链金融、产品分销及渠道管理、电商物流、VMI 仓储（合作性策略模式，旨在让用户和供应商双方付出的成本最低）、保税物流、进出口代理等模块，协同供应链全环节，并积极开展消费市场物流供应链，被国家发改委评为物流业制造业深度融合创新发展典型案例。依托该解决方案，越海已陆续与华为、三星、飞利浦、耐克、小米、阿里巴巴、京东、亚马逊等众多跨国企业建立了战略合作关系，为其提供一体化的"共享供应链"协同平台服务，为客户整体提升供应链与物流效率，助力其应对互联网时代持续变革的消费市场。

首先是实现国内云仓一体化，共享供应链。在国内的布局上，越海公司建立了覆盖全国的智慧仓网，运营仓库总数 82 个，总面积超过 330 万平方米。智慧仓网是当下物流与供应链行业仓网系统的发展方向。越海公司目前主推的是智能生产线、可穿戴设备、机器人仓等智能化硬件技术。对于越海而言，更为独特的则在于其仓库的共享模式。在仓库中的所有储存，包括仓库所附带的生产线，对于越海公司的合作伙伴都是共享的。谁需要，就优先给谁；哪里缺货，就立马补上。智能化的仓网系统是越海共享供应链模式的积淀。

在技术创新上，越海公司通过基于云计算和大数据的云供应链 SaaS、智能生产线、自动立体库等技术打造智慧仓网。在模式上，越海云仓通过"共享"的模式，实现全国一盘货，全国仓网一键代发，通过共享的仓储资源和分仓网络实现集约化和成本更低。换句话说，用户需要的任何产品，越海公司都可以从最近的仓储点发货，以最低的成本送到用户手里。

其次是实行国际货代一体化，实现端到端服务。在国际布局上，越海公司以八大枢纽基地为核心，辐射出 50 个二级基地，管理仓储面积超过 200 万平方米，在马来西亚、泰国、菲律宾、越南、俄罗斯及中东、欧洲等"一带一路"沿线国家，建立起 200 多个覆盖海、陆、空、铁等多种方式的全球供应链服务网络节点。2020 年 12 月，小米集团与中远海运集运公司达成全球五大洲国际海运合作，交由越海公司担任国际海运代理，助力小米国际发展。几年来，越海公司在提供国内物流、跨境电商仓、全球中心仓的服务基础之上，更进一步扩大合作范围，为小米搭建东南亚及西欧海外仓搭配国际空运海运出口订舱，助力小米实现海外业务"最后 1 公里"的上门交付服务。

目前，越海公司正聚焦"智慧云仓＋供应链一盘货＋物流交付＋冷链物流＋自动化综合解决方案＋国际业务"六大业务板块精耕细作，为客户提供全方位一体化服务。

与此同时，越海公司将大量资金投入物流科技，打造以数字化、自动化、智能化为核心的智能供应链体系。在剑桥大学成立"越海智能供应链研究中心"，致力于研发基于分布式智能的运营推理与决策系统。

现在，越海公司已经完成了股份制改造，正在筹划上市。

东方嘉盛的宇宙流

在前海，有许多"敢于第一个吃螃蟹"的企业，除了越海公司之外，东方嘉盛供应链股份有限公司（以下简称"东方嘉盛"）也是其中之一。

这家公司早在 2010 年便落地前海，是最早在前海注册的企业之一。在前海注册前后，东方嘉盛就启动了上市计划，开始 IPO（首次公开募股）的准备工作。2017 年 7 月，东方嘉盛通过 IPO 上市。这是第一家在前海注册并通过 IPO 上市的企业。说起这家公司的发展，还是经历了一些波折。

2001 年深圳市东方嘉盛商贸物流有限公司成立。同年，成立了嘉泓（香港）有限公司。

2008 年，公司老板邓先生开始启动第一次 IPO，但是未获成功。这时，邓先生被发现肝上长瘤，2011 年便去世了。

2015 年，东方嘉盛再次向证监会提交申报材料。几年间，虽然老板从邓先生换成了他的夫人孙卫平，但是东方嘉盛的团队始终保持稳定，客户也几乎没有流失，业务量很大，2017 年获批上市。

东方嘉盛于 2001 年入驻深圳福田保税区，业务的重点则在上海。因为老板的老家在浙江，在长三角一带资源较多，对于将产品运往保税区进出口的模式比较娴熟，所以公司很早就拿到了外贸进出口权。当时的国家政策规定：料件进口不交税，属于来料加工再进口到加工区；产品如果要内销，就必须先出口（到香港）再转内销，而从香港返回内销时就需要交进口税。这种出口（到香港）再转内销的模式就被称为"一日游"。

惠普公司原来设在江苏昆山，主要生产笔记本电脑和打印机。当时惠普的料件从外面运进来，在进出口加工区加工后，需要从昆山将产品拉到香港去绕一圈，再从香港"进口"到昆山。

邓老板联系了上海上港海关，将惠普的产品运到上海的外高桥保税物流园区，保税区内视同离境，再从保税区入境转为内销。这样一来，费用只需两三千元。这就为客户节约了很大的成本。因此，东方嘉盛在 2003 年便拿到了惠普的订单。

随后，宏碁电脑、华硕电脑等笔记本电脑领域排名前五的企业都来同东方嘉盛合作。

而后，东方嘉盛将这种成功的外贸出口模式推广复制到了食品、酒等行业。由于名声在业内被口口相传，因此公司的客户越来越多。

客户中，耐克、斯奈德等三五十家外资大企业都是东方嘉盛的服务对象，这是面向 B 端的。而在健康医疗、食品跨境电商等领域，则是面向 C 端的。

出口转内销的这种模式创新，到了后来便发展成了"全球仓"。

以前，自贸区的政策是货物按状态分类监管，原来在上海执行，给跨境流通带来了很大便利。在此之前，保税货物仓库必须放在境外保税区，境内只能放普通仓。现在，允许在保税区内放其他的货物，包括那些无保税功能的货物也可以放在这个仓里，实现了"三仓合一"，因此将它称为"全球仓"。

福田保税区 2015 年一成立，东方嘉盛就将总部搬到了保税区。这样，东方嘉盛全球仓就可以满足进出口订单多种功能的需要，而且流通时效更快，流通时间可从原来的五六天减少到现在的一两天。急的订单几乎当天即可把货物运出，成本得到了大幅的节约。原来的链条长，以前国内的企业产品需要运到保税区内进行拼货，通过装卸和转运，费用成本高；三仓合并后，订单可以拼箱出去，这样就可以节约 30%—50% 的成本。

当时，这种"三仓合一、拼箱出海"的方式和政策，全国是有，但落地很难。通过研究透政策和客户的需求，2014 年至 2015 年，东方嘉盛联合前海管理局、蛇口海关和客户共同研究，最终成功实现落地。现在，这种全球仓的方式已在全国铺开。而在前海和湾区，东方嘉盛是第一家这样做的，这是供应链领域的一种模式创新。

也正因此，作为前海第一家通过 IPO 上市的企业，前海管理局对东方嘉盛更为重视。东方嘉盛又联合华为、腾讯、顺丰等公司一起创立了前海创新技术联盟，设立了制度创新实验室，在促进跨境贸易便利化方面开展创新研究，随后又被评为前海的总部企业。此时，东方嘉盛在保税港区的货仓也由 8000 平方米扩展到了 4 万平方米。可以实现货物入库、出库、清关、缴税、退税等一系列的服务，货品包括消费电子产品、医疗器械大健康产品、食品、跨境电商等快销产品。

东方嘉盛创新设立了"一体化供应链"模式，为客户提供新型供应链一体化解决方案，整合采购、进出口代理和报关、仓储、配送、分销与售后等服务，形成一站式的供应链管理，为 IT、医疗设备、高档消费品、纺织、化工、机械等行业的国内外著名企业提供量身定制的物流服务。经过多年的沉淀与积累，公司已积累了较高的客户赞誉度，同时也稳固了行业的领头地位，与惠普、华硕、苹果、宏碁等多家知名企业（其核心合作伙伴多为世界 500 强企业）建立长期战略合作关系，年外贸进出口总额在 150 亿美元左右，在全国名列前十。

在运营管理方面，东方嘉盛拥有专业的团队，又具备创新的意识，既有模式的创新，又有流程的优化，从而可以保证时效，降低成本。

公司一直秉承"科技创新、智慧服务"的理念，紧紧围绕"数字化供应链服务"这一目标，坚持实施"一体化供应链服务纵深发展"和"战略投资孵化"双轮驱动发展战略，将长期以来为大型跨国企业服务的经验构建成独具特色的供应链服务体系，并成功打造了专注于消费电子、消费食品、医疗健康、跨境电商行业的供应链协同服务平台。在网络布局方面，公司已建立了以粤港澳大湾区、长三角经济带、长江中游经济区、长江上游成渝经济区以及京津冀经济带为核心的全国覆盖供应链网络；海外方面则建立了围绕欧美主要国家及"一带一路"沿线重点区域的国际网络。目前，东方嘉盛是海关 AEO 高级认证企业、中国服务业 500 强、商务部授予的"国家供应链创新与应用示范企业"，连续多年位列中国民营企业进出口额前五名。2020 年东方嘉盛净利润达 2 亿元，增长幅度超过 30%，跨境电商与医疗健康业务板块助推了业绩的暴发式增长。

近年来，东方嘉盛在力推数字化和智能化转型。公司还联合其他物流企业，发起成立了深圳市物流机器人联盟，推进物流管理智能化。东方嘉盛拥有自己的 IT 团队，报关等业务操作均采用 AI 机器人、流程机器人。疫情期间，这些机器人可以进行无接触报关。客户可在 APP 上提交申请，由东方嘉盛 AI 机器人对数据进行梳理，再进入系统，输入海关。从入库端到货架点或其他节点，这些标准化的场景都可以使用机器人。公司还推出了线上流程机器人，订单、报税等重复的标准化工作均由 IT 设计机器人来完成，既可以减少人工，降低成本，同时能够降低出错率。特别是因为疫情防控，国外的压货多，清关不及时，使用机器人无疑可以有效地解决这些难题，防止病毒传播。

东方嘉盛的进口客户以外资企业为主，例如马爹利、拉菲、威士忌等，都是东方嘉盛的服务对象。医疗保障方面，3M 公司等医疗用品企业也是东方嘉盛的客户。

惠普公司后来将生产基地从昆山迁移到了重庆，作为供应链服务商，东方嘉盛也在重庆设立了一个分公司。重庆没有出口保税区，产品出口受限，需要通过陆路或水路运输到上海或深圳，这样就多出了一些运输成本。

东方嘉盛经过研究，决定采用他们自己的服务模式：先用普通箱而不用船务公司的标准集装箱，将产品装满箱后运到深圳中转仓；不用海关监管车，而是把每个货柜都贴上海关的电子标签，以此来替换海关的监管车。每车由东方嘉盛交纳 5000 元的担保金，由其承担守约责任。这样，一单货大约价值 3000 万元，用一般的车辆运输即可，到深圳后再换小箱，再进行拼箱。如此一来即可为惠普公司节约 50% 的运输成本。因此，惠普公司始终是东方嘉盛的一个忠实客户。

现在，东方嘉盛在全国多地建有自己的分部或团队，如深圳、珠海、广州、香港、上海、宁波、杭州、北京、天津、成都、武汉、郑州、廊坊等大中城市都有子公司和团队。其中，深圳约 200 人，上海 100 人，重庆 30 人，北京 10—20 人。70%—80% 的团队成员拥有本科以上学历。

一直以来，东方嘉盛专注于做产业，做物流主业，买下土地都是为了建仓库，建供应链，并始终秉持"稳健专注、细水长流"的发展模式，把服务大型企业的许多模式及经验复制运用到中小企业。很多创新型企业、电商创业企业对于采购、物流、外贸、交货等均不清楚，东方嘉盛正好可以为此类企业提供专业化的供应链服务，由此培养出了一大批卖家，现在已达到 1000 家中小线上卖家，涉及美妆、食品、小家电等多个行业，每年有 100 亿元的业务量。

东方嘉盛每年经手的供应货值超过了 1000 亿元，2020 年利润超过 2 亿元，成为供应链行业的头部企业。

李旭阳是公司的董事、董事会秘书兼财务总监。1972 年出生，河南人。1995 年本科毕业于厦门大学财务会计专业后，李旭阳就来到了深圳。先入职国企莱茵纳集团，后来加入了安吉尔饮水机的子公司新世纪饮水公司。1999 年他去了润迅公司，从事 BP 机传呼机业务，在这家公司，他工作了三年，从事预算管理工作。2003 年去澳大利亚留学，毕业后留在澳大利亚工作，直至 2009 年。

2009 年，东方嘉盛公司准备 IPO 上市申报材料，需要一名财务总监。当时李旭阳在澳大利亚的 Datel（丹特）公司工作了一年多，后来又去了法国的一家公司工作。2009 年他本来是要回国探亲的，猎头打电话给他，说有一家公司要做 IPO 需要一名 CFO（财务总监）。李旭阳特别符合条件，因为具备国内外教育的背景和工作经验，同时是中国注册会计师和澳大利亚注册会计师，这个 CFO 的职位简直就是为他量身定制的。

就这样，李旭阳办理了离职，自 2009 年 9 月回到国内后，一直在东方嘉盛公司担任财务总监，负责财务预算管理和 IPO 上市工作。

李旭阳个子较高，身材魁梧，戴副眼镜，头发几乎全白，应该是一种"少年白"。说起话来不紧不慢，思路清晰，看得出来他是一个相当稳重的人。李旭阳说，自己是一个容易满足的人。大学毕业后他在一个公司里干了五六年，收入也很可观，但是他却放弃了那种很好的生活，从 2003 年到 2009 年，每年花费四五十万元的生活费和教育费到澳大利亚去求学，也因此错过了国内股市和房市的大发展阶段。事后有同事朋友问他后悔吗？他回答说：无所谓后不后悔。因为去澳大利亚学习，增长了知识，拓展了视野，也增多了阅历，得失难以权衡。

现在，在东方嘉盛，他一人身兼数职，集财务总监、董事会秘书、董事于一身，负责人事、投资、风控等方面的业务。东方嘉盛现有职员 400 人，利润 2 亿多元，公司股票行情稳定，效益相当不错。

他说，自己运气很好，工作后收入一直很高，生活水平不错。

在李旭阳看来，东方嘉盛公司从来不忘自身的社会责任，勇于担当。

2020 年武汉新冠肺炎疫情暴发后，东方嘉盛公司快速反应，成立了由孙卫平董事长为组长的防疫保障专项组。在春节期间人力短缺的情况下，公司部分员工自愿放弃回家团聚，放弃春节假期坚守工作岗位，加班加点为奋战在一线的重要客户提供口罩等医疗物资，确保物流顺畅。

作为总部设在深圳的一家进出口龙头企业，在接受深圳市新冠肺炎疫情防控指挥部的委托后，东方嘉盛负责任地为深圳的医院和医药公司紧急采购紧缺的医疗物资，调动上下游供应链与流通网络，筹集关键医疗物资。组织 50 名骨干员工，负责从全球收集信息，商务谈判，评估风险，签署合同，下达订单，跨境支付，验收境外货物，协调国际物流，国内清关及物流的全程跨境供应链采购服务。在货物紧俏、需要快速下单预付全款时，公司进行严格的商务履约风险评估，确保政府医疗采购资金的安全，并且尽可能地降低采购成本。东方嘉盛积极履行自己的社会责任，承诺提供服务所发生的费用由公司承担。

2020 年 1 月 25 日至 2 月 7 日期间，东方嘉盛陆续联系了俄罗斯、韩国、越南、印度、法国、土耳其等国家的防疫物资供应商，采购医用外科口罩超过 100 万个，供应给深圳、上海等地的防疫部门、国企、医药公司，一定程度上缓解了医用、民用口罩的紧张情况。截至 2 月 7 日，共为 23 家企业进口防疫物资共计 45 批次，为企业垫付进口税金近 10 万元，为德尔格医疗设备上海有限公司进口 49 批次医疗呼吸机等，为西门子医疗器械有限公司进口 10 多批次医疗 CT 机等。这些进口医疗器械大部分供应武汉火神山、雷神山等医疗场所，用于检测和治疗新冠肺炎。

2021 年 7 月，商务部发布关于第一批全国供应链创新与应用示范城市和示范企业评审结果的公示。商务部、工信部、生态环境部、农业农村部等 8 单位共同组织专家对城市和企业的申报材料进行评审，确定了第一批供应链创新与应用示范城市 10 个、示范企业 100 家，东方嘉盛同苏宁易购、TCL、国家电网等一起，被评为全国供应链创新与应用示范企业。

东方嘉盛秉持"科技创新、智慧服务"的经营理念，围绕数字化供应链服务的经营目标，将服务世界 500 强企业供应链管理的成功经验复制到农产品贸易领域。为进一步推动宁波市智慧农批数字商贸建设，于 2019 年成立合资公司宁波市商贸东方嘉盛供应链管理有限公司，借助宁波商贸业务场景，东方嘉盛负责公司总体运营管理，助力农批市场管理升级。

2021 年 8 月 27 日，由宁波市商贸东方嘉盛供应链管理有限公司自主开发的数字进场管理系统，在宁波农副产品物流中心投入运行，实现与"浙食链"数据自动对接，依托"浙食链"监管推进工作，落地进货报备管理服务模式，大幅提高市场激活率与经营户活跃度，通过建立数字进场管理应用，汇聚预约、卡口、地磅等实时数据，动态掌握各市场产品的来源分布、预约、在途、进场等数据。此外，该系统设立了预约快速通道，能有效地减少场区工作人员的工作量，并且大幅度提高进场效率。持续深入推进三色码管理机制，切实保障消费者的食品安全，进一步提高市场抗疫情风险能力。

11月19日，商贸东方嘉盛经过一年多的农副产品调研，与宁波农副产品物流中心市场系统对接，完成了"甬城放心供"应用开发，经过层层审核，在"浙里办"上线。通过市场销量、到货量、动态储备量、主要菜种批发均价等数据，向市民全方位地披露市场的保供应、稳物价详情，也体现了市场响应政府数字化监管的要求，提高了政府的监管效率。

之后，东方嘉盛将继续协助宁波农副产品物流中心，搭建全域数字化应用场景，推进全流程数字化服务管理，实时分析"菜篮子"商品仓储、运输、进场、管理等数据，做好"菜篮子"常态化保供、稳价、防疫等应急情况快速响应和农副产品安全闭环管理工作，为保障"菜篮子"工程提供农副智慧。

全球眼，全天候

越海公司、东方嘉盛虽然在业务聚焦上有种种不同，但是它们有一个共同之处，那就是通过创新"一体化供应链"模式参与业界竞争。爱客科技（深圳）有限公司则是另辟蹊径，通过快递跟踪查询解决方案，服务广大客户，创造业界传奇。

爱客科技（深圳）有限公司（以下简称为"爱客科技"）2018 年在前海深港青年梦工场注册成立。这家 2012 年在香港创立的以全球包裹跟踪为核心的科技公司，从 2014 年起每年的业务增长量都是 100%。

　　2021 年 9 月，我走进位于前海嘉里中心 T2 座的爱客科技新办公楼。

　　办公区宽敞开阔，视野良好，每个人都是自由式办公，只要有一台手提电脑，可以坐在任何一个工位上完成自己的工作。公司设有专门的茶水间，免费供应咖啡和点心。一个个电话间具有隔音保密效果，是私密而安静的独立空间，设有多个可供两人对坐交流的桌椅，甚至还有一间专门的休闲室，员工可以在里面看电视、打游戏，躺在沙发上休息。办公桌高度是可以升降的，椅子符合人体工程学原理，可以放倒让人躺平。办公区外有一个很大的露台，露台上摆满了花草，从这里可以远眺深圳湾大桥，视野开阔，令人心旷神怡。这是一个看得见大海的办公区。毫无疑问，这是一家十分注重员工体验的公司，也是一家以员工为本的公司。

　　据公司员工介绍，除了硬件环境体验超爽之外，他们更看重的是人和协作流程的因素。在这家公司里，70% 以上是科技研发人员，每个人的工作一般在 8 小时之内都能完成，大部分时间是不用加班的。公司还有特别的一对一交流制度，每个月，团队的组长都会跟员工进行一个小时左右的谈话交流，第一句话通常都是："这个月，你的感觉怎么样？有没有什么我能帮到你的？"只要是在合理的范围内，组长都会想方设法地帮助员工更好地成长。正如这家公司的 CEO 陈龙生和 CTO 洪小军经常挂在嘴边的一句话："如果你有任何需要我帮助的地方，请让我知道。"

　　陈龙生 30 多岁时就已经实现财务自由，他之所以选择开办这家公司，更多的是为了实现自我价值。所以，他经常跟自己的团队这样说："我会尽量给你们创造好的环境，尽量给你们找更优秀的人来做同事。

你们想要最新款的 MacBook Pro，想用更好的付费软件，想要去国外旅游，都没问题。但是你们必须记住，你们花的都是你们自己的钱。如果你们多浪费一分，你们的年终奖就少一分；如果你们多招一个产出低于成本的人进来，他分走的，其实是你们的钱。哪怕公司最后倒闭了，我的物质生活也是不会受任何影响的，受影响的是你们。所以，为了你们自己，请在工作中注意控制成本和创造盈利。"

有一位入职爱客科技的员工在《一个想当作家的程序员》一文中讲述了自己独特的经历和感受：

我玩知乎这么久了，一直没想给自己加什么认证，我以前觉得如果要加，那么也应该是等我真的写出了某本畅销书，然后我再认证为"著名作家"。甚至我还一度想着，等我真的靠副业挣到了足够满足我日常开销的钱，我就不当程序员了。

但是今年来到爱客科技之后，我逐渐改变了这个想法，因为我发现在这家公司工作真的是一件挺爽的事情。

没有恶臭的职场 PUA，没有部门间的互相推诿，买书学习的费用都可以报销，还经常有可以自由选择参加的分享会和茶点。

我开始发自内心地希望这家公司能够越做越好了，所以我把自己的认证改成了"爱客科技（深圳）软件开发工程师"（2020 年 12 月）。

后来在 2021 年 2 月，我跟我的 Team Leader 一对一会谈的时候，提及了我不想走技术方向，我想写东西。

于是在我们 CEO、CTO、HRD 和 Team Leader 的帮助下，让我尝试转岗为文化体验工程师，专注于通过写东西帮助大家更好地理解公司的文化和前进方向，同时研究如何让程序员拥有更好的工作体验和职业发展……

还有一位员工这样写道：

我是 2019 年底入职的，想必对于 2020 年年初那场新冠疫情的发生大家都还历历在目吧。我的老东家那会儿扛不住那场疫情听说已经散了，希望以前的同事一切都好吧。跑题了，爱客科技如何？因为疫情，海外电商迅速崛起，原本我们五年要走完的路，一年就做到了。现在是公司飞速发展的阶段。公司也搬到了更大的办公室，据说有 8000 平方米，海景办公室真的让人办公心情都变好了。在制度上也相对灵活，比如之前有同事生病，或者有一些事情，但在还能保持工作的情况下都可以申请远程办公。平时请假的流程也不会很麻烦，而且紧急的事情也会有同事很好地上手帮忙。就是因为这种人情味吧，其实我们这边出勤率反而很高。对我来说，爱客科技不是一个冷冰冰的工位，而是和一群小伙伴一起生活，快乐"搬砖"的地方。

爱客科技究竟是一家怎么样的公司？为什么会具有如此大的吸引力和魅力呢？这，可能需要从这家公司的两位创始人说起。

陈龙生，1982 年出生于内地，他上有姐姐，下有妹妹，后来跟着父母去了香港。在他 9 岁时，父亲不幸病故，因此，小时候他的家庭生活是很艰难的，有过挨饿吃不饱肚子的时候。

穷人家的孩子早当家，这种贫困的家境让陈龙生早早地便很懂事，并开始自立。他出门都舍不得花钱乘公交车，如果要乘公交车，必须是花自己赚的钱。从 1996 年读初中开始，他便开始尝试着做一些电子产品的生意，卖过 VCD 等，挣钱补贴家用。

2001 年，陈龙生考取了香港浸会大学软件工程专业。当时很多人都不了解软件工程究竟是什么东西，以为就是修理电脑的。陈龙生在读大学时，兼职替别人修电脑挣钱。这时发生了一件事，让他瞬间变成了

"百万负翁"。

有一次，有个客户找到陈龙生，问他能不能帮忙处理一些事情，然后答应给他一笔费用。在此之前，陈龙生替别人修电脑的费用一般也就是几十元上百元的报酬，而这一次，这个客户居然答应给他 2000 港元。于是，他便好奇地打听："这个事情这么重要吗，需要花这么多钱去解决吗？"

那个客户告诉他，他在做一些进口医疗器械的代理。接着，他又向陈龙生提议："你能不能跟我一起来做？直接做代理，报酬很丰厚。"

家庭困难的陈龙生当即答应了，于是便和这个人一起做生意。然而，在做成了几笔订单之后，这个人却突然跑掉了，除了把两人赚到的钱全部卷走了外，还欠下了客户 100 万港元的债款。

当时，陈龙生大学尚未毕业，当年香港的大学应届毕业生的月薪只有 7000 港元，而他还没毕业就欠下了百万债务。

那些债主不停地来催要债款，欠债还钱，天经地义。无奈之下，陈龙生便利用自己的专业所长，从 2004 年开始在 eBay 上做起了跨境电商的生意。

很多人以为他一开始选择做跨境电商，是因为这个生意好做，但事实上却恰恰相反，他选择这一行正是因为当时的跨境电商很难做。

陈龙生曾经在个人的微信公众号上写过一篇文章，叫作《为什么想成功就要走难走的路》，在这篇义章中他提出：

如果按照价值和难易程度分类，这个世界上有四种事情：

1. 简单＋低价值

2. 困难＋低价值

3. 简单＋高价值

4. 困难＋高价值

人人都想快速成功，所以很多人都想要去做简单＋高价值的事情。但实际上，做困难且有高价值的事情，才更容易成功。

当时，跨境电商生意竞争相对较少，因为需要克服货源、物流、语言和时差等一系列障碍，准入门槛高，是一条困难且少有人走的路，信息差大，竞争少，自然投资回报率就高。

就这样，陈龙生开始在 eBay 平台上销售各种各样的电子产品，从MP3 到飞机模型等，利用时差和空间差价，将这些产品从香港卖到英国、法国、美国等欧美各国，赚取丰厚的差价，从而成为 eBay 早期的超级卖家。在一个月内，他就赚到了自己的第一桶金：销售额达到了100 万港元！而 5 个月之后，这个数字便变成了 300 万美元！

就这样，在半年时间内，陈龙生就将自己原先欠下的 100 万港元债务还清了。

乔布斯说过："你如果出色地完成了某件事，那你应该再做一些其他精彩的事。不要在前一件事上徘徊太久，想想接下来该做什么。"

在跨境电商上初尝甜果的陈龙生也清醒地意识到，接下来自己需要创造一些有价值的东西，它可以真真切切地帮助到有需要的人，而不只是单纯利用信息差来进行交易、赚取差价。

在从事跨境电商的过程中，陈龙生也切身体会到了电商商家的痛点。当时，他每个月需要寄出的包裹超过了 3 万件，这就意味着他至少需要同 3 万人分别打至少一次的交道。不少的用户频繁地询问，包括物流等，他都需要一一回复。当时，还没有像阿里旺旺之类的即时沟通软件，电商同客户的沟通主要是通过电子邮件进行，因此，陈龙生每天都需要收发大量的邮件，帮助客户查询快递到了哪里。加上因为跨境、时差和语言的不同，买卖双方往往都很难马上知道物流的状态，一旦遇到客户想要退换货，那么就会更加繁琐和麻烦。

这些事情让陈龙生极其头疼，也让他意识到，做跨境电商最重要的环节是售后，因为这个环节给了消费者足够的时间去后悔，只要他一天没有确认收货，那就等于商品还没有卖给他。售后这个环节之所以重要，还因为一家成熟的店铺，其60%的订单都来自客户的复购；换言之，只有售后服务做得好，才能为电商带来下一张订单。但是在跨境交易时，由于时差、语言和物流等数据的不互通，因此想要做到很好的售后体验是非常难的。

于是，陈龙生便想到，能否开发一个软件帮助客户查询物流详情。因为他是软件工程师出身，当时就编写了一个可以实时查看物流进展的软件，服务自己的跨境电商业务。有了这样一个包裹查询软件，陈龙生便可以专注做自己的跨境电商生意，而且，用户端的体验感也得到了很大的提升。

到2011年，陈龙生已经做了7年的跨境电商，早已实现了财务自由，也尝足了查包裹带来的甜头。同时，他也逐渐看清了纯粹做电商的局限性。他发现，无论自己做得有多好，他的顾客记得的永远不是他的品牌和店铺，而是电商平台如eBay网。当依附平台时，卖家话语权会很薄弱；离开平台后，就失去了平台带来的所有资源和支持。于是，2006年时他开始做独立站，建立了自己的网站。

在经营过程中，他也发现，查包裹的意义不只是让消费者看到一个页面，也不只是物流公司给消费者提供一个追踪接口和解决电商领域的某个痛点，而且是一个提升电商与消费者互动感的不可或缺的环节。它的价值在于能够为电商平台和商家留住顾客。

陈龙生一心想在香港创业，但始终无法发挥自己的创意。他常被称为火星人，觉得自己在香港找不到同类。

为了实现创业理想，2011年，他参加了在香港举办的首届Startup Weekend——"创业周末"活动。"创业周末"是考夫曼基金会

（Kauffman Foundation）的分支机构，在全球开展各种活动，让创业者参与将理念付诸实践的整个过程，以此培养有抱负的创业者，从而为创业的发展和扩展提供支援。

陈龙生在参赛时吸引了 Andrew（陈泽威）和 Dante 的加盟，组成了三人创业团队，开始了他们的创业经历。

根据"创业周末"比赛规则，在 54 小时内，他们三人想到了开发一个跟踪包裹的程序，无论卖家用哪家快递发货，都可以实时跟踪，并通过短信、邮件、推特等形式收到通知。这个应用程序可以为客户提供一种更简单、更便利的货物追踪方式，可为网上零售商提供有力的帮助。

他们将团队命名为 Awesome Ship（很棒的船）。结果，Awesome Ship 成功击败其他 7 个团队。随后代表香港与全球其他 50 个城市"创业周末"的胜出者在"全球创业决赛"中一决高下。

最终，Awesome Ship 获得了来自全球 5000 多位支持者的投票，脱颖而出，赢得"全球创业决赛"年度大奖，成为名副其实的创业世界冠军。

赢得大奖后，他们的创意得到了不少天使投资人的青睐，募集了海外天使投资人、数码港孵化计划等过百万元的启动资金。

和陈龙生不同，1984 年出生的陈泽威没有贫困的经历，而且从小就是一名"学霸"。他毕业于香港大学，获得经济及金融学士学位。毕业后曾加入埃森哲管理顾问公司，参与过银行系统设计的顾问工作。后来还在企业传播咨询公司博然思维集团为香港上市公司及对冲基金提供传播服务。

当时他在新加坡工作，曾经帮助一家跨国银行做一个 B2B 的系统，做了几年，花费了几千万美元，但是这个项目最终还是烂尾了。

这件事情给了他非常大的刺激，促成了他选择自己创业的决定。他曾坦言："我是幸运的人，在没有太多生存压力的情况下，我想选择更难的一条路，做出一番可以改变世界的事业来，而产品可以改变很多人对世界的感觉。"

后来，他就去参加创业比赛，遇到了陈龙生，发现了 SaaS 这个新东西。SaaS 的全称是 Software as a Service，"软件即服务"。用户在用这个产品时无需下载软件或 APP 什么的，只需要一个账号便可以登录使用。这是成本非常低的一种服务，而且具备标准化的特点，不是专为某个客户开发或定制的，适用于大多数用户的应用场景。

在美国参加创业比赛时，爱客科技迎来了自己的第一个客户。

在会展过程中，有一个客户前来谈合作。当时，陈龙生还以为对方是来投诉的，因为那时爱客科技的产品还很不成熟。没想到那位客户竟然直截了当地问："你们能不能收费提供服务？"

这，着实让陈龙生感到非常惊讶，他随口反问道："免费不是更好吗？为什么你要我们提供收费服务呢？"

那位客户回答："免费就意味着不可靠；而收费，则代表着数据更安全。正是因为爱客科技有价值，我才愿意付费来化解数据安全风险。"

这，委实给陈龙生他们上了一课。

于是，从美国回到香港后，陈龙生和陈泽威便正式选好了赛道。他俩围绕电商生态深入进行考量，看看都有哪些环节能做。最后决定切入物流查询的环节，一是看到这是个对卖家而言的显著痛点；二是看到客户愿意为此付费，让他们看到了这件事的价值。

由于欧美消费者历来有接受直销、邮购的传统消费习惯，因此，绕开第三方电商平台、分销商、大型零售卖场等传统销售渠道一直深受消费者喜爱。所以，海外更多的品牌方和商家都倾向于自己建站与经营。这就对帮助其建站经营的工具有很大需求。例如，电商巨头 Shopify，其核心业务模式正是满足国外商家自建站的需求。数据显示，截至目前，全球有超过 175 个国家和地区的超过 170 万个商家使用 Shopify 平台创建了在线店铺，Shopify 市值超过 1400 亿美元。

在陈龙生他们准备发力的快递查询工具这个赛道，国际电商的竞争格局尚未显现，市场几乎一片空白，而当时海外电商行业发展迅猛。这些都让陈龙生他们更加坚信，从快递查询这一细分领域的需求切入 SaaS 赛道，必定能成就一番好事业。

于是，在获得天使轮百万元投资后，2012 年 4 月，他们便在香港注册成立了爱客科技，并且从一开始便明确：一、收费提供服务；二、绝不把数据卖给第三方，始终高度重视物流交易各种信息数据的安全。

从一开始，陈龙生便坚持一定要先做好产品，可以不通过融资的方式就能生存下来。必须做到产品自己能够销售自己，哪怕没有销售，没有做市场推广，也能把产品成功地卖给客户。因此，公司早期基本上没有做市场营销，更没有做品牌，而纯粹依靠业内的口碑，靠口口相传而被动地"获客"。

即便如此，爱客科技在国外的业务居然越来越火。这是因为，当时国外没有一家能够对接上百家物流公司的 SaaS 平台，而爱客科技是第一家。这让一开始没有销售团队的爱客科技，通过开放 API（应用程序接口）与第一个大客户 Groupon（高朋网）达成了合作。随后又吸引了亚马逊、eBay 等国际化大公司。

在陈龙生看来，消费者查包裹想弄清楚的并不是包裹到了哪里，而是自己什么时候能够收到包裹，以及能不能在预计的时间收到；而电商平台或商家则希望用"查包裹"这个功能及时地与消费者沟通，让消费者体验购物的开心，一旦遇到问题又能及时采取措施以留住客户。而爱客科技要做的就是与快递、物流公司合作，为电商平台提供寄包裹、查包裹、退货、客服及评语服务，然后吸引消费者重复购买，形成一个售后服务的闭环，帮助电商提高客户黏性。用户只要使用了跟爱客科技对接的电商平台，就能实现包括退换货、客户沟通、快递物流等环节的自动化设置，极大地提高了消费者的沟通效率和用户体验，电商还可以自己设置查包裹所展示的页面，用于展示自己的企业形象。

2014 年，爱客科技拿到了 IDG 的 A 轮融资。同年，在印度设立了一个 7×24 小时的客服团队，随后进驻美国市场。

也是在 2014 年，公司就实现了盈利。此后，爱客科技的业务量每年都在以 100% 的速度翻倍增长。经过几年的打造，在查快递的 SaaS 领域里，爱客科技已经成为国际龙头，现有客户包括 Facebook、Amazon、eBay、Etsy、Groupon、PayPal、Wish 等。爱客科技能把查包裹这个功能做大、做深，与其坚持跟行业龙头客户合作分不开。因为行业龙头企业做产品都富有远见，把他们的意见融入爱客科技的产品里，可以使爱客的产品也不断得到优化。

从创业伊始，爱客科技就是一支全球化的团队，分布于北美、欧洲、亚洲等世界各地，充分运用当地的优势资源。无论是团队分布还是产品思维，都注重在海外方面。爱客科技秉承"人才在哪我们去哪"原则，把人才看作团队的核心。由于是做全球生意的，因此其在欧美、亚洲等都设有服务器。在技术方面，公司 70% 的员工是工程师，对技术有很高的要求，崇尚极客文化，这也是爱客科技最大的文化自信。团队中的不少工程师都有在大企业工作过的背景，也有在某一个垂直领域扎得很深的企业背景。这些在文化和技术上更具优势的团队，让爱客科技在解决问题时能够更加游刃有余。

爱客科技成立后，一直在打磨自己的核心产品。在香港刚成立时公司的团队只有 3 个人。2018 年，爱客科技香港研发团队在扩张时遇到了客观的困难。香港人口不足，只有 700 多万人，而且，不是每一所大学都开设有计算机或软件专业，每年专业对口、适合到爱客科技任职的应届毕业生总共不到 200 人。因此，要想在香港找到足够优秀并且符合公司要求的工程师，爱客科技面临着巨大的竞争压力。公司从 20 人发展到 40 人还比较顺畅，再从 40 人发展到 100 人时就遇到了很大阻力。这，也是陈龙生他们决心北上深圳组建新的研发中心的根本原因。

2018 年，爱客科技在深圳注册成立公司，同时保留香港的办公室。香港和深圳两地相互配合，香港的优势在于面向国际，更偏国际化一些；而深圳的优势，则在于技术专业对口的人才密度高。

对于陈龙生而言，在深圳成立公司相当于一次新的创业。要在深圳招聘新人，难度并不小，因为优秀的人才永远面临着不止一个选择。而陈龙生和陈泽威他俩都是土生土长的香港人，在内地完全没有背景和人脉。于是，他们就靠着一个朋友一个朋友地去聊，直到现在，终于组建起了深圳的团队，一共大概有 300 人。当时，有一个"荒诞"的现象：不少投资人踏破门槛，想要投资爱客科技；但是，有不少求职者却在和陈龙生聊完之后拒绝了 offer（录用通知），因为他们觉得这家公司没名气，而没名气就是没前景。

在近十年间，陈龙生几乎将 80% 的时间都用在招聘员工上，他亲自面试过的候选人超过了 3000 名。

每一个要招聘进来的人，他基本上都见过、聊过。他一方面是希望让每一个新人在进入公司之前，能够了解公司所秉持的价值观和他个人是否匹配，包括公司文化和员工性格是否相符合。爱客科技最崇尚的是极客文化，一直非常低调，一心打磨自己的产品和服务客户。极客精神不是无止境地追求技术，而是要用技术把软件服务做到最好。另一方面，他也想考察新人的好奇心，关注其成长性和发展空间。陈龙生认为，有好奇心、会问"为什么"的人往往自驱力更强，并且足够主动，愿意对自己负责。此外，他还要考察新人的业务逻辑，也就是要了解其理解业务的能力。在他看来，员工必须了解业务，而且有能力去落地，不管是做产品还是技术，最终都要落实到商业层面上。要理解客户付费是希望爱客科技能够帮助他成功，能够为客户带来价值。这可谓是公司最大的"壁垒"，也就是公司的业务逻辑或业务能力。产品只有基于客户真正的痛点而打造，能够解决其生意上的难题，才可能让客户乐意买单。

现在，爱客科技已构建成了一支全球协作的优秀团队，总数有 450 人。公司的市场主要在欧美，因此市场和销售团队主要在美国。深圳跟香港都是技术研发中心，香港偏国际化，而深圳的技术力量更强。客服团队放在印度，因为印度人擅长讲英语，服务精神也比较好。

与 A 轮融资隔了 7 年，直至 2021 年，爱客科技才进行了 B 轮融资，拿到了老虎环球基金领投的 6600 万美元，折合 4.3 亿元的融资，这一金额刷新了整个电商赛道 B 轮融资的最高纪录。老虎环球基金是 2020 年全球赚钱最多的一只基金，之前投资的企业都是比较国际化的，如互联网科技板块。爱客科技之所以要进行这样一次 B 轮融资，其实并不是因为公司缺钱，而是因为希望通过融资借助更多的力量走向国际。特别是在深圳设立研发部门并逐渐成为公司的研发中心之后，爱客科技尤其需要借重知名投资机构的背书和名气以招揽更多人才。

在陈龙生看来，爱客科技是一家专注 SaaS 的企业。"SaaS 企业是卖服务的，而不是卖软件和工具。对我们而言，要一步一步来，先做产品，再做好服务，而这一切的最终目标则是帮助客户成功。"

为了帮助客户成功，爱客科技业务的发力点也在不断地变化。

有一次，陈龙生询问自己的一个客户："你们最需要的是什么？"

客户直截了当地回答："需要订单，需要客户。"

这，让陈龙生大感意外。因为爱客科技的优长是查快递，此前业务的核心都聚焦于电商链的售后环节，他和团队还从未考虑到客户售前的痛点。

于是，他决定马上抓紧研发。

2019 年，自动化市场营销便被推出。这是一款将 36 个销售转化的应用程序功能集于一体的智能营销产品，包括邮件营销、网站弹窗、网页推送通知、优惠券管理、促销倒计时插件、实时聊天小工具等功能。

这项服务一经推出，用户数量便不停地翻倍。目前，已基本追上了爱客科技的用户规模。

爱客科技的起家产品 AfterShip 是国际市场首屈一指的快递跟踪查询解决方案，被翻译成 30 多种语言，连通全球 950 多家物流商，日均承担过亿的 API 请求。作为一支高效的、国际化的、极客文化浓厚的团队，爱客科技致力于构建优秀的自动化工具平台，并为此打造了服务电商全场景的丰富的产品矩阵，能够为用户、物流商和消费者等提供售后查询跟踪、退换货、营销、运输、一体式购物等各种服务。

关于爱客科技产品和市场的布局方面，陈龙生也做过深入的思考和谋划。

让自己成功，最好的一个方式就是向成功者学习，学习他们的思考方式。他曾经专门研究过苹果的市场战略，譬如，大部分使用 iPhone 手机的用户，在更换手机时还是会选择 iPhone。这是因为，iPhone 用户的思考方式已经由"是否有新的手机比 iPhone 更好用"变成了"如果我换掉了 iPhone，可能要付出的代价还包括需要把我的其他苹果公司的产品 AirPods（无线耳机）、iPad（平板）电脑、Mac（电脑）等都一起换掉"。由于这种权衡计较，用户自然而然地就还是选择 iPhone。

这，在陈龙生看来，正是苹果打造的产品矩阵的厉害之处。用户只要选用了苹果公司的一种产品之后，以后再有需求时，就会自然而然地倾向于选择苹果公司的其他产品；而一旦用户已经使用了多款苹果产品之后，就很难单独地换掉其中的一个。

这种产品矩阵的模式在 SaaS 领域同样适用。例如，Salesforce（销售力公司）在其成立初期也只有一个核心产品——CRM（客户关系管理）系统。后来，这个系统的市场越做越大后，Salesforce 才通过不断地开发、收购，从而构建自己完整的产品矩阵。而用户一旦选用了 Salesforce 的 CRM 产品，以后再有需求时，同样会优先选用 Salesforce 体系里的产品，即便这个产品并非最佳，但是由于其技术对接和数据打通成本比接入一个新的服务方要低很多，因此，客户必定会优先选择 Salesforce 的产品。这样，即使在同一领域出现了竞争对手，也极难撼动 Salesforce 的市场地位。因为客户不能不考量，或许新的供应商的产品在这个环节提供的服务确实比 Salesforce 更好，但是，他除了选用了 Salesforce 的这个产品 A 之外，还选用了它的 B、C、D、E 四个产品，而新的供应商却无法提供对应的更优的产品。

基于这样一种经营思路，爱客科技将 AfterShip（物流跟踪）确定为吸引 B 端商家来使用自己服务的核心产品。然后在保证用户体验一致和数据打通的前提下，引导用户去使用他们的其他产品服务。

经过八年的经营，爱客科技已经打造了一整套面向电商全流程，贯穿"售前、售中、售后"全场景的 SaaS 产品矩阵。其中，售前的有 Automizely Page Builder（智能建站）、Automizely Marketing（自动化市场营销）、Automizely SMS（个性化短信营销）、Automizely Dropshipping（一键代发）、Automizely Reviews（商品评论导入）；售中的有 Automizely Shopping（一站式购物）、Automizely Traffic（流量互换）、Automizely Loyalty（会员体系）；售后的有 AfterShip（物流追踪）、AfterShip Mobile（C 端物流追踪查询 APP）、AfterShip Returns Center（自助退换货管理）、Postmen（全球发货）。可见，爱客科技通过"物流查询"这个核心业务，在对 SaaS 产品和赛道进行深度思考和独特设计的基础上，已经设法链接起了散落在世界各地的无数个数据孤岛，用数据和产品为产业的上下游赋能。

现在，爱客科技全球客户数量超过了 10 万。2020 年，客户的留存率是 95%。其客户分成三种类型：第一种是中小客户。爱客科技帮助这些中小企业做生意。第二种客户是平台方。尤其是在国外，非常需要像爱客科技这样的服务商。譬如，亚马逊、eBay 其实都有自身的技术团队，他们也可以自己去开发类似的查询快递的产品，但是，因为在国外人力成本非常高，而这些客户都把自己的精锐资源集中在自身的核心业务上，而像查询快递这样的小工具，往往都交给外部的供应商去解决以提供最好的服务。第三种客户是全球 950 多家物流商。爱客科技是一家数据驱动的科技公司，所要完成的工作就是去连接世界上不同的数据孤岛。在此之前，不同国度之间的数据往往是互不相通的，比如，顾客在英国买东西，如果这个人在法国，那么这两个国家之间的数据信息是完全割裂的，而爱客科技就相当于搭建了一个电商的基础设施，让不同国度之间的物流商业信息可以流通。因此，在电商生态里，无论是物流商、平台还是买家和卖家，都可以用爱客科技的数据去帮助自己更好地做决策。

　　如今，坐拥前海核心美景办公区，正处于火箭上升期的爱客科技，其愿景是：电商做得更大，走向全球；公司的使命是：帮助国际电子商户、采购和零售商获得客户的满意度和忠诚度，通过实现自动化包裹跟踪和退货等，为国际采购和零售商的客户提供最佳的购物体验，提升品牌价值。用陈龙生的话来说，一是做好产品，切实解决用户的问题；二是帮助客户成功，了解客户的业务，陪伴成长，帮助成功。

　　助人者人恒助之，成人之美者人亦美之。爱客科技借助这种美美与共、共存共荣、共进共赢的理念，正在不断地开疆拓土，攀登行业的高峰。

　　消费引导生产，物流促进消费、推动生产。让物畅其流、人尽其才，就能最大限度地推动生产发展和社会进步。前海把流通业置于重要的发展领域，十年来不遗余力地推动包括物流在内的万物互联互通，重塑人们的生产生活方式，无疑又一次走到了时代潮头和全国前列。

前海缘，深港缘；前海梦，中国梦。前海这十年，因为始终坚定地依托香港、背靠内地、面向世界，所以，它可以大踏步地先行一步、先创先试，大踏步地追梦逐梦，大踏步地奔向未来！

后记

新时代，新浪潮

对于前海，我并不陌生。早在 2017 年 12 月，我就第一次来到了前海。当时看到的前海，到处都是一派火热的建设场面，生机勃勃，我仿佛穿越到了深圳改革开放的初期：一片荒野滩涂，犹如一张白纸，在白纸上绘蓝图，在荒野上盖起高楼。

2018 年春天，当各种鲜花竞相绽放的时候，我再次来到了前海。在十天的采访里，我接触了一大群充满活力的年轻人。他们让我看到了前海希望无限，前景光明。

在这里，我遇见了一位叫赵紫州的青年，父母经营着一家很大的纺织公司，年产值数亿元，名副其实的"高富帅""富二代"。这个从小在蜜罐里长大的青年，在学业上也一直是一名"学霸"。作为美国常春藤高校博士，工作报酬优厚，本可以过安逸舒适的生活，但是他却毅然舍弃百万年薪回国，来到前海创业，只因他看到了许多社会的痛点、工人的痛点需要解决。他在自家经营的企业里看到，纺织工人的工作环境令人担忧，噪声及空气污染损害着工人身体健康。同时，他也看到了更多的社会痛点，如全国数以千万计的焊工，面对强光辐射，眼睛和视力受到损害，以致在 50 岁以后眼睛有相当大概率几近失明。由此，赵紫州找到了自己事业的发力点，以学之所长服务社会，通过研发 AI 调参机器人，代替人从事这些危险且有潜在伤害性的工作。就是从这样一种愿望出发，他放弃了优裕的生活，宁愿过上一种"996""打工人"式的创业人生。

在青年梦工场，我还遇到了一个二十几岁的年轻人李超。这个毕业于成都电子科技大学的青年，他的梦想是研发一款水下机器人——水下"无人机"。从这样一个想法出发，很快他便在青年梦工场孵化成功了自己的产品并且进行了迭代。2018年在国家博物馆举办的庆祝改革开放40周年大型展览上，我一眼便看到了李超团队发明的这款水下机器人——一只黄色的盒子。这款售价在1000美元左右的水下机器人每年可为他们带来以千万元计的产值。

我还见到了一位衣着打扮相当时尚的听障者邱浩海。正因为他是一位听障人士，他希望能够通过自己的创业，改变其他听障者的处境，让他们可以"听见"。于是，他在天使投资者的帮助下，开始设计并推出了"声活"APP这样一款帮助听障者实现正常沟通交流的软件，并获得了李克强总理的称赞。

在前海的每一天，我感受到的都是创新和创造，都是奋斗和进取。这是一片生机无限的热土、一片充满希望的大地。

因此，从那时起，我就希望，有朝一日能为前海专门创作一本书，记录下这群拓荒者前行的足迹，留下他们奋斗的背影。直到2021年，经朋友介绍，海天出版社组织出版一部以前海改革开放历程为主题的长篇报告文学，正可谓深得我心，机到缘熟。

于是，在海天出版社和前海管理局的鼎力支持下，2021年，我再次踏上了前海的土地，在这里采访了半个月。彼时，正值暑夏，天气炎热，而比天气更为热烈的是那一群群前海的"闯海人"和"弄潮儿"。他们那种热火朝天的干劲一直在鼓舞着我，激励着我。我接触采访了一大批来自香港、台湾和内地（大陆）的创业者，听到了一个个令人热血沸腾的创新创业创造的故事。他们中有来自港台的陈方、陈升、陈润富、余广滔、许可、许维钰、姚震邦、李坤安、郑丽萍，也有内地的王寿群、潘登、安欣、鄢斗、蒋园园、方灵欣等。在每个人的脸上，我看到了锐气和朝气，看到了蓬勃的青春。

在采访中，这些时代的弄潮儿给我最大的感受是，他们都是追梦者、奋斗者，都有自己的理想和抱负，都有自己独立的思想和主见，更有满腔的热血与青春的热情，他们都勇于拼搏、奋斗进取，而且，每个人都富有才华，有能力并且敢于尝试，敢于成就自己。更令我感动的是，他们每一个人都是看到了社会的需要，看到了社会的痛点，他们都渴望通过自己的创业、自己的奋斗、自己的成功来改变社会，改变世界，改变生活，从而让人们的生活变得更好，让中国变得更好。

在这些人身上，我看到的是一种奔跑的姿态、一种奋斗的姿态、一种热血的情怀。他们是前海最生动的写照，也是前海无限生机与活力的根源所在。

在采访过程中，我时常将今日前海同四十多年前的深圳作比较，心中不由得感慨万分。如果说，当年深圳是在中央不给钱只给政策的情形下为中国的改革开放"杀出一条血路"，那么，今日前海同样是在中央的充分授权下，为进入深水区的新时代的改革开放"闯出一条新路"。

前海是先行先试、改革创新的试验田。前海这十年、深圳这四十多年的成就，归根结底源于思想解放。想当年，正是因为党中央解放思想，实事求是，才全面开启了改革开放的大幕，创造了包括深圳在内的经济特区和中国发展的奇迹。而今，人们依旧要从解放思想中去寻求改革发展的根本驱动力。唯有解放思想，实事求是，勇于打破体制机制的桎梏和束缚，改革优化体制机制，才能有力地解放社会生产力。前海是深港合作的桥头堡、大湾区的核心，具有得天独厚的天然优势。在这里，一切都是新的，一切都是从头开始描画，因此，在前海，所有的尝试都被鼓励，所有的创新都得到褒奖。由于体制机制的改革创新，制度政策的有力支持，人们在这里创业如鱼得水，自由开创自己的新天地。这十年，前海已经创造了一大批创新的经验和模式，并且向深圳、广东和全国复制、推广。

前海的改革发展让我们再一次看到了，改革的根本目的是解放人，根本的依靠力量也是富于创造力的人。这些拥有新思想新观念、敢于担当、勇于奋斗的人，他们，是深圳成功的基础，也是今天前海不断走向成功的依靠。

人是需要一种精神的。深圳的发展创造了特区精神，前海的成就也依托于特区精神。这是一种拓荒牛精神，一种敢闯敢试、敢为人先的精神，一种改革者、奋斗者、追梦者的精神。前海在改革发展进程中，特区精神始终都得到了最好的传承和弘扬。前海的成就正是由这一大群埋头苦干的劳作者、敢于逐梦的奋斗者、勇攀高峰的改革者、激情澎湃的拼搏者创造的。这是一片新时代的热土。

前海是一片梦想之海，面朝大海，春暖花开；前海也是一片圆梦之地，一片青春之海。从前海，我看到了深圳经济特区的未来，也看到了青春中国的未来。

2021年，在中国广袤的大地上，脱贫攻坚取得了全面胜利，全面小康如期实现。中国人民正意气风发地行进在新时代新征程的宽广大道上，中华民族伟大复兴进入不可逆转的历史时刻。在中国，如同在前海一样，每一个人都对自己的未来、对国家的未来充满了信心，充满了憧憬；每一个人都坚信，中国的明天一定会越来越好，中华民族一定会越来越强大。我们这个曾经创造了人类璀璨文明的民族，必将为世界、为人类创造出更多更辉煌的成就。我们有这样的信心，更有这样的决心；有这样的希望和愿望，更是充满了这样的热望与渴望。

春风激荡大地，春天已叩响了中国的大门。从长安街上，中南海新华门外竞相绽放的玉兰花、月季花，到南国深圳、伶仃洋畔前海湾那些如火焰一样红的木棉花、金黄的黄金钟和娇艳的三角梅、杜鹃花，整个中国都沉浸在春天里，行进在春天里。

春回大地，气象万千。中国，正以青春飞扬的姿态，屹立于世界东方。

2018 年 3 月—2022 年 3 月写于深圳、北京

2022 年 4 月—5 月第一次修改

2022 年 6 月第二次修改